KB028213

싸이 강남스타일

두 가지 음악이 있다.
좋은 음악과 나쁜 음악.
나는 좋은 음악을 연주하지.
- 루이 암스트롱(1901~1971)

일러두기

1. 대중음악 관련 외국인명, 음악 관련 용어의 경우, 각 장에 처음 등장하는 부분에서만 한글과 영문을 동시 표기했습니다(예, 리틀 리처드Little Richard, 블루지 비트Bluesy Beat 등). 각 장의 이후에 등장하는 인명 및 음악 관련 용어는 한글만 표기했습니다.

2. 「곡명」이 영문일 경우에는 각 장에 처음 등장하는 부분에서만 한글과 영문을 동시 표기했습니다.(예, 「튜티 후루티Tutti-Frutti」등). 각 장의 이후에 등장하는 「곡명」은 한글만 표기했습니다.

3. 『앨범명』이 영문일 경우에는 각 장에 처음 등장하는 부분에서만 한글과 영문을 동시 표기했습니다(예, 『레스트 타임 어라운드Last Time Around』등). 각 장의 이후에 등장하는 『앨범명』은 한글만 표기했습니다.

4. 각 장에 등장하는 세계대중음악인이나 음악 관련 인사, 음악 관련 용어는 색자와 약물표기를 해 부록편인 「구자형과 함께하는 월드뮤직여행」에서 해당 장 소개에서 자세히 수록해 놓았습니다.

5. 영문의 한글 표기는 외래어 표기법에 근거했습니다.

싸이 강남스타일

구자형(음악평론가, 시인) 지음

시간
여행

싸이

세상에서 가장 부드러운 물결
너
싸이 그림자

세상을 가장 크게 웃게 해
세상을 가장 널널히 춤추게 해
세상을 가장 흥얼흥얼 노래케 해
세상을 가장 가슴 짜안하게 해
세상을 가장 뜨겁게 용서하게 해
세상에서 가장 깊숙이 고개 숙여 인사해
세상에서 가장 아프게 무릎 꿇어 감사해
세상에서 가장 크게 소리 질러
세상에서 가장 높이 뛰어 올라
너
싸이

늘 어깨 감싸 안는다

늘 다정히 안아준다

늘 아프지 않게 막아준다

늘 가슴 설레게 한다

늘 그립게 한다

늘 외롭게 한다

늘 울게 한다

늘 아름답게 한다

늘 사랑하게 한다

늘 이별하게 한다

늘 고통스럽게 한다

늘 기도하게 한다

늘 축복하게 한다

늘 잊어버리게 한다

보이지 않는

당신

싸이의 신神

구자형이 『싸이 강남스타일』을 쓴 이유?

싸이의 노래 「새」가 들려왔을 때, 와! 쎈데?!였다. 야구로 치면 굉장한 강속구였다. 만화에 나오는 마구처럼 마구마구 뺑글뺑글 무시무시한 속도로 자전하며 날아가는 그런 마구 같은 노래였다. 사람들은 본능적으로 탄성을 올렸고 히트했다. 하지만 그에 걸맞는 대우는 없었다. 그는 처음부터 대단한 음악성을 갖고 나타났던 것이다.

싸이는 B급 정서인으로 행세했고 쌈마이로 위장했다. 아니 철저히 쌈마이정신으로 겉부터 속까지 완벽하게 쌈마이가 되기 위해 불철주야 노력했다. 그는 아마도 이랬지 싶다. 나, 쌈마이야! 이러면 당신들은 웃지요. 하지만 당신들은 쌈마이가 되지 않기 위해 필사적으로 노턱하지요. 난 그게 눈물겨워요. 난 당신들과 같이 이 한 많은 세상 한 바탕 신바람나게 놀다 가고 싶어요. 하지만 당신들은 쌈마이 대신 성공을 향해 달려가지요. 성공이 무엇인지 잘 모르면서 말이죠. 청춘도 인생도 어쩌면 사랑까지도 혹은 신까지도 당신들은 성공과 바꾸라면 바꿀지도 몰라요. 하지만 쌈마이들은 이렇게 생각해요. 즐기는 것이 인생이다! 즐겨라 그러면 열릴 것이다! 무엇이? 즐거운 날들이, 즐거운 세상이, 즐거운 내 내면이, 즐거운 내 인생이 열릴 것이다. 열리고 열리고 또 열리고 더 열려서 내 인생이 무지무지 즐거워질 것이다.

그렇다. 싸이는 어느 날 자신이 쌈마이라는 자신의 정체성을 문득 깨달았을 것이다. 하지만 그는 자신의 정체성 대신 성공을 통한 1등 인간이 되기 위해 노력하지 않았다. 그는 철저히 신이 주신 자신의 쌈마이 정체성을 더욱 더 깊숙이 파고 들어가 자신의 내면을 만나고자 노력했다. 그 결과 자신의 존재를 깨닫고 그 존재가치의 소중함을 깨닫고 쌈마이로 태어났음을 감사해하고 즐거이 받아들였다.

그렇다. 싸이는 우월해지기 위해서 살아가지 않았다. 그 반대였다. 그는 더욱 더 낮아지는 쌈마이 자세를 지속했다. 그것은 완벽한 해방이었다. 남보다 잘나지도 못했는데 잘난척한다는 것은 자신의 삶을 고문하는 것과 같다. 혹은 남보다 못났기에 잘나지기 위해서 평생을 노력해야 하는 초지일관 모범적 범생이 자세는 어쩌면 진정한 자신의 의사도 잘 모르는 체 타인의 시선에 얽매여 살아가는 눈치꾸러기, 눈치감옥의 수인인지도 모르겠다.

　싸이는 노래 강남스타일을 통해 이 시대의 성공인들, 혹은 그 강남 스타일을 목표로 하거나 동경하는 강남 지향자들 그리고 정신적, 정서적 강남스타일로 행세하고픈 짝퉁 강남스타일의 사람들을 향해 웃자고, 춤추자고, 즐기자고, 놀자고 손 내밀고 외쳤다. 다 같이 소리 질러! 뛰어! 그렇게 그들에게, 이 세상이라는 파란만장의 바다에 달려들었던 것이다.

　그러자 유투브라는 사이버 상의 바다에서 눈썰미 좋은 이들이 싸이를 발견하기 시작했고 그 조회 수는 이미 6억 회를 넘어섰다.

　그렇다. 지난 5집 『싸이 파이브』까지의 싸이는 분노가 있었다. 그러나 싸이 6집 앨범 『6甲』에서는 그 분노가 다 사라졌다. 그는 분노 대신 풍자라는 비판정신과 해학이라는 유머정신을 갖고 세상을 껴안기 시작했다. 그렇다. 밥 딜런Bob Dylan 등의 저항정신과 섹스 피스톨즈 Sex Pistols의 사실주의와 음악을 통한 전투정신의 에너지로 달려왔던 세계의 음악, 그 음악의 힘은 이제 지칠 대로 지쳤던 것이다. 분노도 하루 이틀이고 십 년 이십 년이지, 더구나 그 분노와 저항이 무슨 평생을 넘어서서 대를 잇는 취미활동도 아니고 세상을 바꾸는데 있어서 너무 오래 걸리는 이 오래된 난국을 어찌할꼬?! 회의적 느낌들이 스멀스멀 머리를 들기 시작하고 있었다.

그러나 아직 그 누구도 그런 말들을 입 밖에 소리내어 말하거나 그런 태도로 노래하는 이들이 없었다. 그러나 하늘이 무심치 않아서 대한민국 가수 싸이를 통해서 분노의 시대는 거하고 마침내 즐거움의 시대가 도래한 것이다. 바로 그것이 싸이의 강남스타일이었다.

논다는 것의 끝까지 가 본 자, 갈 때까지 가 본 자 만이 볼 수 있는 놀자판의 최고수 경지를 싸이는 맛봤던 것 같다. 그리고 그곳에서 그는 그 순간 해탈했고 그 해탈은 보다 앞서서의 어떤 과정들, 말하자면 자기 정체성의 발견(쌈마이와 날라리 및 양스러움의 발견)을 통해, 좀 더 깊은 천착을 통해 자기 존재의 발견(죽지 않은 영원한 우주의 생명력) 그리고 그로 인한 해탈의 경지와 그 침묵과 적요에서 벗어난 원효대사의 무애춤 같은 강남스타일의 말춤과 뮤직 비디오로 온 세상을 향한 춤과 노래의 향연 보시를 뜨겁게 내깔리고 있는 중인 것이다.

하지만 사람들은 싸이의 그런 무례한 태도의 콘서트에서 쾌재를 불렀다. 그 몸짓이 안하무인의 기득권이랄까, 그들만의 천국, 그들만의 리그 같은 권력지배층에 대한 (이기적 싸바싸바 커넥션으로 똘똘 뭉쳐 있는 그들) 일갈로 받아들여졌기 때문이다.

그렇다. 싸이는 이 시대에 벌거벗은 임금님들에 대해 그들이 아무 것도 입고 있지 않았음을 풍자와 해학으로 음악뉴스화해서 보도한 21세기의 문화 앵커이자 특종 대기자인 것이다. 이런 대규모 음악 혁명은 인류 역사상 그리 흔하지 않았다. 엘비스 프레슬리Elvis Presley, 비틀즈Beatles, 밥 딜런, 존 바에즈Joan Baez, 섹스 피스톨즈 그리고 이제 싸이가 열어놓은 싸이의 시대, 강남스타일의 시대인 것이다.

그렇다. 싸이는 이토록 한번 날개를 펄럭이면 9만리를 날아가는 대붕과 같은 붕새인 것이다. 그의 말춤은 전 세계인들이 함께 춤추고 있다.

그렇다. 싸이는 그처럼 거대한 바람의 구두를 신고 춤추는 위대한 쌈마이 B급 딴따라 난리 부르스 쌩쇼의 주인공인 것이다.

그렇다. 싸이는 삶과 음악이 따로따로가 아님을 춤추고 있다. 그렇다. 싸이는 서양과 동양이 따로따로가 아님을 넘나들고 있다. 그렇다. 싸이는 강남과 강북이 따로따로가 아님을 웃고 있다.

아주 오랜 역사인 오해와 편견과 오만과 거만, 막무가내와 동물의 세계에서 이제 겨우 싸이의 빛이 이 어둠과 혼돈의 시대에 빛으로 떠오르고 있는 것이다.

그렇다. 분노의 긴 터널을 지나 이제 춤추는 즐거운 삶의 시대를 질주하는 강남스타일의 시대가 시작된 것이다. 무거운 인생의 짐을 짊어지고 마소처럼 힘겹던 이들, 상처투성이의 지구인들, 그 숱한 사람들이 이제 저마다 대붕이 되어, 바람의 구두를 신고 말춤의 리듬을 타고 오빤 강남스타일!을 선언하며 우주의 생명력이 무한정, 이미 태초부터 공급해 온 그 사랑을 마구마구 소비하는 인류 역사상 가장 소중한 시대, 싸이의 시대가 갈 때까지 가보자는 강남스타일의 카운트 다운을 끝내고 달리기 시작한 것이다. 이미 희망과 웃음으로 진정한 설렘과 화사한 사랑의 기대감 그리고 말춤의 향기로움으로 달려가고 날아가고 솟구쳐오르고 있는 그 순간들인 것이다.

그러니 어찌 이 역사적인, 이 위대한 순간들을 기록하고 증언하고 선언하지 않을 수가 있단 말인가? 그렇다. 이 책은 구자형이 쓴 것이 아니다. 그 분이 구자형에게 오셔서 그 분이 역사하셨다. 감사합니다.

2012년 만추의 계절에
구자형

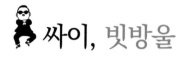 # 싸이, 빗방울

둘이 같이 꼴딱 밤새 맞이한 아침, 홀딱 잠 깨 창문을 닫지
우리는 마치 창밖의 참새처럼, 잠들기 싫어하는 애처럼, 초등학생처럼
-「어땠을까」(싸이 작사, 싸이+유건형 작곡, 싸이 노래, Feat. 박정현)

수원과 인천항을 잇는 수인선은 1937년 8월 5일 개통되었다. 소래 포구의 소금을 일본으로 실어 나르기 위해 조선경동철도가 주도했다. 1965년까지는 증기기관차로 운행했다. 그로부터 30년 후, 그리고 열차 개통된지 58년만인 1996년 12월 31일 수인선은 사라진다. 그에 앞서 1992년 작가 윤후명은 「협궤열차」라는 장편소설을 발표했었다. 그리고 2012년 6월 30일 수인선은 송도에서 오이도까지 13.1Km만 일부 재개통됐다. 그에 맞추어 윤후명의 소설도 다시 복간됐고 윤후명은 이런 말을 했다.

"저무는 서해의 노을 속으로 기우뚱거리며 사라져가는 협궤열차의 모습에서 눈물겨운 아름다움을 발견할 수 있을 때 우리 삶이 더 깊어질 수

있을 것이다. 협궤열차라는 과거 유산을 매개체로 우리들이 지나온 삶의 궤적과 아릿한 사랑의 그림자를 그려보고 싶었다."

（〈경기일보〉 2012. 9. 26 '문학나들이' 류설아 기자）

　류설아 기자는 저자가 활기찬 신흥도시에서 갈 곳을 잃고 방황하는 사람들의 모습을 협궤열차로 대변했다고 바라보았다. 그 협궤열차가 예전에는 꼬마열차로도 불렸다. 기차가 흔들리면 마주 앉은 사람끼리 무릎이 닿을 정도로 기차는 작았다. 하지만 이제는 씽씽 달리는 기차다. 나는 7월 14일 지하철 1호선을 타고 원인재 역에서 내려 수인선으로 환승했다. 원인재 역에서 나는 배호의 노래를 불렀다.

　소리 없이 흘러내리는
　눈물 같은 이슬비
　누가 울어
　이 한밤 잊었던 상처뿐인가……

　원인재 역은 드넓었고 깨끗했다. 소란스럽지도 복잡하지도 않았다. 멀끔하고 멀쑥하게 잘 빠진 역이었다. 지하가 아니라 지상이었고 비와 눈을 대비해 높다랗게 덮개가 씌어져 있었다. 호주 시드니 항의 오페라하우스를 연상케 했다. 그래서 나도 모르게 그 울림이 좋을 것 같아

노래를 불렀던 것 같다. 남동 인더스파크, 호구포, 인천 논현을 지나 목적한 소래포구 역에 닿았다. 역사 밖으로 나오자 비가 오고 있었다.

나는 비를 맞으며 걸어 나갔다. 길가 아스팔트에 빗물이 고여 있었다. 그 위로 빗방울들이 떨어지고 있었다. 빗방울이 떨어지는 작은 웅덩이마다 어김없이 동그라미가 그려지고 있었다. 한 방울, 천 방울, 만 방울……. 다 그랬다. 지상에 내리는 모든 빗방울들은 고인 물 위에 떨어지는 순간 한결같이 동그라미 파문을 그리고 있었다. 마치 웃는 것 같았다. 빗방울의 미소, 빗방울의 웃음이었다.

그렇다. 빗방울은 하늘에서 내려와 땅에 키스하면서 서로 사랑으로 좋아라 웃고 있었다. 가장 높은 곳에서 가장 낮은 곳으로 내려와 입 맞추며 마음 맞추며 웃고 있었다. 동그라미 파문은 저절로 자연스럽게 웃는 웃음이었다.

나는 그것이 진실의 마음이고, 음악하는 마음이고, 노래하는 마음이고, 연주하는 마음이라고 생각했다. 손가락이 기타에 닿을 때, 그 손가락 키스 ―노래 소리가 부르는 이의 온몸을 울리고 입술을 통해 빠져나와 듣는 이의 귓가에 가슴에 마음에 닿는 그 노래의 키스― 그 순간 네모난 마음, 세모난 마음 같은 각진 마음은 어느새 빗방울이 동그라미를 그리듯, 둥근 사랑의 마음으로 변한다.

그렇다. 악보 위에 그려진 모든 음표들은 마치 빗방울 같다. 그 음표라는 빗방울들은 가수와 연주자에 의해 노래되어 듣는 이들의 마음에 동그라미를 드린다. 웃음을 드리운다. 그 빗방울의 마음이 바로 싸이의 음악이고, 싸이가 작곡한 음표이고, 싸이가 "다 같이 소리 질러!" 할 때의 노래 소리이자 시대를 향한 외침인 것이다.

나는 빗방울의 하강과 땅바닥과의 키스와 그 사랑의 동그라미를 간직하며 가슴으로 길을 걸어 나갔다. 빗방울은 흩뿌려지고 내 가슴에도 동그라미들이 그려지고 있었다. 나는 소래포구 역을 뒤로 하고 인천 남동문화예술회관을 향했다. 그곳에서 언더그라운드 콘서트 '공감'이 열릴 예정이었고 나는 공연 해설을 맡았다. 7월 14일 토요일의 정오를 막 지난 시간이었다. 그리고 이튿날 2012년 7월 15일 대한민국 가수 싸이는 2년 만에 정규 6집 앨범 『싸이 6갑』을 발표함과 동시에 국내 각종 온라인 음원 차트 상위권에 이름을 올리기 시작했다.

그로부터 정확히 두 달 후 9월 15일 싸이는 한국어로 노래한 「강남스타일」로 미국 아이튠즈 탑 송iTunes Top Song 차트 1위로 등극했고 9월 27일, 10월 4일 2주 연속 빌보드 싱글 차트 핫Hot 100의 2위에 올랐다. 영국 싱글 차트 1위는 9월 30일이었다. 유튜브에 흩뿌려진 싸이의 빗방울, 강남스타일의 뮤직 비디오와 그 노래가 금융 위기, 경제 위기, 하우스 푸어 등으로 얼룩진 세계인들의 마음에 동그라미를 그리기 시작했고, 말춤으로 세계를 웃게 했다. 이런 싸이 현상, 강남스타일 열풍은 끝없는 싸이의 음악여행 그 시작인 것이다.

Contens

국제가수 싸이
월드뮤직 신드롬

강남스타일,
월드스타일

 싸이 1

좋은 배우가 되는 것은 쉬운 일이 아니다.
인간이 되는 것은 더 어렵다.
나는 죽기 전에 두 가지 다 이루고 싶다.
삶의 완전한 의미를 이해하는 것은 배우의 의무,
해석하는 것은 배우의 문제,
표현하는 것은 배우의 노력이다.
- 제임스 딘

싸이가 1위를 했다. 2012년 9월 15일 미국의 아이튠즈iTunes 차트*
에서 싸이의 「강남스타일」이 1위를 했었는데 2주간의 정상 차지 후 싸
이가 9월 25일 귀국하자 2위로 한 계단 내려갔었다. (이밖에 세계 40여
개국에서 싸이의 강남스타일은 아이튠즈 1위를 하고 있는 중이다.) 그리고
싸이가 호주를 거쳐 다시 미국에 입국하여 활동을 개시하자 선뜻 1위
로 다시 올라선 것이다.

국내에서는 2012년 10월 21일 현재 KBS 2TV '뮤직뱅크'에서 싸
이의 「강남스타일」이 6주째 연속 1위를 지키고 있다.

9월 27일에는 한국 가수 최초로 「강남스타일」이 오피셜 차트 컴퍼
니The Offiical Charts Company UK 싱글 차트* 1위를 한 바 있다. 대한민
국 국가대표 노는 오빠 싸이의 몸이 부르르 떨렸을 것이다.

국내에서의 싸이 최초의 1위는 2001년 4월 14일 MBC '음악캠프' 1위였었다. KBS는 4월 19일부터 2주간 '뮤직뱅크'에서 1위를 했다. SBS '인기가요'는 5월 6일 1위를 했고 이 모든 1위는 싸이의 데뷔곡 「새」의 성공적 데뷔를 뜻한다.

곧이어 6월 9일부터 2주간 MBC '음악캠프' 1위, 6월 24일 SBS '인 기가요' 1위에 역시 1집 앨범 중 「끝」이 올랐었다.

이후 「챔피언」이 2002년 12월 1일 SBS '인기가요' 1위를, 싸이 4집 앨범 중에 「연예인」이 2006년 9월 14일 M.net '엠카운트다운'에서 1 위를 했다. 2010년 11월 11일에는 M.net '엠카운트다운'에서 「라이 트 나우Right Now」가 역시 1위를 차지했다.

2012년에는 「강남스타일」이 8월 17일부터 KBS '뮤직뱅크'에서 3 주간 1위를 했고, M.net '엠카운트다운'에서는 8월 23일부터 3주간 1위를 했다. 따라서 뮤직뱅크에서는 사이를 두고 9회의 1위를 한 셈 이다.

싸이의 「강남스타일」은 중국 최대 포털 사이트 '바이두百度 음악차 트 TOP 500'에서 1위를 차지했다. 이는 한국 가수 최초의 쾌거였다. 이를 두고 "만리장성 넘어 싸이의 인기는 어디까지 갈 것인가"가 인 터넷에 난무했다.

'호주 음반산업협회'에서는 2012년 10월 첫째 주 'TOP 5 싱글 차트'에서 싸이의 「강남스타일」을 1위로 올려놓았다. 호주의 FM 라디오에서는 이미 1시간에 한 번씩 강남스타일이 방송되고 있었고, 호주의 클럽에서도 강남스타일에 맞춰 말춤을 흥겹게 추고 있어 왔다. 또한 길거리를 걷다보면 이어폰을 낀 호주인들이 강남스타일을 크게 틀어놓아 이를 발견한 호주의 한인교포들이 흐뭇해하며 자랑스러워하고 있는 중이다.

호주의 매체 「오스트레일리언The Australian」은 10월 16일 밤 싸이가 출연한 호주 TV 프로그램 '더 엑스 팩터The X Facter'의 시청률이 37.4%라는 놀라운 그야말로 호조의 동시간대 시청률 1위를 기록했고, 이는 170만 명의 호주인들이 싸이의 강남스타일을 보기 위해 TV 앞에 매달린 셈이라고 보도했다.

싸이의 해외 매니지먼트를 맡고 있는 '스쿠터 브라운Scooter Braun'은 10월 20일 "싸이의 「강남스타일」이 호주에서 한 주 동안 역사상 가장 많은 싱글 판매 1위를 기록했고, 이는 싸이가 새로운 역사를 쓴 것이며 판매량은 플레티넘을 넘어섰다."고 자신의 트위터를 통해 발표했으며 이로 인해 연속 4주 호주 차트 1위가 가능할 것이라고 내다보았다.

싸이는 10월 16일 호주의 TV 채널 7의 시사 프로그램 '투데이 투나잇'에서 캥거루 인형을 선물받자 즉석에서 캥거루춤을 선보였고 이후 캥거루춤을 정식으로 공식적 선을 보이겠다고 약속했다. 또한 새로운 춤을 만들고 있으며 아직 발표할 수는 없다고 했다. 이와 더불어 한국 사람들이 나처럼 못생기지 않았으며 모두들 나보다 잘생겼다고 말했다. 또한 강남스타일의 인기 요인으로는 자신이 믿고 있는 '심플한 것이 강한 것이고 재밌는 것이 멋진 것'이라는 믿음이 통했기 때문이라고 말했다.

2012년 7월 18일 싸이의 「강남스타일」은 한국의 MP3 멜론 차트에서 1위를 차지했었다. 여기서 잠시 MP3 관련 웃기는 얘기 하나 추억하자. 10년쯤 전의 이야기다. 대한민국 국회의 어느 공간에서 MP3 공청회가 열렸다. 고위급 문광부 공무원도 오고 음원판매 사업자들이 여러 명 오고 요즘도 TV에 무지 자주 나오는 정치인은 인사말만 하고 휭 하니 떠나갔다. 이윽고 문광위 소속 국회의원 한 사람이 나타났는데 정말 재밌었다. 이 분이 한 말씀 하시는데 "자신은 MP3가 뭔지 모른다. 그래서 오늘 여기 오면서 보좌관에게 뭐하는 자리인가 물었더니 MP3 공청회라고 해서 자신은 아하, 아마도 MP들, 즉 헌병 3명이서 무슨 사고를 쳤구나. 그래서 모이나 보다." 그리 생각했다는 것이다.

아무튼 그날 공청회의 요점은 음원판매하는 MP3 사업자들이 적정한 선에서 곡당 500원 정도로 음원판매 할 수 있도록 음원제작자들이 허락을 해줬으면 좋겠다는 것이었고 음원제작자들은 최소한 1천

원 이상이 되어야 한다는 고집을 부리는 중이었다. 그때 참관자 중의 한 기자가 일어나 이런 말을 했었다. "지금 밖에는 따뜻한 봄날이 왔는데 이제는 더 이상 필요 없는 겨울 솜이불 갖고 싸우지 말자"고 일갈했다.

그렇다. 음반제작자들의 이런 식의 그 당시 방관과 무심이 결국 무료 음원 다운로드의 시대를 지속케 했고 그 결과 숱한 음원제작자들을 파산케 했다.

2012년 8월 온라인 음악서비스 맥스 MP3에서 집계한 스트리밍 서비스 차트 1위는 싸이 작사, 작곡, 이승기 노래의 「내 여자라니까」였다.

유투브에서 싸이의 「강남스타일」은 2012년 10월 31일 현재 6억 건이 넘는 조회 수를 기록했다. 이 영상은 공개 109일 만인 이날 오전까지 총 6억 270만 건의 조회 수를 기록 중이다. 강남스타일 뮤직비디오는 현재 유투브의 '역대 가장 많이 본 동영상' 순위에서 팝스타 저스틴 비버Justin Bieber의 '베이비Baby, 7억 9천만 건', 제니퍼 로페즈 Jennifer Lopez의 '온 더 플로어On the Floor, 6억 1천만건'에 이어 뮤직 비디오 3위를 달리고 있다.

놀랍다. 반갑다. 좋다. 통쾌하다. 왠일이니?

싸이의 「강남스타일」은 에미넴Eminem●을 제쳤다. 에미넴의 「러브 더 웨이 유 라이Love The Way You Lie」는 2012년 10월 21일 오전 11:17분 현재 506,967,105회 조회 수를 기록했다. 「강남스타일」이 17,338,177회를 앞섰다. 하지만 에미넴의 러브 더 웨이 유 라이는 2010년 8월 9일 발표된 노래다. 2년하고도 2개월 이상 싸이의 「강남스타일」에 앞서서 유투브에 올라 있었다. 싸이의 「강남스타일」은 유투브에 2012년 7월 15일에 올라왔다.

그로부터 싸이의 「강남스타일」은 52일9월 4일 만에 1억 뷰를 달성, 그 후 14일 후인 66일9월 18일 만에 1억 조회 수 추가로 2억 뷰 달성, 다시 76일 만인 9월 28일 1억 조회 수 추가로 3억 뷰 달성, 다시 10일 후인 10월 8일 1억 조회 수 추가로 4억 뷰를 이룩했고, 마침내 10월 31일 23일 만에 6억 뷰를 넘어선 위업을 달성했다. 유투브에 올라온 지 109일 만이었다.

또한 싸이의 「강남스타일」 동영상은 유투브에서 '가장 좋아하는 뮤직 비디오 1위', '최다 즐겨찾기 동영상 1위'를 차지하고 있다. 그리고 2억 뷰 돌파에 있어서 비영어권 동영상으로는 최단 시간 1위의 기록도 갖고 있다. 국내에서도 43일 만에 6천만 조회 수를 기록해 이 또한 국내 최단 6천만 조회 수 돌파 기록이었다. 또한 한류연구소 발표에 따르면 싸이의 「강남스타일」은 13만 뷰 이상의 관련 동영상 749개를 놓고 볼 때 17억 뷰의 세계적으로도 전무후무할 대기록을 세웠다고

스타는, 연예인은, 가수는
팬들을 누가 더 많이 사랑하는가에
그 승패와 성패가 엇갈리는 것이다.

10월 20일 조사결과를 발표했다.

　2012년 10월 11일 대구에서 개최된 전국체전의 입장권은 7만 석이 완전 매진이었다. 체전 사상 최초의 매진 사례 대기록이었다. 물론 싸이가 이날 공연을 가졌기 때문이었다. 말하자면 전국체전 개막 입장권 판매 1위라는 초유의 기록을 세운 셈이다.

　10월 4일 시청 광장 앞 8만여 명 말춤 축제는 기네스북에 등재됐고, 유투브를 통해 시청 콘서트를 본 사람은 전 세계 5억 명으로 추산되고 있다. 또한 공연이 시작되자 몰려드는 전 세계 싸이 팬들로 인해 40분간 서버가 마비되기도 했다.

　나는 이런 생각을 한다. 싸이는 내 마음 속의 뮤직 비디오 1위라고. 그리고 또 이런 생각을 덧붙이고자 한다.

　그렇다. 스타는, 연예인은, 가수는 팬들을 누가 더 많이 사랑하는가에 그 승패와 성패가 엇갈리는 것이다. 그 인기차트가 오르락내리락거리고 하루아침에 스타가 되기도 하고 하루아침에 나락으로 추락도 한다. 그래서 스타는, 연예인은, 가수는 누가 더 팬들을 더 많이 사랑하는가의 경쟁이다. 누가 팬들을 더 마음 깊이 사랑하는가의 선의의 경쟁이다. 누가 더 진실로 팬들을 사랑하는가에 따른 결과에 의해 딱 그만큼 자신이 사랑한 만큼만 팬들로부터 그 사랑을 되돌려받는 것이다.

하신 이 분명한 진리는 스타뿐만이 아니라 평범한 일상에 모두 적용된다. 세상을 얼마나 더 많이 사랑하는가에 따라 그의 삶은 달라진다. 그가 세상을 사랑한 만큼 세상도 그를 사랑하기 때문이다. 그녀가 세상을 사랑한 만큼 세상도 딱 그만큼만 그녀를 사랑하기 때문이다.

그렇다. 싸이, 그는 얼마나 마음 깊이 진실로 세상을 사랑했으면, 그리고 대한민국과 팬들을 사랑했으면, 그리고 밤의 문화와 음악과 노래와 콘서트를 사랑했으면 지금 이토록 부지기수의 어마어마한 1위들을 기록해 나가고 스스로 갱신해 나가고 있을까?

그런 1위들을 만들어나가고 있는 싸이의 강남스타일, 그 싸이의 사랑의 편지를 받아든 세계인들이 그 편지를 깃발처럼 휘날리면서 모든 눈물 젖은 순수건 같은 노래들을 뒤로 한 채, 싸이의 그 사랑의 편지에 잽싸게 웃으며 기꺼이 함께 말춤을 패러디한다. 무엇이 전 지구적 차원에서, 누가 시킨 사람 하나도 없는데 몹시 자발적으로 뜨겁게 뜨겁게 새로운 시대, 문화의 시대, 이념과 정치와 자본이 끝없이 장난치고 사기치고 착취해 온 그 어둠의 무시무시한 감옥을 뚫고 이렇듯 새로운 시대, 문화의 시대를 활짝 열어젖혀 나가고 있는가?

 싸이 우주선

스스로를 믿지 않는다면 누가 믿어 주겠는가?
작업에 들어가면 그것을 100% 믿는다.
나의 혼을 그 작업에 불어넣는다.
그러다 죽어도 상관없다.
그것이 나다.
-마이클 잭슨

 2012년 9월 21일 MBC TV에서 방영됐던 MBC 스페셜 '싸이 특집'
에서 미국의 공연기획자가 싸이의 강남스타일 뮤직 비디오를 유투브
로 감상하고 나서 이렇게 말했다. "싸이는 음악을 위해 존재하지 않아
요. 음악이 싸이를 위해 존재하네요. 이건 마이클 잭슨Michael Jackson
도 그랬어요." 와! 대단하다. 그렇다. 한방에 마이클 잭슨 반열로 올라
선 것이다. 싸이가 음악을 다루는 솜씨가 세계 최고의 뮤지션으로 인
정받는 순간이었다.

 싸이가 강남스타일을 노래하고 춤추며, 아니 춤추고 노래하며 무대
에 올라선 그 몸짓과 표정을 보면 마치 금세 터질듯한 열정과 열광의
도가니 같다. 그는 그 작은 눈을 부릅뜨고 강렬하고도 강인하게 어딘

가를 향한다.

　나는 그 어딘가가 바로, 싸이도 그렇고 나도 그렇고 이 세상 사람 그 누구나 가보고 싶어 하는 저마다의 이상향, 낙원, 꼭 가보고 싶은 여행지, 꼭 가서 머물고 싶고 살고 싶은 곳, 지금의 지구처럼 물과 공기가 있고, 나무가 있고, 바다가 있고, 살기 좋은 새로운 별, 저 멀디 먼 우주의 한 별이라고 눈치챘다.

　싸이는 그곳이 너무 가고 싶어 방방 뜨고 붕붕 날고 도대체 땅에 무대에 두 발이 붙어 있지 않고 거의 공중부양 수준이다. 마치 중력을 벗어난 우주선 싸이, 싸이 우주선 같다.

　그렇다. 싸이는 열광의 갈 데까지 가보는 순간, 그 순간 마치 자신의 몸마저 단계별 로켓 추진체처럼 벗어날 것 같은 착각이 들 정도로 그 어딘가를 향한다. 그렇다. 바로 그 지구촌 최고의 열광을 무대에서 막바로, 닥치는 대로, 난리 부르스 쌩쇼를 펼치며 우리도 함께 열광으로, 열정으로, 도전으로, 기분 좋게, 유쾌하게 변화시킨다. 현재라는 영원의 입구로 이끌어내는 싸이의 우주쇼는 그 자신만이 아니라 지구촌 모두를 우주선 발사기지로 만들었고, 지구인 모두를 우주인으로 만들어 꿈을 향해 떠나게 해주고 있는 것이다.

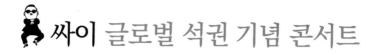# 싸이 글로벌 석권 기념 콘서트

희극 비극도 결국 끝이 있는 연극일뿐 그 중에 찰나일뿐
나의 남은 날 중에 오늘이 가장 젊기에 다시 어디론가 떠나네
-「네버 캔 세이 굿바이」
(싸이 작사, 싸이+유건형 작곡, 싸이 노래, Feat. 윤도현)

2012년 10월 4일 밤 11시 48분경, 싸이의 서울 시청 앞 광장 콘서
트가 끝나자 광장은 서서히 사람들이 썰물처럼 빠져나가고 있었다.
많은 사람들이 주변 상가나 빌딩의 적당한 곳에 주저앉다시피 눌러
앉아 허탈해하고 있었다. 그것은 싸이 현상의 하나이고 싸이 중독의
금단현상이다. 나는 그들의 눈동자를 바라보면서 문득 그런 생각이
들었다. 아, 이제 옛것이 저들에게서 빠져나가고 새것이 들어오는구
나. 그런 교차 시점에서 그들은 새로운 자신을 발견하고 떠나는 옛것
을 허허로이 바라보는구나. 그렇게 느꼈다. 그것은 싸이가 그랬듯이
그리고 싸이가 늘 그래 가듯이 텅 비움이라는 바다의 철학이자 지혜
인 것이다.

그렇다. 그동안 세계는 채움의 나날들이었다. 마치 올림픽 하듯이
'더 빨리! 더 높이! 더 강하게!'였다. 하긴 또 그러지 않으면 살기도 참

힘들었다. 인구는 대규모고 다들 실제 입맛은 고급이고 워낙 먹어 놓은 게 없다 보니 대부분 허겁지겁이었다. 그래서 더 큰 아파트, 더 많은 땅, 더 악착 같은 삶을 위해 줄기차게 살아오고 달려왔다. 그러나 소울의 대가인 레이 찰스Ray Charles®가 이미 말하지 않았던가. 자신의 길을 발견한 음악가는 더 이상 경쟁하지 않는다!고. 이 말을 조금 바꾸면 자신의 길을 발견한 사람은 더 이상 경쟁하지 않는다!

그렇다. 마이 웨이! 자신의 길, 신이 주신 소명의 길을 걸어 가기 시작하는 것이다. 그것은 춤추는 길이다. 춤처럼 가볍게 여행하듯 살아가는 길이다. 그리고 우리들은 그것을 서로에게 허용하고 축하하고 축복해야만 한다. 신이 주신 길을 주변에서 방해하지 말라. 그러다 다친다. 아마도 그럴 것이다.

무대에서 싸이는 떠났고 사람들은 기념사진들을 찍고 있었다. 누군가 내게 다가와 "저희들 사진 좀 찍어주세요!" 하고 스마트폰을 내민다. 친구들인 것 같다. 무대를 배경으로 그들의 사진을 찍어주면서 물었다. "싸이가 뭐가 좋아요?", "어떤 점이 좋아요?", "싸이 매력이 뭐라고 생각해요?" 그러자 "친밀해요.", "푸짐해서 좋아요" 같은 대답이 돌아왔다. 나는 좀 더 광장을 걸었고 여기저기 흩어진 쓰레기를 열심히 모아 놓는 싸이 팬들이 보였다. 이튿날 뉴스를 보니까 올림픽 축구 경기 할 때 시청 앞 광장에 1만 명이 모였는데 그때 쓰레기가 20톤,

죽음이 아니면 자유가 아니면
춤이 아니면 음악이 아니면
무대가 아니면 노래가 아니면
나에게 죽음을 달라는
싸이의 서슬 푸른 딴다라정신이 무섭다

그리고 8만 명이 모인 싸이 콘서트에 쓰레기가 18톤, 덕분에 시청 광장 청소하는 분들이 안도의 한숨을 내쉬며 "자칫 8배가 나왔으면 으쨌을까 잉" 하고 흐뭇했다고 한다.

　이튿날 편의점에서 거의 모든 일간지들을 구입했다. 편의점의 젊은 남자 점원이 내게 물었다. "아니 신문을 왜 이렇게 많이 사 가세요?" 그래서 내가 "싸이 글을 쓰는데 자료 좀 하려고요." 그러면서 물었다. "싸이 어떻게 생각해요?" 그러자 점원은 "대단하죠."라고 답했다. "뭐가요?" 내가 다시 물었다. 난 속으로 말춤 얘기가 나올 줄 알았다. 그러나 예상 밖의 답이 나왔다. "군대 두 번 갔다 왔잖아요!" 풋핫! 웃음이 터져나왔다.

　2012년 10월 5일자 신문을 펼쳤다. 1면 톱을 장식한 싸이 콘서트의 붉은 사진들 위로 가을바람은 불어가고 노천카페는 아름다웠다.

'월드 챔피언' 싸이에 취한 서울광장 8만 명……. 유튜브 세계 생중계

　싸이와 '말춤'이 4일 밤 서울 시청 앞 서울광장과 그 일대를 '점령'했다. 싸이가 강남스타일로 세계적 성공을 거둔 것을 자축하고 팬들에게 감사하는 차원에서 마련한 무료 공연에 8만여 명의 인파가 몰렸다. 싸이는 얼마 전 "빌보드 1위 여부에 상관없이 서울광장에서 무료 콘서트를 열겠다."고 한 약속을 이날 지켰다. 싸이 소속사 측은 이날 공연 실황을 유튜브를 통해 전 세계에 생중계했다. - 조선일보

싸이 떴다……. 서울광장 8만여 명 운집

강남스타일이 미국 빌보드 싱글 차트에서 2주 연속 2위에 오른 4일 저녁 싸이가 8만여 명(경찰 추산)의 시민들이 몰린 서울 시청 앞 광장에서 노래를 부르고 있다. - 한겨레

"월드스타 싸이 보러 왔어요" 서울광장에 8만여 명 구름 인파

4일 밤 서울 시청 앞 광장에서 열린 싸이의 무료 콘서트에 8만여 관객이 운집해 있다. 싸이는 이날 공연에서 90여 분 동안 「강남스타일」, 「챔피언」, 「새」 등 자신의 주요 히트곡을 불렀다. - 한국일보

Power of Psy, Power of Korea

Psy performs in front front of tens of thousands at Seoul Plaza in central Seoul Thursday night. The singer held the concert at the plaza for free to thank his fans as hit song "Gangnam Style" is expected to claim the No.1 spot on the Billboard Chart next week. - The Korea Times

'서울광장 스타일', 싸이, 초가을 밤 후끈 달군 무료 공연, 시민 8만 명 월드컵 4강 함성 재현

싸이가 10월 4일을 '싸이 데이'라는 역사적인 날로 만들었다. 서울광장

에 모인 8만여 관객과 하나가 돼 광란의 밤을 보냈다. 수많은 색색의 형광봉이 가을밤을 수 놓으며 싸이를 눈물짓게 만들었다. - 일간스포츠

웃통 벗고 강남스타일!

싸이 서울광장 무료 콘서트, "빌보드 1위보다 팬이 더 소중", 8만 관객 앞 말춤⋯⋯. 약속 지켰다. - 스포츠서울

싸이와 말춤 추러 8만 명⋯⋯. 서울광장 메운 강남스타일

4일 밤 서울광장이 가수 싸이(본명 박재상. 35)의 강남스타일로 물결쳤다. 싸이는 이날 미국 빌보드 차트에 2주 연속 2위에 오른 「강남스타일」을 응원해 준 국내 팬들을 위해 무료 콘서트를 열었다. 이날 공연장에는 한국을 넘어 세계로 뻗어나간 K팝을 만끽하려는 관객 8만여 명(경찰 추산)이 몰려들었다. 2002년 한 · 일 월드컵의 경기가 연상될 정도였다. - 중앙일보

'싸이 강남스타일 보자' 시청 앞 구름 인파

수만 명의 시민들이 4일 저녁 가수 싸이의 콘서트를 관람하기 위해 서울 시청 앞 광장을 가득 메우고 있다. 싸이는 「강남스타일」이 2주 연속 미국 빌보드 싱글 차트 2위에 오르는 등 세계적인 인기를 누리자 무료 콘서트를 마련했다. - 서울경제

세계를 홀린 '대~한민국 스타일' 싸이 벗었다, 서울을 뒤집다

10만여 명 '말춤' 추며 황홀한 밤. 새춤에서 말춤까지……. 싸이 in 서울광장, 열광의 도가니. 싸이가 4일 밤 서울광장에서 열린 공연에서 마지막 앙코르 곡으로 강남스타일을 열창한 후 약속대로 웃통을 벗자 시민들이 일제히 카메라 플래시를 터뜨리고 있다. - 스포츠경향

PSY '말춤 테러'

1. 싸이는 서울 시청 앞 교통을 올스톱시켰다. 2. 싸이는 서울 지하철 운행시간을 연장시켰다. 3. 싸이는 5만 명을 미치게 만들었다. 4. 제2의 대~한민국……. 누가 이 기록을 깰 것인가? - 스포츠조선

말춤에 흠뻑 빠진 '서울의 밤' / 싸이, 무료 공연 팬과 약속 지켜

시청 앞 광장에서 6만 명 "오빠" 환호, 유투브로 생중계……. 전 세계 들썩. 가수 싸이가 4일 서울광장에서 열린 '싸이 글로벌 석권 기념 콘서트'에서 공연을 펼치고 있다. - World Sports

'싸이 판' 서울, 서울광장 무료 공연 8만여 명 말춤

2002년 월드컵 이후 최대 인파인 8만여 명(경찰 추산)이 4일 밤 서울광장에서 열린 공연에서 한목소리로 "싸이"를 소리쳐 불렀다. 공연 막바지에는 남녀노소와 국적을 가리지 않고 강남스타일의 말춤을 함께 추

는 장관이 연출됐다. - 동아일보

7만 명 말춤, 웰컴 투 싸이월드! 싸이 서울광장 콘서트……. 2시간 광란의 밤

싸이가 무대 위를 날아 하나가 됐다. 공연 5시간 전부터 1만 명 북적……. 유투브 생중계 전 세계가 들썩 - 스포츠동아

서울광장 8만여 명 '싸이 홀릭'

강남스타일로 지구촌을 흔든 가수 싸이의 무료 공연이 열린 4일 밤 서울광장에 8만여 명(경찰 추산)의 인파가 몰려 단체로 말춤을 추며 가을밤을 뜨겁게 달궜다. 빌보드 차트 2주 연속 2위를 기념해 "역사상 가장 큰 쇼를 보여 주겠다."던 싸이는 두 시간 가까이 열정적인 무대를 꾸미며 '월드스타'의 면모를 뽐냈다. 서울광장에는 공연 수시간 전부터 주부, 학생, 직장인, 외국인 관광객, 국내외 취재진 등이 북새통을 이뤄 싸이에 대한 높은 관심을 입증했다. 이날 공연은 유투브를 통해 전 세계에 생중계됐다. - 서울신문

 싸이의 시청 앞 광장 콘서트를 향해 광화문에서 걷기 시작했다. 이미 사람들의 물결로 넘실거렸다. 앞서 가던 부녀가 이런 대화를 했다. 50대 중반쯤 돼 보이는 아버지가 중학생쯤 돼 보이는 딸에게 "월드컵 축구 때보다는 사람이 적을 거야. 적을 거야." 그러자 딸은 "아냐!

아냐! 아냐!"를 연발했다. 차량은 교통통제 됐고, 사람들은 차도 위를 걷기 시작했다. 9시가 되자 잔디밭 광장은 이미 인파로 꽉 차 버렸다. 플라자 호텔의 전망 괜찮은 바도 이미 오전 10시에 예약이 끝났다.

문화와 정치의 팽팽한 대치상황도 이제 끝났다. 누가 대세를 거스를 수 있을까? 그것은 강물을 막으려는 헛된 시도와 똑같지 않나 싶다.

그렇다. 법률과 음률은 저마다 같은 목적과 꿈을 갖고 있었다. 하지만 가는 길과 그 과정이 너무 달랐다. 이제 그것은 하나가 되어야만 한다. 백범 김구의 『나의 소원』에 이런 말이 나온다.

네 소원이 무엇이냐 하고 하느님이 내게 물으시면, 나는 서슴지 않고, "내 소원은 대한 독립이오" 하고 대답할 것이다. 그 다음 소원은 무엇이냐 하면, 나는 또 "우리나라의 독립이오." 할 것이요, 또 그 다음 소원이 무엇이냐 하는 세 번째 물음에도, 나는 더욱 소리를 높여서, "나의 소원은 우리나라 대한의 완전한 자주 독립이오." 하고 대답할 것이다.

나는 우리나라가 세계에서 가장 아름다운 나라가 되기를 원한다. 가장 부강한 나라가 되기를 원하는 것은 아니다. 내가 남의 침략에 가슴이 아팠으니 내 나라가 남의 나라를 침략하는 것을 원치 아니한다. 우리의 부력富力은 우리의 생활을 풍족히 할 만하고, 우리의 강력強力

은 남의 침략을 막을 만하면 족하다. 오직 한없이 가지고 싶은 것은 높은 문화의 힘이다. 문화의 힘은 우리 자신을 행복하게 하고 나아가서 남에게 행복을 주겠기 때문이다.

그렇다. 싸이의 힘은 싸이와 시청 앞 8만 관중을 행복하게 하고 나아가서 전 세계인들에게 유투브를 통해 행복을 주는 데서 나왔다. 이것이 바로 백범 김구 선생님의 오직 한없이 가지고 싶은 꿈, 높은 문화의 힘인 것이다. 그 높은 문화의 힘을 증거하는 것이 바로 빌보드 2위 연속 6주 굳히기였다. 그렇다. 미국을 대표하는 가수, 하트랜드 록Heartland Rock●의 대표 싱어송 라이터 브루스 스프링스틴Bruce Springsteen●은 8장의 앨범을 빌보드 1위에 올렸지만 싱글 차트에는 2위 이상을 한 적이 없다. 매우 애석한 일이겠으나 그만큼 빌보드 싱글 차트가 참 엄연한 곳이고 높은 힘의 빛이 발사되는 곳임에 틀림없다. 그런데 싸이가 그 위업을 달성해 낸 것이다. 그것은 싸이의 말춤과 강남스타일을 좋아하는 세계인들의 즐거운 지지가 있었기 때문이다. 행복한 사랑이 쏟아졌기 때문이다. 이것이 바로 싸이스타일의 카리스마인 것이고, 카리스마의 어원인 베품의 원형, 즉 카리스마의 본질 회복인 것이다.

중년의 어머니와 젊은 두 딸이 싸이 콘서트를 보러 왔다. 싸이가 무대에 나타나자 어머니가 재빨리 먼저 달려 나갔다. 싸이의 힘이다. 싸이는 마음으로 노래할 뿐, 마음가는 대로 노래할 뿐 노래에 자신의 마음을 맞추지 않았다. 싸이는 스틸리 댄Steely Dan®의 날카로움과 엘비스 프레슬리의 넉넉함과 거침없음, 브루스 스프링스틴의 독자獨自정신, 아치스The Archies®의 구애求愛스타일, 에미넴의 냉철함, 닥터 드레 Dr. Dre®의 대규모 광범위한 음악적 다양성의 수용정신 등이 그의 몸과 마음과 정신과 영혼에 다부지게 넉넉하게 흘러들어 싸이화됐던 것이다. 그것은 싸이가 추구하는 즐거움에 대한 투철한 본능이 있었기에 가능했다. 즐거움이 아니면, 자유가 아니면, 춤이 아니면, 음악이 아니면, 노래가 아니면, 무대가 아니면 나에게 죽음을 달라. 나는 싸이에게서 그런 서슬 푸른 딴따라정신, 광대의 철학을 무섭게 느낀다.

어느 중년의 외국인 남자가 토끼 모양의 야광 헤어밴드를 쓰고 춤추고 있었다. 꼬마 아이들과 말춤을 추고 있었다. 질서 유지를 위한 경찰관의 호루라기 소리도 악기의 일부 같았다. 비안개 가득히 서린 비오는 바닷가의 자욱한 함성이 먼 파도소리처럼 합창을 했다. 하늘에 울려퍼졌고 흘러가는 시간에 돋을새김으로 아로새겨져 영원해지고 있었다.

무대에서는 싸이가, 객석에서는 싸이의 팬들이 무심코 이런 말들을 이구동성 합창을 한다. 살다 보니 이런 일이 다 있어! 그렇다. 살다 보니 이런 일이 다 있는 것이다. 그리고 그 역사의 현장에 세계는 다 함께했다. 그렇게 새로운 시대가 밝아오고 있었다.

 싸이 뉴욕

뉴욕은 세계의 자석이다. 뉴욕이 사라지면 모든 것은 흩어지리라
-밥 딜런 자서전 『바람만이 아는 대답』에서

　　싸이는 뉴욕이다. 어느 뉴욕 연구가는 뉴욕의 성공에 대해서 이렇게 말했다. 뉴욕은 끊임없이 발전해 왔고, 성공해 왔고 성취해 왔다. 왜 그럴 수 있었을까? 그것은 바로 뉴욕이 자신의 성공을, 그 성공을 거두자마자 바로 비웃어 왔기 때문이다. 말하자면 성공에 안주하지 않았다는 것이다. 성공하는 순간 이미 낡아버린 어제의 성공 대신 뉴욕은 더 새로운 성공, 내일의 성공을 위해 오늘이라는 바다에 자신의 가장 소중한 것들! 즉, 사랑, 꿈, 희망, 인생, 피와 땀과 눈물을 바치고 걸어 왔다는 얘기다. 참으로 감동스런 뉴욕스타일인 것이다. 싸이도 서울에서 이미 그렇게 해왔다. 싸이도 대한민국에서 이미 그렇게 살아왔다. 그에게는 늘 넉넉한 풍자와 유쾌한 익살과 이것들이 어우러진 멋들어진 참 신바람 나는 해학이 있어 왔던 것이다.

지금은 고인이 된 한국의 대기업 삼성의 이병철 전 회장은 생전에 골프와 자식만큼은 마음대로 안 된다는 얘길 했다고 한다. 골프를 안 하거나 못하는 사람들도 그 말 중에 자식만큼은 내 마음대로 안 된다는 얘기에 공감했을 것이다. 그리고 한국인들은 한국의 정치인, 정치권, 대통령, 재벌 등등만큼은 마음대로 안 된다는 얘길 할 자격이 충분할 것이다.

얼쑤~! 그렇다. 싸이는 데뷔곡 「새」를 통해 이렇게 노래한다.

당신 너무나 이쁜 당신 항상 난 당신을 향해 행진
당신의 텅빈 머릿속에 꽉 차있는 담배 연기
아무데서나 화장을 고치는 굳은 심지

좋지만 얄밉고 이쁘지만 열받게 구는 당신은
(세뇨리따) 남들이 다 뭐래도 나 당신만을 따라가리다

너만을 바라보던 날 차버렸어 나 완전히 새됐어

당신 나랑 지금 장난하는 거야
당신 갖긴 싫고 남주긴 아까운거야 10원짜리야

MAXIMUMEXPOSURE

ANNUAL SURVEY RANKINGS THE SUPER BOWL • COACHELLA • THE CMAS • ITUNES • FALLON • WALMART • Z100 • THE GRAMMYS

100+ PLATFORMS THAT MOVE MUSIC NOW

Billboard

500,000,000 PSY FANS CAN'T BE WRONG

HOW THE K-POP BREAKOUT
STAR HARNESSED THE
POWER OF YOUTUBE, ELLEN,
SNL, THE TODAY SHOW AND
MORE TO BECOME MUSIC'S
NEW GLOBAL BRAND

PLUS: INSIDE K-POP'S
MUSIC FACTORIES

NOVEMBER 3, 2012
www.billboard.com
www.billboard.biz

UK £5.50

얼마나 재치 있고 뽕 가는 한풀이인가?

싸이는 또 있는 그대로 사람을 보지 않고, 계산해 가면서 요리조리 사람 간 봄에 대해서도 한마디 일갈한다.

> 가로세로 전후좌우 재가며 계산해가며
> 사람 만나면 혼난다는걸 모른다면 당신은 바보
> 무심코 뱉은 당신의 한마딘 내 마음에 파도

> 날 가지고 장난했다면 당신을 타도할거야
> 바로 잡아줄거야 바로 혼내줄거야
> 진심이었다면 당신의 일거수일투족은 평생 나의 가보

> 참을만큼 참았어 갈 때까지 갔어 해줄만큼 해줬어
> 성질나서 더는 못 해먹겠어 알았어?

한마디로 그런 여자를 포기하겠다는 것이다.

그리고 니가 잘났으면 얼마나 잘났는지, 그래서 얼마나 좋은 남자 만나 잘사는지 두고 보겠다는 가시 돋힌 삐짐도 나타난다. 그러다 은 근히 무시무시하게 뒤통수 조심하라고 말한다. 말하자면 너도 나한

테 장난쳤듯이, 너도 누군가에게 장난감 될 날, 새 될 날이 올지도 몰라……. 이렇게 비꼬고 있었던 것이다. 그러나 이 모든 반항과 비난과 풍자가 사실은 여전히 널 너무 사랑해서, 니가 날 무시해도 사랑할 수밖에 없어서였음은 곧장 드러나고야 만다. 왜냐하면 '어떡해야 니 마음 사로잡을 수 있을까? 제발 날 떠나지마!' 이렇게 애원하는 신파로 막을 내리고 있는 것이 바로 싸이의 데뷔곡 「새」이기 때문이다.

그렇다. 한국에서 골프와 정치와 자식과 사랑은 정말이지 마음대로 안 된다. 그래서 정치에 대한 국민의 열망은 마치 이 노래 새와도 같다. 정치가 사람 갖고, 나라 갖고, 역사 갖고 장난칠 때, 국민은 그래도 지도 사람인데, 지도 인간인데, 그래도 지도 배울 만큼 배웠고 남부럽잖게 가졌으니까 뭔가 기여하고 헌신하겠지 하고 기대해 본다. 역사의 진달래가 되어 날 즈려밟고 가시옵소서 그 약속 지키겠지 하고 미련 두다가 수없이 뒤통수 맞고, 이제는 아예 뒤통수가 사라져서 그냥 헛헛하게 황망하고도 민망스레 걸어가는 정처 없는 나그네 길이 되고 만 것이 아닌가. 그야말로 숱한 국민 새 된 시절이 너무 많지 않았나. 지난날을 돌아볼 때 절로 이 새가 한국의 정치 역사를 고스란히 풍자한 노래, 하지만 유쾌하고도 건강한 해학이 들끓고 있는 노래가 아닌가. 자랑스럽고 품어줄 만큼 예쁜 노래란 생각이 들고야 말도록 싸이는 데뷔곡부터 해내고야 말았던 것이다.

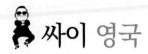 싸이 영국

음악은 사랑이 가장 적합한 말을 찾은 것이다
-시드니 스미스

2012년 9월 24일 싸이의 「강남스타일」이 영국 음반순위 집계 오피셜 차트 컴퍼니The Official Charts Company에서 싱글부문 3위를 차지했다. 미국 아이튠즈 톱iTunes Top100 차트에서는 전 세계 35개 국에서 이미 그리고 지속적으로 1위를 달리고 있었다. 이처럼 영국 차트에서의 3위 현상을 두고 드디어 싸이의 음악이 명예를 얻었다고 말하는 이들도 있는 것 같다. 공감한다. 영국은 뭔가 좀 더 까다로운 입맛의 차트다. 미국에서 히트했다고 영국이 받아들이진 않기 때문이다.

그리고 미국에서 저조하다고 해서 영국이 그런 대접을 따라하는 것도 아니었다. 지미 헨드릭스Jimi Hendrix●도 영국에서 인정받으면서 미국에서 뒤늦게 인정을 받고 스타가 됐다. 밥 딜런Bob Dylan●도 영국에서의 콘서트가 매우 중요했다. B. B 킹●은 다큐멘터리 「블루스The

Official
Charts Company

Search

News   Music Charts   Video Charts   Archive   Artists   Win   New charts in: 06D 21

Home

Singles Chart
- Top 40 Singles Chart
Albums Chart
Compilations Chart
Digital Charts
Classical Charts
Rock Charts
Alternative Charts
Heritage Charts
Urban Charts
Dance Charts
Country Charts
World Chart
Asian Chart
Regional Charts

@OfficialCharts

And the full
#OfficialSinglesChart Top 100
is right here!
http://t.co/vtKahBlH
about an hour ago

You can dig into the full
#OfficialAlbumChart right here.
http://t.co/rH31ljJ0
about an hour ago

>Follow us on Twitter
facebook

Official UK
Charts
👍 Like

22,464 people like Official
UK Charts.

Osvaldo Ramon Ralpf

Komkrit Luis Daniel

Michel I-Chun

Official UK Singles Top 100 - 6th October 2012

Pos	LW	WKs	Title, Artist, (Label)	Jump to 1-25 26-...
1	3 ⬆	6	**GANGNAM STYLE** PSY (ISLAND)	>Buy >Watch Video
2	1 ⬇	4	**HALL OF FAME** SCRIPT FT WILL I AM (EPIC/PHONOGENIC)	>Buy
3	9 ⬆	4	**I CRY** FLO RIDA (ATLANTIC)	>Buy >Watch Video

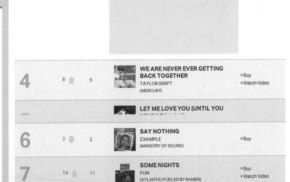

4	6 ⬆	6	**WE ARE NEVER EVER GETTING BACK TOGETHER** TAYLOR SWIFT (MERCURY)	>Buy >Watch Video
—			**LET ME LOVE YOU (UNTIL YOU**	
6	2 ⬇	2	**SAY NOTHING** EXAMPLE (MINISTRY OF SOUND)	>Buy
7	14 ⬆	11	**SOME NIGHTS** FUN (ATLANTIC/FUELED BY RAMEN)	>Buy >Watch Video
8	11 ⬆	3	**SHE WOLF (FALLING TO PIECES)** DAVID GUETTA FT SIA (POSITIVA/VIRGIN)	>Buy
9	18 ⬆	5	**TURN AROUND** CONOR MAYNARD FT NE-YO (PARLOPHONE)	>Buy >Watch Video
10	8 ⬇	3	**YOU BRING ME JOY** AMELIA LILY (XENOMANIA)	>Buy >Watch Video

Blues」마틴 스콜세지 총감독에서 영국의 음악평론가, 음악관계자에게 매우 고맙다는 감사의 뜻을 전하고 또 전했다. 미국에서는 아무리 블루스 Blues*를 연주해도 시큰둥했는데 영국에서 인정받자 미국에서도 '아, 이거 좋은 건가 보네' 하고 블루스가 정착되기 시작했다는 것이다.

하나 더 예를 들어보자. 「송 버드Song Bird*」의 포크 블루스Folk Blues* 싱어 에바 캐시디Eva Cassidy*의 앨범이 2002년 8월 25일 영국 차트에서 1위를 했다. 하지만 미국에서는 무명 가수였을 뿐이었다. 결국 에바 캐시디는 영국에서 100만 장 이상의 앨범이 팔렸고, 전 유럽을 휩쓸었다.

나는 2002년 8월 독일 퀼른에서 열렸던 음반박람회 갔다가 바람 좀 쐬려고 기차 타고 독일의 시골엘 간 적이 있다. 그때 그 시골의 한 맥주집에서 맥주 좀 마시고 동네 구경 나갔다가 들른 마켓에서 처음 듣는 목소리에 홀려 찾아 간 곳이 바로 음반매장이었다. 그곳에서 에바 캐시디의 노래를 구입했다. 너무 좋았다. 영혼의 목소리, 결코 흔치 않은 목소리였다. 빌리 할리데이Billie Holiday*, 멜라니 사프카 Melanie Safka*, 재니스 조플린Janis Joplin*의 뒤를 잇는 목소리가 바로 에바 캐시디였기 때문이었다.

이처럼 영국은 미국이 놓친 가수, 음악을 알아보는 특별한 재능이 있다. 흔히 천재는 천재에 의해서만 그 창조의 불꽃이 점화된다고 했는데 영국도 그런 천재성의 나라인 셈이다. 그런데 재미난 것은 싸이의 경우는 미국이 한국에 대해서 영국 같은 역할을 했다는 점이다.

　그렇다. 싸이가 국내 가수로 머물지 않을 수 있었던 것은 미국의 스타 래퍼 티페인T-Pain* 덕분이다. 그는 93만여 명 팔로어들에게 2012년 7월 30일 "이 뮤직 비디오가 얼마나 대단한지 말로는 설명이 안 된다."면서 강남스타일 뮤직 비디오를 띄웠다. 그때부터 재빨리 번져간 입소문은 8월 2일 유튜브에서 1천만 명 조회 건수를 기록하게 됐고, 다음날 CNN에서는 강남스타일의 열풍 조짐을 뉴스로 다뤘던 것이다. 물론 그 무렵 영국의 BBC 라디오1에 소개되기도 했지만 아무튼 미국이 먼저 알아봤고, 이제 드디어 영국답게 미국 빌보드 차트 11위인 싸이의 「강남스타일」을 영국은 싱글 차트 3위로 올리게 된 것이다. 이어서 9월 30일에 UK 차트 1위에 올랐다.

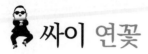

싸이 연꽃

내 팔을 꺾으세요. 그래도 나는 당신을 잡을 것입니다.
손으로 잡듯이 심장으로 잡을 것입니다.
심장을 멎게 하세요. 그러면 뇌가 고동칠 것입니다.
마침내 당신이 나의 뇌에 불을 지르면
그때는 내 피가 흘러 당신을 실어 나르렵니다.
-라이너 마리아 릴케의 시 「내 눈을 감기세요」에서

한국의 전통적 아름다움은 바닷가의 모래알처럼 많다. 그 중에 하나가 예전엔 친구가 자신의 집을 방문하기 하루 전날 밤, 친구가 좋아하는 차 한 봉지를 연꽃 속에 넣어 둔다고 한다. 그래서 밤 사이 오므라들었던 연꽃잎 속에서 그 차 한 봉지는 충분히 연꽃 향이 배어든다고 한다. 그런 다음 친구가 찾아오면 바로 그 연꽃 향까지 더해진 좋은 차 한 잔을 그 친구에게 대접한다는 것이다.

참 그 정성이 극진하고 대접이 황홀하다. 그렇다. 싸이가 지금 2012년 하반기에 뉴욕을 말춤으로 흥분시키고, 핀란드와 네덜란드에서도 그를 섭외하기 위해 애쓴다는 소식을 들으면 싸이야말로 천리향, 만리향 정도가 아니라 천만리향의 연꽃 싸이, 싸이 연꽃이라는 생각이 절로 드는 것이다.

그렇다. 친구를 위해 연꽃 속에 차 한 봉지를 넣어 연꽃 향을 자연스레 추가하고 더하듯, 싸이 역시 그렇게 동시대인들의 우울함, 왜소함, 축 처짐, 한숨, 패배감, 열패감 등을 위로하기 위해 싸이의 노래라는, 싸이의 춤이라는 차 한 봉지를 자신의 가슴속에서, 마음속에서 고이고이 익혀 왔고 묵혀 왔던 것이다.

그는 미국에서의 인터뷰에서 이렇게 말한다. "12년간 한국에서 가수 생활을 해 왔지만 이제 이곳에서 신인으로 다시 시작한다." 그의 미국 매니저 또한 "신인을 두 번 하는 가수는 매우 드물 거라"고 말한다.

아무튼 싸이는 대한민국이라는 연꽃잎 속에서 12년을 기다려 온 셈이다. 한국의 고전소설 『심청전』을 보면 심청은 아버지의 눈을 뜨게 하기 위해 공양미 3백석에 몸을 팔아 거친 물결 인당수에 몸을 던졌지만 사해 용왕에 의해 기적처럼 살아났다. 그때 연꽃이 심청을 품어주었고, 마침내 황후가 되어 나라의 큰 잔치를 베풀어 모든 시각장애인들을 초청하여 아버지를 비롯해 수많은 시각장애인들의 눈을 번쩍 번쩍 뜨게 해준다는 이야기가 등장한다.

그렇다. 싸이는 현재와 같은 월드스타로서의 성공을 전혀 꿈꾸지 않았었다. 물론 무의식적으로 세계적인 가수가 됐으면 좋겠다는 생각을 안 하지는 않았을 것이다. 하지만 아직 그런 성공을 제대로 거둔 한국인 가수나, 월드스타를 만들어 낼 수 있는 시스템에 제대로 접근한 한국의 뮤지션은 단 한 사람도 없었다.

하지만 그는 12년간 6장의 앨범을 냈고, 그 노래들 대부분을 성공시켰고, 사랑받아 온 바 있다. 대한민국은 이미 싸이의 그 유쾌함과 느닷없는 난입 같은 음악적 무대 침투와 무언가 파격미를 기대해 온 대중들의 답답한 가슴속에 음악적 열광이라는 불을 지펴 왔던 것이다.

그 불길이 유투브에 점화됐고, 그 불길은 올림픽 성화대 같았고, 사이버 스페이스의 태양 같은 유투브라는 이 세상 어디서나, 그 누구나 쉽게 바라볼 수 있는 화면을 통해서 싸이의 연꽃 향기 짙게 배어든 말춤과 강남스타일은 온 세상이 함께 바라보는 꽃이 됐다. 그래서 차 한 잔이 되어 그들의 눈을 번쩍 번쩍 뜨게 했고, 입술을 적시고, 혀를 적시고, 맛있는 목 넘김을 통해 가슴을 적시고, 오늘의 삶을 더러는 촉촉이, 대부분 뜨거이 적셨던 것이다.

싸이,
팝의 전설로
꽂히다

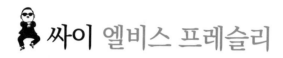 싸이 엘비스 프레슬리

무관심에 상심이 컸던 아이? 날 아는지
난 내 맘대로 해. 청개구리
틀린 게 아니야 다른 것 뿐이야
문제라면 문제아
-「청개구리」(싸이+G.Dragon 작사, 싸이 노래, Feat, G.Dragon)

일본, 중국까지도 방송이 나가지만 주로 북한 동포들을 위한 방송인 KBS 라디오 한민족 방송의 '곽영일의 팝스 프리덤Pops Freedom'에서 2012년 9월 19일 '싸이 특집'을 한 적이 있다.

그 며칠 전, 낮에는 광고회사 운영하고, 밤에는 '예끼'라는 문화 오뎅바를 운영하는 후배 김지형으로부터 전화를 받았다. "형, 나 홍대 앞인데 나와요. 얘기도 하고…… 술도 한잔 하고……." 하지만 난 나갈 수가 없었다. 그 시간 마침 싸이 특집을 준비 중이었기 때문이었다. 그래서 "나 못 나가. 싸이 특집 준비 중이야." 하고 말았다.

싸이가 내 인생, 아니 내 저녁 스케줄을 바꾼 것이다. 평소 같았으면 아마 난 즐거이 홍대 앞 가서 한잔 걸쳤음에 거의 틀림없다고 보여지기 때문이다. 아무튼 나의 핸드폰 너머 저쪽 스마트폰을 통해 들려오는 목소리는 "알았어. 형. 그리고 싸이 정말 대단해. 난 엘비스 프레슬리Elvis Presley 같아."였다. 그래 바로 그거다. 사람 마음 다 똑같다. 싸이는 엘비스 프레슬리다. 엘비스 프레슬리가 누구인가? 팝의 황제, 로큰롤Rock & Roll의 황제 아닌가.

트럭 운전사를 하던 10대 후반에 어머니의 생일을 축하하기 위해 노래 녹음하러 '선 레코드'에 갔다가, 그의 목소리를 알아 본 선 레코드에서 그를 프로로 데뷔케 한다. 그는 호탕한 목소리의 흑인들이 살고 있는 멤피스의 백인답게 세상에서 가장 큰 목소리로 포효했고, 세상에서 가장 부드러운 목소리로 사랑을 속삭였다. 만인의 친구였고 만인의 연인이 됐다. 그러면서 몹시 춤췄다. 춤의 시대가 열린 것이다. 백인들에게도 아시아인들에게도. 엘비스 프레슬리로 인해 춤은 누구나 출 수 있는 춤의 민주화 시대가 열린 것이다.

마음 가는 대로, 허리가 돌아가는 대로, 흥이 복받히는 대로 춤춰도 좋은 시대, 그렇게 춤추듯 삶을 살고 싶은 시대, 실제로 그렇게 춤추는 시대가 온 것이다. 엘비스가 시작한 것이다. 오죽하면 존 레논John Lennon●이 이런 말을 다 했을까. "엘비스 프레슬리 이전엔 아무 것도 없었다."

그렇다. 엘비스가 곧 빅뱅이었고 태초였고, 혼란이었고, 그런 가운데 빛이었고, 천지창조였다. 진흙으로 만들어진 인형 같던 사람들의 코에 춤바람을 불어넣고, 사랑의 바람을 불어넣어 호흡할 수 있게 하고 춤출 수 있게 한 생기이자 향기였던 것이다.

2012년 여름 갑자기 온 세상이 강남스타일을 본받아, 저마다 노르웨이스타일, 봉평스타일, 수영장스타일, 경찰서스타일, 독도스타일, 홍대스타일, 오만스타일, 대구스타일, 건담스타일, 타이스타일, 무도스타일 등과 현아와 함께 싸이가 패러디한 오빤 딱 내 스타일 등 무수한 커버스타일들을 우후죽순 쏟아내고 있는 중이다. 울고 싶은데 뺨 때려 주었다는 식으로, 춤이 마침 무지 마려웠는데 싸이의 강남스타일이 억눌렸던 춤, 근질근질했던 몸들을 완전 해방시켰던 것이다. 마치 1950년대의 엘비스 프레슬리가 그랬던 것처럼.

나는 솔직히 이리 됐으면 한다. 엘비스 프레슬리가 이런 말을 했다. "로큰롤에 친숙해진 것도 몇 년이 되었습니다. 예전에는 리듬 앤 블루스Rhythm & Blues라 불렀었죠. 내 기억으로는 그때도 대단했었는데, 이젠 정말 굉장해졌습니다. 언론에서는 로큰롤이 청소년 범죄에 큰 영향을 미친다고 말하지만 난 로큰롤은 단지 음악일 뿐이라고 생각합니다. 로큰롤은 사라지지 않을 것입니다. 정말 엄청난 것이 아니면 로큰롤을 대신하지 못할 테니까요."(1955년, 엘비스 프레슬리, 『록의 시대』, 시공사 刊)

이 말처럼 싸이도 한국의 여성부에서 「라이트 나우Right Now」를 금지곡으로 선정했지만 싸이는 사라지지 않았고, 싸이는 오히려 번성했고 대성했고, 그 이전엔 군대문제로 한국 남자들이 가장 두려워한다는 두 번 군대 가기를 통해 반성도 했었고 이번의 강남스타일을 위해 정성을 다 기울였다. 싸이는 이렇게 말했다. "어느 팬이 참 소중한 말을 내게 주었습니다." 그 말은 노력하는 사람에게 기회가 온 것, 그것이 운이다.

그렇다. 싸이는 물거품이 아니다. 싸이는 엘비스 프레슬리 이후 세계음악문화사와 정신사에 뿌리내려 온 로큰롤의 역사에서 로큰롤을 구원해 낸 위대한 아티스트로 영원히 기억될 것이다. 왜냐하면 엘비스 프레슬리가 이미 설파했듯이 정말 엄청난 것이 아니면 로큰롤을 대신하지 못할 것이고 싸이는 그토록 엄청난 로큰롤의 물줄기에서 일렉트로닉 로큰롤Electronic Rock & Roll® 사운드로 세계를 춤추게 했기 때문이다. 따라서 싸이는 사라지지 않을 것이다. 그는 역사가 될 것이고 역사가 되고 있다. 그것도 아주 아주 중요한.

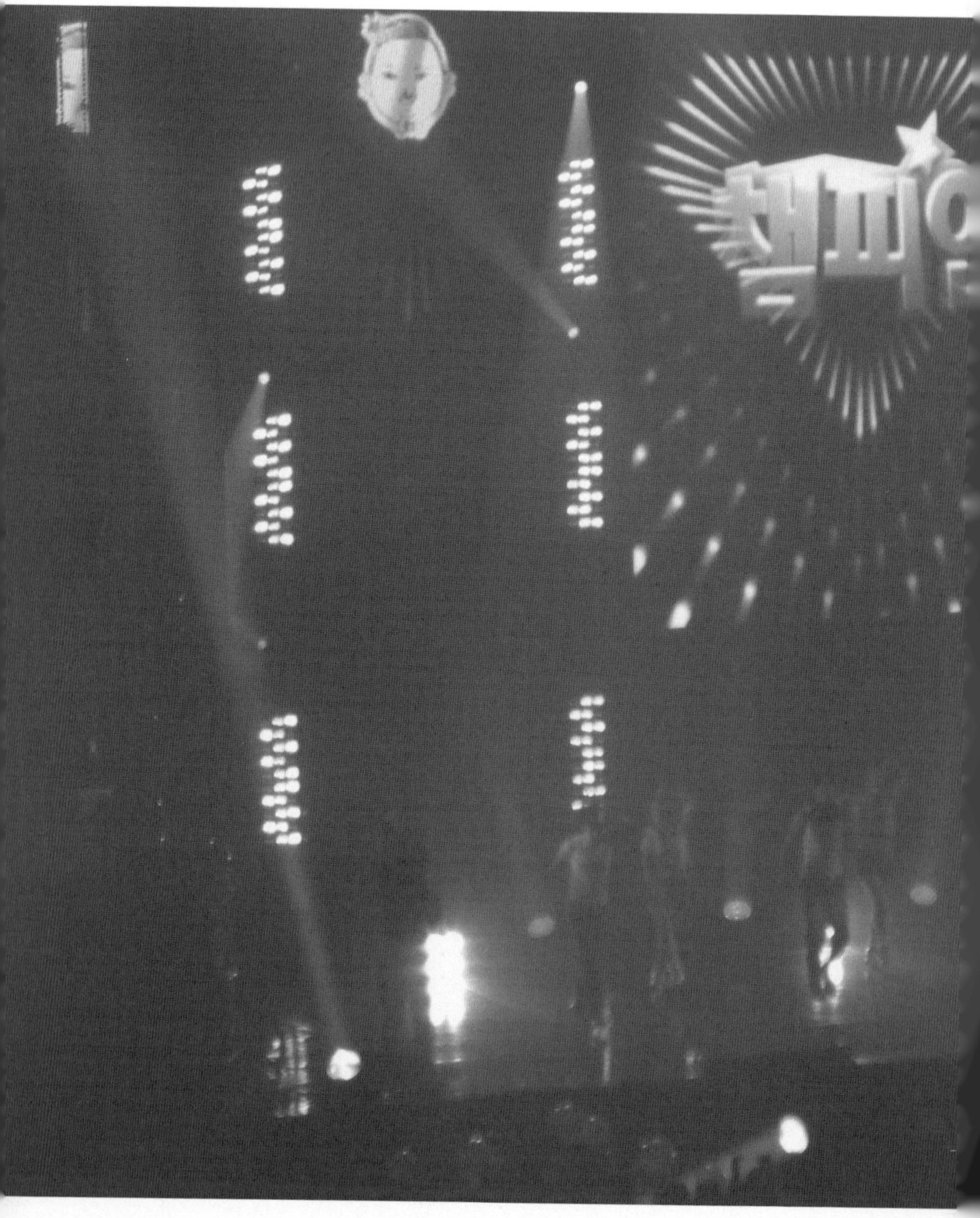

 싸이 섹스 피스톨즈

살기엔 너무 타락했고 죽기엔 너무 젊다
-시드 비셔스

1992년에 미국 음악여행을 갔었다. L.A, 샌 프란시스코, 산 호세, 마이애미, 뉴 올리언즈, 멤피스, 내쉬빌, 뉴욕 찍고 다시 L.A, 하와이 거쳐 돌아왔다. 그때 내쉬빌 가서 미국 컨트리협회장을 만났었다. 「디 앤드 업 더 월드The End of The World」를 노래한 스키터 데이비스 Skeeter Davis®와 함께 듀엣을 하다가 스키터 데이비스는 솔로 데뷔를 하고 그 회장은 가수의 길에서 멀어졌다고 한다. 생전에 스키터 데이비스는 듀엣 하던 습관이 배어서 자신의 솔로 앨범의 노래들도 스스로 두 번 녹음을 해 듀엣곡으로 만들었다고 한다.

그 컨트리협회 회장님을 인터뷰했었다. 빨간 가디건을 입고 동화 같은 전원주택에 사는 할머니 회장님은 매우 미인이었다. 인터뷰를 마치고 마지막 질문을 이렇게 드렸다. "회장님, 컨트리 뮤직Country

Music●을 한마디로 말씀해 주신다면 무엇인가요?" 그러자 그 빨간 가디건의 미인 할머니 회장님은 마치 기다렸다는 듯이 "컨트리 뮤직은 하나님의 평화를 향해 사람들이 한 발자국 더 나아가게 하는 음악입니다."라고 선뜻 미소와 함께 대답해 주었다.

참 멋진 음악이 컨트리 뮤직인 것이다. 분명한 목표와 철학과 정신과 사랑의 음악이 미국의 컨트리 뮤직인 것이다. 그 컨트리 뮤직의 대가인 쟈니 캐쉬Johnny Cash●의 노래 중에 「어 보이 네임드 수A Boy Named Sue」가 있다. 노랫말을 보면 자신의 아들에게 이렇게 말해주는 노래다. "아들아, 인생은 싸우든지 죽든지 둘 중 하나다!"라고. 빙빙 돌리지 않고 현실을 풍자하는 이 노래, 참 마음에 든다. 이쯤 돼야만 인간은 개처럼 태어나 쓰레기처럼 죽어가지 않을 수 있는 것이다. 뭔가 나를 둘러싼 모든 것, 심지어 내 영혼을 간직한 내 육체까지도, 심지어 내 영혼까지도 알고 가야 하지 않을까, 그래야 후회가 없지 않을까 생각한다. 그래서 「어 보이 네임드 수」 같은 노래들처럼 인생이 뭔가 번쩍하고 번개처럼 보여주는 순간을 가능한 한 자주 만나는 것이 복되고 이로운 인생이라 생각한다.

이 노래를 영국의 섹스 피스톨즈Sex Pistols●가 좋아했고 영향받았다. 그래서 섹스 피스톨즈의 시인이자 리더인 존 라이든John Lydon은 이렇게 말했다. "나는 거짓말이나 망상에 빠질 시간이 없다. 그럴 필요도 없다. 그러니 당신도 그래야 되지 않겠는가" 그리고 추신을 이렇게 첨

언했다. "그럼 즐기든지 죽든지." 그렇다. 60년대의 쟈니 캐쉬는 싸우든지 죽든지라 했고 70년대의 섹스 피스톨즈는 즐기든지 죽든지라고 말했다.(『섹스 피스톨즈 쟈니 로튼』, 존 라이든 저, 정호영 옮김, 노동사회과학연구소 刊)

　그런데 싸이는 "갈 때까지 가보자"고 말한다. 그러나 쟈니 캐쉬처럼 사려 깊고 신중한 눈빛, 해저 2만리 같은 깊숙한 목구멍에서 나오는 듯한 낮은 베이스 톤의 목소리로 말하지 않는다. 그리고 영국 황실에 최초로 돌멩이를 던졌다고 스스로 자인하는 섹스 피스톨즈처럼 정치적이지도 않다. 그리고 미래가 없다고 섹스 피스톨즈처럼 현실을 직시하거나 냉소하거나 분노하지도 않는다. 싸이는 아름다운 너, 사랑스런 너와 갈 때까지 가보자고 말한다. 그러면서 오빤 강남스타일이라고 야릇하게 위엄을 갖추고 조금은 더부룩하고 스리 살짝 느끼하게 자신을 과시하는 듯한 태도로 스스로를 선언하듯 규정하고 명함 내민다.

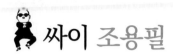 싸이 조용필

행복해서 뛰는 게 아닙니다.
뛰면 행복합니다.
-싸이

언젠가 「어머나」의 장윤정 매니저가 내게 이런 말을 들려주었다.

"한국 대중음악계에서 히트가 난다는 것은 병풍에 그려진 닭이 세 번 울어야만 가능합니다." 그만큼 힘겹고 어려워서 그에 맞대응하려 고 그 이상 힘차게, 힘 있게 밀고 나가고 노력해야만 히트가 가능하다 는 얘기였다.

그렇다. 병풍에 그려진 닭이 어찌 울 수 있을까. 하지만 거기서 붓 으로 그려진, 닭이 꼬끼오~! 하고 힘차게 울 수 있도록 노력해야만 히 트곡이 나온다는 얘기다. 그리고 그런 노력 끝에 문득 행운이 더해지 고 하늘이 어여삐 여겨 운수대통, 민심을 움직여 히트곡이 만들어진 다는 얘기일 것이다.

그렇다면 싸이의 2012년 강남스타일은 아마도 온 세상의 그림 속에 그려진 액자 속이나 병풍 속이나 화첩 안의 모든 닭들이, 아니 그 뿐만이 아니라 온 세상 후라이드 치킨과 삼계탕 그릇에 담겨진 닭들이 일제히 꼬끼오~! 하고 인간해방의 새벽이 왔음을 알리고, 일제히 말춤을 석 달하고도 열흘, 즉 100일 콘서트를 해도 될까 말까 한데, 세계적인 히트곡이 되고야 말았던 것이다.

아마도 세계인들의 마음속에 그동안 그토록 달리고 싶었지만 달릴 수 없었던 매일 다람쥐 쳇바퀴 돌듯 하던 인생살이의 한이 문득 일제히 달려 나가면서, 그 행진곡은 물론 강남스타일이었고 그래서 세계의 한이 강남스타일의 흥을 만나면서 말춤의 여행이, 비상이 시작됐고 웅비했다고 여겨지는 것이다.

싸이는 언젠가 조용필 같은 영원한 국민가수가 되고 싶다고 했다. 싸이는 언젠가 이문세 같은 멀티플레이어가 되고 싶다고 했다. 싸이는 언젠가 양현석 같은 프로듀서가 되고 싶다고 했다. 그리고 이제 2012년 여름부터 싸이는 그 모든 소망을 쟁취해내는 중이고, 월드스타로 떠오르고야 말았다.

조용필이 「창밖의 여자」를 시작으로 1980년대를 열어젖혔을 때, 그리고 마침내 아시아스타로 떠올랐을 때, 한국 가요계의 어느 전문가가 미국시장 진출을 타진한 적이 있었고, 꽤나 깊숙이 논의가 오가 계약 조건까지도 오고 갔다는 일설이 있다. 아마도 그때 조용필의 미국시장 진출이 있었으면 한국 가요계는 또 하나의 전설을 간직했을지도 모르겠다. 아무튼 그 가요관계자의 일설에 따르면 미국시장 진출까지는 좋은데 그러기 위해 미국 측에서 제시한 공연 스케줄이 너무 살인적이었다고 한다. 와, 이거 따르다가는 조용필의 개인적인 삶은 사라지고 오직 무대 위에서만 살겠구나란 생각에 조용필 측에는 알리지도 않고 스스로 접었다는 후문이 있다.

그렇다. 세상에 공짜란 없다. 심은 대로 거두는 인과응보인 것이다. 그 한 예를 조용필 관련 일화를 통해 들어보자. 1980년 조용필의 「창밖의 여자」가 한반도의 남쪽 대한민국을 범람할 때였다. 그때 그 해 서울의 봄이 온다던 기대에 사람들이 라일락꽃처럼 들떠 있었고, 진달래처럼 홍조를 띄고, 찔레꽃처럼 수줍게 기다리고 있었다. 일부는 국민이 나라의 주인이라는 그 주권을 찾아오기 위해 맹렬히 거리 시위에 나서던 그 시절, 나는 김도향 선배님이 운영하던 서울 오디오CM 및 음반제작사에서 일하고 있었다.

이따금 들르던 송창식 선배가 서울 오디오 사무실로 방문을 왔다. 마침 아무도 없고 토요일 오후였고 나만 혼자 기타를 둥둥 치고 있었다. 그러다 송창식 선배와 함께 TV를 보고 있었다. 아마도 KBS '가요 Top 10' 같은 프로그램이었을 것이다. 그 인기 순위 프로에서 조용필은 「창밖의 여자」로 5주 연속 우승을 하고 있었다. 그 순간 송창식 선배가 나를 보면서 "이제 한국에서 최고의 가수는 조용필이야!" 하고 마치 자신의 최고 가수 왕관을 조용필에게 이관시켜 주는 것 같았다. 난 조금은 숙연해져서(왜? 대한민국 최고 가수의 왕권이 평화적으로 왕권 교체되는 순간이었기에.) 이렇게 되물었다. "창식이 형님이 최고 가수 아닌가요?" 그러자 송창식 선배는 "아냐, 조용필이 최고야. 이 순간 부터는……." 그래서 난 다시 물었다. "왜죠?" 그러자 송창식 선배는 "나보다 조용필이 더 열심히 노래하니까!"

  그렇다. 싸이도 그렇게 이 세상 누구보다도 지금 이 순간 열렬히 노래하고 말춤 추고 있기 때문에 월드스타가 된 것이라 생각된다. 아마 어셔Usher도 본 조비Bon Jovi도 그랬을 것 같다. '지금 이 순간 싸이가 나보다 낫다. 나보다 더 열심히 하는 가수고 나보다 더 나은 가수다!'라고 속으로 뜨끔해하면서도 인정할 수밖에 없을 것 같다. 이것이 선수의 태도고 대가들의 양심인 것이다. (이토록 아름다운 순간에 난 또 이상하게도 홍보비로 밀어붙이려 하고, 가요계의 상 같은 것들을 독식하려고 혈안이 된, 가수라기보다는 독사 같은 무리가 떠오른다. 이런 가수들이 혹여나 변종으로 나타나진 않겠지 하는 순수한 이상주의자의 순진한 발상이 뇌리를 스쳐 대퇴부를 거쳐 지상에서 가장 아름다운 나의 오른발 두 번째 발가락의 발톱 상공 수십 센티미터를 지나 태평양 상공을 향하는 꿈을 꾼다.)
  국민가수 조용필 선배에게 정말 놀란 적이 있다. 이문세의 「별이 빛나는 밤에」 작가를 할 때였다. 보통 가수들이 7시에 시작되는 별밤 공개방송 녹음을 위해 대부분 6시 30분쯤이나 10분 전 심지어 5분 전에 도착해 바쁘디 바쁜 표정으로 임한다. 그런데 조용필 선배는 우리가 공개홀로 갔을 때 이미 연습 중이었다. 그때가 오후 5시, 그래서 "언제 오셨어요?" 하고 묻자 오전 10시에 왔고, 계속 연습 중이라는 답이었다. 이미 국민가수 조용필이 그토록 일찍 와서 연습을 하고 있었던 것이다.

그런데 조용필 선배 못지않게 싸이의 공연 모습을 보면 싸이가 월드스타가 될 수밖에 없었다고 생각한다. 단 천만분의 1초라도 싸이는 강남스타일에서 노래하고 말춤 추며 집중에서 벗어나는 걸 본 적이 없다. 그는 겸손하게 인터뷰하지만 결국은 무대를 장악한다. 본 사람들에게 감동을 준다. 그는 마치 이러는 것 같다. '인생 뭐 별거 있나? 즐기면 되는 거지. 갈 때까지 가 보는 거야. 그걸 방해하는 것들, 그 귀신들 나 싸이 선무당이 다 퇴치할게. ㅎㅎㅎ…….' 그렇다. 그는 이 시대의 진정한 아트 싱어송 라이터Singer-Song Writer 말춤 퇴마사이기도 한 것이다. 어허, 잡귀야 물렀거라. 어서 썩 물렀거라 하고 있는 것이다.

그리고 세계는 이런 노래, 이런 춤, 이런 빛의 무대, 빛의 가수, 빛의 이야기, 소금의 춤을 너무 오래 기다려 왔던 것이다.

 싸이 유재하

세상은 삭제되고 섬 같은 유재하의 방만 남았다.
거기서 피아노 건반을 누르듯 치듯 유재하는 자신의 방과 함께
영혼과 함께 그녀에 대한 그리움과 함께 흘러가고 있었다.
─구자형

싸이와 유재하, 유재하와 싸이에 어떤 비슷한 점이 있을까? 그것은 방이다. 물론 다른 방이다. 유재하의 방과 싸이의 방은 분명 다르다. 유재하는 62년생, 싸이보다 15년 먼저 세상에 출생했다. 그리고 87년 싸이 만 열 살 때 세상을 떠났다. 음반 딱 한 장 남기고 타계했다. 하지만 방송 출연 한번 못했으나 그의 음반은 지금까지도 사랑받고 있고 '유재하 음악제'를 통해서 수많은 음악인들이 배출됐다. 그리고 한국 발라드에 새 지평을 열어 놓은 뮤지션이다. 굳이 표현하자면 발라드의 광개토대왕 같은 존재라 생각한다.

아무튼 싸이와 유재하는 방이다. 무슨 갑자기 뚱딴지 같은 방이란 말인가? 다름 아닌 존재의 방이다. 나는 그렇게 생각한다. 사람은 누구나 특히 음악인들이나 예술가들은 더욱 더 자기만의 존재의 방이

있고 그곳에 거처한다고 생각한다. 그들의 영혼이 말이다. 그 영혼의 거처는 주민등록증 상에 나타나 있는 현주소와는 좀 다르다. 그래서 내친김에 천기누설을 한다면 김현식은 영혼의 거처가 작은 마을이다. 그와 신촌은 그래서 그토록 무척이나 어울렸던 것이다.

그리고 김정호 영혼의 거처는 벙커다. 그는 음악의 순수를 지키기 위한 전사였다. 그는 단순한 악사가 아니었던 것이다. 피카소가 말했었다. "나는 말로는 다 못하지만 그림으로는 무엇이든 다 말할 수 있다. 그리고 나의 그림은 세상을 바꾸기 위한 무기다." 참고로 피카소 영혼의 거처는 강물이다. 그는 메마르지 않는 풍성한 수량을 지닌 지상 최대의 그림의 강물이다. 그가 물감을 찍어 그려 나가는 그의 꿈은 강물처럼 흘러 그림이란 바다가 되는 것이다.

김광석 영혼의 거처는 가슴이다. 스스로의 작은 가슴이었다. 나는 그의 고통을 새삼 짐작해 본다. 그 작은 가슴으로 그는 한국 모던포크의 역사를 받아들였고 끝까지 전진했다. 그는 오체투지의 자세로 1990년대 한국사의 한복판에 몸을 던져 노래했던 것이다.

배호 영혼의 거처는 도시다. 그는 특히 광활했고 먼 풍경 속의 먼 그대를 그리워하는 원경 같은 노래들을 부르고야 말았다.

차중락 영혼의 거처는 거리다. 신사동 가로수길, 대학로 마로니에 길, 정동 덕수궁 돌담길 같은 그런 길이다. 가로수가 피어 있고 연인들이 걸어가는 그런 거리다. 그는 그렇게 떠돌이 별이었던 것이다.

자, 다시 돌아오자. 싸이와 유재하 목소리에 대해서 나는 말하기 시작했었다. 유재하 영혼의 거처방이라 함은 바람 없는 방을 의미한다. 사방이 막힌 벽으로 가려진 방, 그래서 「가리워진 길」이 탄생했을 것이다. 그 방에는 창문이 없다. 따라서 바람도 없다. 유재하의 목소리는 절대 흔들리지 않는다. 바이브레이션도 극히 미미하다. 일부러 만들지 않는 깨끗함의 목소리다. 어딘가 조심스레 자신의 목소리를 세상에 내놓는다. 그 목소리는 열렬한 사랑의 호소가 아니다. 잘 보이려 하거나 어떤 위로를 하려 하지 않는다. 지나칠 정도로 담담하고 담백하다. 그냥 거울처럼 무無 존재처럼 그렇게 서서 노래하는 것 같다. 그러자 떠나간 그녀의 모습이 비친다.

만남도 아니고 헤어짐도 아니고 애태움도 아니다. 하지만 굉장한 집중이다. 그는 외출을 거부하고 그녀만 생각하는 것이다. 그것이 유재하의 발라드인 것이다. 세상은 삭제되고 섬 같은 유재하의 방만 남았고 거기서 피아노 건반을 누르듯 치듯 그렇게 유재하는 자신의 방과 함께 영혼과 함께 그녀에 대한 그리움과 함께 흘러가고 있는 것이다. 그런데 왜 그토록 많은 사람들이 유재하를 좋아할까? 그것은 그가 그토록 텅 비워놓았기 때문인 것이다.

싸이 또한 그렇다. 싸이에게는 유재하 같은 무심이 있다. 하지만 싸이는 그 무심함을 중심으로 그것을 뿌리로 미칠 듯 타오르는 자유가 있다. 그는 달리는 별이다. 밤새도록 달려도 더 달려야만 속 시원한 저항이 아닌 지향이다. 그는 즐거움을 위해 달려간다. 그는 집시처럼 방랑한다. 그는 프랑스 시인 랭보처럼 바람의 구두를 신고 달려가고 날아간다. 비지스Bee Gees● 또한 그런 이야기를 춤췄다. 존 트라볼타 John Travolta● 주연의 영화 『새러데이 나잇 휘버Saturday Night Fever』의 삽입곡 「스테잉 얼라이브Stayin Alive」에서 비지스는 '하늘의 날개를 내 구두 위에 갖고 있어요. 나는 춤추는 남자예요!' 라고 노래한다.

그렇다. 무심함의 뿌리, 그 근거가 유재하 음악과 싸이 음악의 출발 점이었으나 유재하는 침묵을 향하는 발라드를 택했다. 그리고 바람 없는 방에서 자신의 숨소리 같은 「사랑하기 때문에」를 불렀다. 싸이 는 해동과 해빙을 통해 삶의 돌파구(절벽이 가로 막으면 그 절벽에 구멍 을 뚫고 파고 들어가는 해병대 정신 같은 돌파구 근성을 뜻한다.)를 열어젖 히는 춤을 지향한다. 그래서 일렉트로닉 댄스 힙합 록 싸이 휠링 등의 무기와 도구로 그리고 맨몸으로 음악의 여신 뮤즈가 신 내림한 신명 을 온몸으로 받아 전진해나가는 것이다.

 싸이 서태지

최고의 선(善)은 물과 같다.
물은 만물을 이롭게 하면서도 다툼이 없고
사람들이 싫어하는 낮은 곳으로 흘러간다.
하여 물은 가장 도(道)에 가깝다.
-노자 『도덕경』 제8장에서

한때 1992년 이후 서태지와 아이들이 등장하면서 「난 알아요」, 「하여가」, 「컴백홈」, 「발해에서」, 「교육 이데아」 등이 즐비하게 히트하면서 서태지를 두고서 '문화대통령'이라고 했다. 그 이후 서태지가 은퇴하자 서태지는 문화대통령, 에쵸티는 그의 대변인이란 말도 있었다.

아무튼 서태지는 그 이후 지금까지도 신비주의로 일관해 왔다. 필자는 서태지 은퇴 이후 그가 어디 사는지 무얼 하는지 도무지 알 수 없던 시절, 어느 신문사가 서태지 사진을 누군가 파파라치 촬영해 오면 수 천 만원을 준다거나, 방송사의 어느 연예 프로그램에서 서태지를 찾기 위해 미국 수색 촬영을 보냈었다거나 등등의 이야기를 들은 적이 있었다.

그러다 샘터에서 한국에서의 오늘날 최고의 인물들을 각 분야별로 한 명씩 선정해 전기형식의 책 시리즈를 발간키로 했다고 해서 샘터 쪽 편집부 사람들을 만난 적이 있었다. 그때 샘터에서는 내게 서태지 원고를 써달라고 했다. 그래서 내가 그렇다면 미국에 있는 서태지와 일주일간 인터뷰할 시간을 달라고 했다. 그러면 쓰겠노라고. 그러자 샘터에서는 미국과의 교신창구가 있어서 서태지에게 나의 뜻을 전했고 다시 서태지로부터 돌아온 답은 "그냥 한국에 있는 자료 갖고 쓰세요."였다. 그때 내 대답은 "그럼 안 쓸게요."라고 샘터에 내 입장을 밝혔다.

자료만 갖고도 쓸 수는 있겠지만 그래 갖고는 부실한 책이 될 수밖에 없겠다는 판단이었다. 기왕이면 다홍치마, 서태지와의 인터뷰를 근간으로 그간의 서태지 국내 자료들을 갖고 최상의 책을 내고 싶었던 것이다. 아무튼 그렇게 서태지와의 인연은 무산됐다.

서태지의 「난 알아요」가 한국 음악계에 끼친 영향력은 정말 어마어마하다. 그것은 1919년 윤심덕의 「사의 찬미」, 1935년 이난영의 「목포의 눈물」, 1938년 남인수의 「애수의 소야곡」, 1939년 고복수의 「타향살이」, 1947년 현인의 「신라의 달밤」, 1964년 최희준의 「맨발의 청춘」, 1964년 이미자의 「동백 아가씨」, 1967년 배호의 「돌아가는 삼각지」, 1968년 트윈 폴리오의 「하얀 손수건」, 1968년 한대수의 「행복의 나라로」, 1971년 양희은의 「아침이슬」, 1980년 조용필의

「창밖의 여자」, 1992년 서태지와 아이들의 「난 알아요」 같은 세상을 바꾼 뮤지션이자 노래였던 것이다.

  그렇다. 난 늘 궁금했다. 서태지가 열어 놓은 댄스뮤직 시대의 다음은 무엇일까? 서태지 이후 에쵸티, 지오디, 소녀시대 등이 지속적으로 댄스뮤직의 열기를 이어왔고 그것이 한류 열풍에까지 확산됐었고, SM 엔터테인먼트와 YG 패밀리, JYP 엔터테인먼트의 기업화까지 이뤄졌다. 그에 따라 남미, 유럽, 일본, 중국 등에서 무수한 한류 콘서트가 있어 왔지만 그것은 어디까지나 서태지가 바꿔 놓은 세상에서의 일이었다. 아직 서태지 시대의 영향을, 그 그림자를 못 벗어나고 있었다 해도 크게 지나치지 않을 것이라 생각한다.

  그런데 뜻밖에도 싸이가 뭔가를 해낸 것이다. 싸이는 서태지의 신비주의 대신 가장 싸구려 이미지를 끝없이 추구했고, 그야말로 그 딴따라정신이 끝까지 갈 데 까지 간 것이 강남스타일이었다. 싸이가 이미 말했듯이 싸이는 강남스타일을 통해 가장 바보 같은 뮤직 비디오를 만들고 싶었다고 한다.

  그렇다. 바로 이 지점에서 위대함이 탄생하는 것이다. 이미 기원전 4세기 그리스에서 활동하던 철학자 소크라테스가 권유한 '너 자신을 알라'에 대한 답으로 싸이는 바보라고 고백했고 싸구려라고 그 누구보다도 강력하게 주장했다. 그리고 그것을 만천하에 선언한 것이 바로 강남스타일이었다. 싸이는 인간의 한계를 정확히 지적한 것이다. 이 세상 그 누구나 바보일 수밖에 없고, 혼자서는 되는 일도 없고, 살아갈 수도 없는 이 시대를 통렬하게 풍자한 것이다. 그것을 고뇌가 아닌 일렉트로닉 록 댄스Electronic Rock Dance로 풀어낸 것이다.

그렇다. 싸이의 강남스타일은 이 시대의 모든 이들에게 국경과 남녀노소를 초월하고, 유무식과 빈부와 종교를 초월해서(이리 따져 보니까 초월할 것이 몇 가지 되지도 않네) 바보주의와 바보시대를 선포한 것이다. 그 바보종교의 찬송가가 바로 강남스타일이다. 그 유쾌한 교주가 싸이이고, 전 세계 아이튠즈 판매 1위를 차지하고 있는 강남스타일의 저작권을 소유한 강남스타일 제작팀들에게 전 세계 바보종교의 출현을 지지하는 커버 바보들의 헌금이 답지하고 있는 것이다.

GANG NAM
STYLE

싸이 **앨범 리뷰**

싸이 6甲
& etc

♬싸이 6甲 리뷰

자신의 길을 발견한 음악인은
더 이상 다른 음악인들과 경쟁하지 않는다
- 레이 찰스

1. 청개구리

『싸이 6甲』의 파트 1, 트랙 1은 「청개구리」. 록 중에서도 하드 록
Hard Rock 분위기의 노래다. 거기에 제임스 갱James Gang®의 #49 같은
블르지 비트Bluesy Beat®가 강하다. 그런가 하면 검은나비가 불렀고, 박
상민이 리메이크한 「청바지 아가씨」 같은 록 댄스Rock Dance도 함유
돼 있다. 그리고 지 드래곤G Dragon의 랩 피처링이 가미돼 있다.

싸이 작사인 이 노래에서 싸이는 이런 노랫말로 오늘날의 월드스타
를 예언한 결과를 가져왔다.

난 돌아이

남 시선 따윈 누가 뭐라던 내 방식대로 Ay!

두고 봐 끝에서 누가 잘되나 봐

부끄러워할 걸

날 좋아할 걸

......

그래 나 청개구리

청개구리는 반항적인 아이들에게 부모나 주변 사람들이 붙여주는 별명이자 애칭이다. 그렇다. 사춘기 시절 혹은 보다 앞선 시절에 아이들은 청개구리처럼 말을 안 듣는다. 자기 멋대로, 자기 판단대로 하고 싶어 한다. 어른 말이 옳아도 자신을 내세우고 싶어 정반대로 막무가내로 간다. 그것이 청개구리다.

예전에 명동 YWCA에 청개구리 홀이 있었다. 서유석, 김도향, 김민기, 양희은 등이 그곳에서 노래했다. 음악평론가 이백천 선생님이 그곳에서 사회를 봤다. 이백천 선생님은 늘 창작 가요를 권했다. 남의 노래, 기존 히트곡, 외국 팝송 아무리 잘 불러봐야 소용없다는 얘기다. 이미 그 노래의 주인이 있는데 무엇 하러 내 개성을 죽이고 엉뚱한 노래를 부르느냐는 것이었다. 그 결과 한국 통기타 음악인들은 창작에 부쩍 더 심혈을 기울일 수가 있었음은 부인할 수 없을 것 같다.

　아무튼 지난 6~70년대 청년문화 전성기에 한국 모던포크의 생산 기지였던 청개구리 홀에서의 청개구리 모임(그 시절엔 아직 콘서트란 말이 사용되지 않았다)은 마치 섬진강 시인 김용택 시인의 '마당은 삐뚤 어졌어도 장구는 바로 치랬다'는 싯귀처럼, 그리고 입은 삐뚤어져도 말은 바로 하라는 속담처럼 그렇게 이미 위대한 한국적 정서의 전통 적 아름다움과 진정한 생명력을 위한 민주평화의 행진곡 「아침이슬」 등을 부르고 있었다.

　기쁜 생명의 춤을 위하여, 행복한 자유의 삶을 위하여 권력이 질서 라는 미명하에 개인 존재의 고유성을 무시하고 획일화의 가축우리로 가두려 할 때 늘 노래는 저항해 왔다. 그리고 그 생명의 불꽃을 막으면 막을수록 더욱 더 들불처럼 산불처럼 번져가 마침내 시대를 바꿔 버 리고야 말았다. 그것이 역사의 진정성이자 영원한 현재성인 것이다.

　싸이의 청개구리 또한 그 자유평화행진의 길목에서 들려오는 또 하 나의 응원가이자 새로운 버전인 것이다. 싸이의 청개구리 마지막 가 사는 이렇게 마무리된다.

　청개구리

　틀린 게 아니야 다른 것 뿐이야

　문제라면 문제야

그렇다. 세상에 대해 자기방식으로 두려움 없는 사랑을 뜨겁게 고백하고 있는 싸이, 그 문제아를 세상이 온통 사랑하고 있다.

2. 뜨거운 안녕(feat. 성시경)

「뜨거운 안녕」은 60년대 노래다. 극장 쇼의 달인이자 반항기 가득했던 쟈니 리의 뜨거운 노래다. 당시 10대 소년들과 남성들은 불의 앞에서 터프하고 사랑 앞에서 쿨한 남자가 되고 싶어서, 또 그렇게 보이고자 「뜨거운 안녕」을 많이 불렀었다. 그 뜨거운 안녕에서 영감을 얻은 것 같은 유희열+싸이 작사, 유희열+김태훈 작곡, 유건형 편곡의 새로운 「뜨거운 안녕」은 60년대 뜨거운 안녕의 심각함에서 선뜻 탈출한다. 가사는 버림받은 자의 최후의 항전 같은 냄새가 난다.

> 같이 베었던 베게에 너의 흔적을 버려
> ......
> 하나에서 열까지 다 같이 했기 때문에
> 너무 힘들어 입술을 깨무네
> 술김에 억지로 잠을 재우네
> 술도 수면제도 너를 못 이겨
> 또 밤을 새우네

왜 헤어졌나······.

누구나 사랑이 떠나고 나서 이 정도의 고통은 충분히 받아 봤을 것이다. 마치 숯불을 뒤집어쓴 듯 온통 가슴이 하루 종일 밤새도록 활활 타올라! 나를 불살라! 그 화기를 다스릴 수 없어 화살 맞은 멧돼지처럼 날뛰던 심정, 와! 그거 정말 대단한 고문이었지.

그리고 버터왕자 성시경이 노래하는 부분은 유치함과 치사찬란의 극치이지만 그의 새로운 뮤직터치인 뽕끼 있게 살짝기 뒤집는 목소리가 역시 성시경이군 하고 성시경 브랜드의 위력을 새삼 일깨운다.

3. 강남스타일

「강남스타일」은 쏟아지는 노래다. 뭐지? 이게 뭐지 그랬지 싶다. 대차게 밀어붙이는 노래. 마치 해일이 밀려오는 것 같다. 그러다 다시 차분하게 침묵시키고 다시 긴장시키기를 반복한다. 응원가 같은 노래 강남스타일. 물론 모두의 삶을, 이 시대의 삶을 응원하는 노래다. 인체는 10조 개의 세포로 구성돼 있다고 한다. 이 세포들을 지자체 실시한다면 모든 세포가 저마다 주권을 지닌 연방정부의 한 조각이 되는 셈이다.

그렇다. 강남스타일은 그 10조 개의 세포, 싸이의 모든 세포들이 일제히 노래하는 대합창이다. 그는 이 노래로 명창의 반열에 올라섰다. 싸이의 노래는 다시 폭포처럼 쏟아진다. 그러다 어느새 하늘에 닿는 기분이다. 그 감촉이다. '지금부터 갈 때까지 가 볼까'가 바로 그 부분이다. 싸이의 강남스타일은 그래서 만나러 가는 바람과 만나고 오는 바람이 동시에 불어대는 강남스타일의 바람, 싸이스타일의 바람이다.

"오빤 강남스타일"이라고 싸이는 묵직한 건달 보스 같은 목소리로 나직하게 외친다. 그러다 다시 마음껏 소리지른다. 고개를 끄덕이게 하는 드럼비트를 타고 마음껏 욕망을 드러내고 그 욕망의 하수인 신분에서 벗어나기 위해 다시 소리지른다. 싸이는 이제 섹시와 합류하려 하지 않는다. 뭘 좀 아는 놈이기에. 그것을 뛰어넘는다. 굳이 초월이란 말을 쓰지 않겠다. 그보다는 생명과 합류한다.

아, 그리고 무엇보다도 강남스타일은 한없이 왜소해져만 가고, 가난하다고 해서 인간 취급 못 받는 이 더러운 세상을 향해, 희망 없는 세상을 향해 일갈한다. 마치 시위 군중을 이끄는 행동대장 같다. 그리고 그가 구호를 외친다. 오빤 강남스타일!

나는 싸이의 강남스타일을 보면서 삶에서 자신과 어울리지 않는다고 지레 포기한 꿈들에 대한 미안한 감을 지울 수 없었다. 결국 내 발등을 내가 찍은 숱한 나날들이 그야말로 눈물처럼 살포시 떠올라 허공이 잠시 습하다.

강남스타일은 로큰롤에서 뻗어 나온 트위스트의 흥겨움 같은 것 그리고 R&B적 샤우트, 일렉트로닉의 세련됨, 힙합의 야성, 록의 거친 지성이 반복을 통해 인간을 세뇌시킨다. 싸이만의, 그렇다! 이것이 싸이 특유의 중독성 있는 싸이 뮤직, 강남스타일의 장점이다. 자, 세뇌란 말에 대해서 반감을 가질 수 있겠다. 그걸 해명한다. 누군가 나를 세뇌시키고 자신은 나를 조종한다면 나는 무뇌아나 인형이 되고야 말겠지만 그렇지 않고, 그 세뇌의 현장에, 그 세뇌를 위한 음악적 장치를 만들어 놓고 싸이는 우리들을 초대했다. 그리고 그 주인의 자리에서 우리들을 환영했다. 그가 만들어 놓은 의자, 우리들을 앉혔다. 그가 만들어 놓은 플로어에 나가 함께 우리들은 2012년 여름부터 춤추기 시작했다. 그렇다. 나 역시 미친년 널뛰듯 경중경중 하염없이 춤췄다. 우리들의 신끼가 발동한 것이다.

와이키키 브라더스의 리더인 기타리스트 최훈이 한번은 내게 이런 말을 했다. "형, 음악 한다는 게 이제는 천형 같아요." 그렇다. 그는 자신의 리듬과 음악을 버리지 않았다. 그러자 세상이 그를 많이 외면했었다. 그러나 자신이 사랑하는 음악, 꼭 그것만 자꾸 하고 싶고 돈 몇 푼을 벌기 위해서 자신이 하기 싫은 음악은 죽어도 못하겠는데 어쩌겠는가? 그래서 그는 음악은 천형이라고 말한 것 같다. 하지만 요즘 내가 가만 생각해보니 그가 말한 천형은 어쩌면 천명일 것이다. 아니 반드시 그럴 것이다. 천형이 아닌 천명의 음악, 하늘의 이야기를 들려주라는 하늘의 명령, 그것을 꿈처럼 받아서 자신의 기타로 노래로 이 땅의 사람들에게 들려주는 것, 이것이 바로 천지신명의 천명이요 지명인 것이다.

그렇다면 천명이 무엇인가? 설마 저 높푸른 하늘이, 저 깨끗한 하늘이, 비도 주고, 햇빛도 주고, 구름도 주고, 별도 주는 하늘이 설마 인간에게 사기를 치겠는가? 아니면 비 주고 햇볕 줬다고 한전이나 수도사업본부처럼 고지서를 보내오겠는가? 절대 그렇지 않고 그런 적 없다. 하늘은 오직 축복만 줄 뿐이다. 하늘은 오직 사랑만 줄 뿐이다. 쫓기는 성범죄자에게도, 요동치는 주식가에 마음 졸이는 주식맨에게도, 유치원 목마에도, 한강변에도, 국회에도, 홍대 앞에도, 부산에도, 목포에도 하늘은 하늘을 주고 꿈을 준다. 축복을 준다. 따라서 천형은 이처럼 천명이 되고 천복이 되어 천하의 모두와 함께 나누는 선순환의 씨앗, 사랑의 진실인 것이다.

그 축복을 꿈처럼 받아 천명을 사람들에게 나눠주는 것, 이것이 바로 싸이의 콘서트이고 강남스타일인 것이다. 그렇다. 결코 하고 싶지 않았지만 해 버리겠다. 싸이의 강남스타일에 이런 가사 나온다. 근육보다 사상이 울퉁불퉁한 사나이! 그렇다. 그 사나이가 바로 국제가수 싸나이! 싸이인 것이다.

강남스타일의 매력은 여기서 그치지 않는다. 강남스타일은 바람 같은 노래다. 나는 강남스타일이 음악의 최고 경지의 하나인 음악이 바람이 될 때, 바로 그 꿈을 성취한 노래라고 생각한다. 이것은 인간의 힘만으로는 절대 되지 않는 경지다. 하늘이 도와야만 가능한 것이다. 바람이 스스로 싸이의 음악에 바람 내림, 신 내림 해야만 가능한 것이다. 그래야만 천의무봉天衣無縫 깔끔하게 꿰맨 데 없이 덕지덕지하지 않게 딱 떨어지고, 쫙 빠지는 음악이 탄생하고야 마는 것이다. 그렇다. 싸이에게 내린 축복이 이 땅에 신명을 다시 지피고, 세계를 춤추게 한 것이다. 덩실덩실 얼쑤! 아싸! 우리 싸이인 것이다.

자연재해, 빈곤재해, 환경재해, 정치재해, 경제재해, 범죄재해 등은 이제 전 지구적인 현상이다. 하루하루 살아가는 게 신기할 뿐이다. 게다가 도시를 발명한 인간은 그 원자재를 창조한 본질을 잊어버리고 오직 교만으로 치닫는다. 착각이다. 손오공이 우주의 끝까지 날아가서 다섯 개의 기둥에 글씨를 쓰고 다시 돌아왔다. 그러자 자신이 썼던 그 글씨가 실제로는 부처님 손가락 다섯 개에 쓰여졌다는 것을 깨닫고 경악을 했다. 이 사건으로 손오공은 경거망동 오만불손 과도한 오버의 죄로 인해 500년간 바위 속에 갇힌다. 그 형벌을 삼장법사가 커피 한잔 하러 지나던 길에 구해 줬다고 한다.

이야말로 뛰어야 벼룩인 셈이다. 겸손을 잊어버리면 축복이 없다. 한 겨울에 정동의 어느 카페에서 잠을 잤다. 아침에 일어나 창문을 보니 겨울 은행나무에 아침 햇살이 내리고 있었다. 잎도 없고 열매도 없고 오직 메마른 겨울 나뭇가지만 있던 그 겨울나무에 햇살이 비쳐들자 나무도 웃고, 햇빛도 웃었다. 어찌나 아름다운지, 사랑스러운지……. 그렇다. 싸이의 강남스타일에도 이런 가사 나온다.

아름다워 사랑스러워
그래 너 HEY 바로 너 HEY
아름다워 사랑스러워
그래 너 HEY 바로 너 HEY

그렇다. 햇빛이 있어야 나무다. 사람도 누군가의 따스한 빛, 환한 빛이 있어야 사람이다. 싸이는 콘서트에서 객석을 향해 에너지를 달라고 말한다. 객석의 환호성의 빛, 싸이를 부르는 빛, 싸이를 사랑으로 바라보는 눈빛들, 싸이의 노래를 함께 합창하는 그 빛무리. 그것들이 있어야 콘서트는 사랑이 되는 것이다. 그래야 싸이 말처럼 서로의 잔상을 간직한 채 헤어질 수 있는 것이다. 이것이 바로 싸이 특유의 테이크 아웃 잔상 콘서트 혹은 감동 콘서트인 것이다.

또 하나 싸이의 강남스타일은 그동안 컴퓨터 뮤직에 묻혀 있고 그 사운드에 파묻혀 있던 인간의 소리, 가수의 소리를 저 손오공을 가둬 놓은 바위처럼 답답했던 인간의 목소리를, 가수의 목소리를 대명천지에 끄집어 내놓은 위대한 탈출 쇼였고, 성대한 복귀였다. 사운드가 주인이 되고, 인간의 소리는 점점 더 기계음에 묻혀 안 들리고, 주객전도! 반주가 주인이 되고 가수는 반주에 얹혀가는 빈대 신세였음에도 불구하고 이에 대하여 뭔가 이상한 낌새조차 못 느끼던 세계 음악계에 싸이는 출몰 내지는 난입한 것이다. 하지만 동심처럼 순수하게 햇살처럼 살풋한 그 귀한 감성을 잃지 않고 온전하게 싸이는 나타나 "오빤 강남스타일"을 연호하면서 컴퓨터 뮤직에서 인간의 음악으로 바꿔 놓은 것이다.

이것이 싸이의 참으로 창대한 위업이 될 것이다. 싸이는 절대 음악 속에 안주하지 않는다. 그가 음악의 주인인 것이다. 싸이는 절대 리듬 속에 파묻혀 있지 않는다. 그는 손오공처럼 바위 속에 갇혀 있는 대신 바위가 있는 숲을 날아가는 나비나 새, 그 바위 위에 내리는 햇살이 되어 굳어버린 심장 같은 바위를 노크한다. 그 안의 교만이라는 놈, 돌지 않는 시계나 풍차 같은 놈, 그래, 그 놈 손오공 같은 어리석은 자아를, 웅크린 채 잔뜩 헛된 꿈만 지속하는 구르지 않아 이끼 낀 돌멩이가 된 그놈을 다시 구르게 하는, 그 갇힌 바위, 감옥 같은 바위를 깨뜨리는 돌파력의 싸나이, 괴력의 싸나이가 바로 싸이인 것이다.

4. 77학 개론(feat. 리쌍, 김진표)

박싸이, 길성준, 김진표 모두 77년생들이다. 강개리가 78년생이다. 77학 개론은 77년생으로 태어난 이들의 자축 노래인 것이다. 인간은 이처럼 자신의 삶에 대해서 의미를 부여한다. 그냥 가면 섭섭하니까. 가만 있음 또 할 일도 없으니까, 따분하니까. 그래 심심한데 성공이나 해볼까. 그런 의욕을 갖게 하는 노래다. 그러면서도 상당히 서정적인 접근의 가사들도 있다. 그러면서도 다분히 위악적인, 악동적인 구석의 노랫말들도 있다.

싸이가 태어나던 해, 1977년은 제1회 MBC 대학가요제가 시작됐고, 이 해의 미스코리아는 김성희였다. 탤런트 김현주, MBC 아나운서 이정민, 가수 정엽이 모두 77년생이다. 조해일 원작의 소설 『겨울여자』가 김호선 감독에 의해 영화로 만들어져 그 이전에 『별들의 고향』이 세웠던 30만 명 유료관객의 기록을 뛰어넘어 50만 명 관객 동원으로 한국 영화사에 새 장을 열었다. 가수 혜은이의 「당신만을 사랑해」가 77년의 최고 히트곡 중 하나가 됐고, 한국계 미국인 이휘소

이론물리학 박사가 타계한 해가 77년이기도 했다.

프랑스 축구의 상징인 티에리 앙리, 미국의 뮤직 프로듀서이며 랩퍼인 카니예 웨스트Kanye Omari West®, 여배우 김희선, 발라드 가수 조성모, 일본 가수 아무로 나미에Amuro Namie®, 개인용 컴퓨터 애플 2, 축구선수 이영표, 지금은 세상을 떠난 한류스타 박용하 또한 77년생이다. 영화배우 소지섭, 원빈, 최강희, 개그맨 정종철 또한 77년생들이고, 같은 해 출판사 문학사상사에서는 요절한 천재작가 이상을 기리는 '이상 문학상'을 제정해, 작가 김승옥의 「서울의 달빛 0장」을 수상작으로 선정했다.

힙합 스타일의 「77학 개론」은 77년생들이 성장하면서 겪은 이야기들, 그 문화를 이야기한다. 하룻밤의 사랑을 찾아 방랑자가 되기도 하고, 포카리에 소주를 타면 뻑가리가 된다고 한다. 심지어 첫 담배와 첫 섹스가 나온다. 그러다 한 소녀와의 첫 키스가 등장한다.

「그때 그 시절」 「Do You Remeber」가 이어지고

그때 모든 게 설레었고

이제는 모든 게 익숙하다

그러다 마무리는 이렇게 약간 애매모호 아리송하게 막을 내린다.

흘러가는 시간 속에 나의 모습 찾을 수가 없어

나를 돌아봤죠

그대여 나를 돌아봐

우린 아직 젊기에

하지만 애잔하게 천둥벌거숭이처럼 늦은 밤 괜시리 잠 못 들고 싸돌아다니던 그 시절, 누구나의 젊은 그날들에 대한 「그때 그 시절」 「Do You Remember」가 가슴에 지속적으로 파도친다.

5. 어땠을까(feat. 박정현)

사랑의 박물관이 있다면 이 노래는 그 박물관의 주제가로 썩 잘 어울리리라. 잃어버린 사랑의 감정, 어느 날 문득 컷하고 멈춰버린 사랑의 스톱 모션, 그런 풍경들이 즐비한 사랑의 박물관이 있다면 말이다. 하지만 짝사랑 같은 꿈은 모든 것이 늘 항상 언제나 가능쿠나. 이토록 아릿한 사랑 노래가 나왔으니 말이다. 물론 이 노래는 현재진행형의 사랑은 아니다.

희미해진 그때의 기억을 빈 잔에 붓는다

잔이 차고 넘친다

기억을 마신다
그 기억은 쓰지만 맛있다

이처럼 「어땠을까」는 기억에 관한 노래다. 그러면서 '혼자서 그려
본다. 헤어지지 않았더라면' 하고 만약에 그때 그랬더라면 하고 버스
떠난 다음에 그 버스 그때 탔었더라면 하고 상상을 하는 것이다. 현실
에서의 사랑과 이별 그 이후, 상상 속의 그대인 것이다.

이 노래는 박정현의 고등하고 고결한 창법에 의해 생명력을 획득한
다. 살아서 꿈틀거린다. 마치 천천히 고래가 유영하다가 문득 바다 위
로 그 왕성한 자태를 설핏 드러냈다 다시 사라지는 찬란한 숨바꼭질
같은 노래다.

아무도 없는데 아무도 모르게 아무도 못 듣게 귓속에 말을 해
그 시절 우리의 온도는 거의 저 밑에 적도보다 높았어
성났어 감기도 아닌 것이 열났어

이런 뜨거운 돌출의 기억이 있는 것이다. 이런 기억을 받아 박정현
은 또 이렇게 노래한다.

어땠을까(내가 그때 널)

어땠을까(잡았더라면)

어땠을까(너와 나 지금보다 행복했을까)

어땠을까(마지막에 널)

어땠을까(안아줬다면)

어땠을까(너와 나 지금까지 함께했을까)

그런데 이런 농담이 있다. 첫사랑에 관해 대한민국 시중에 떠도는 어떤 개그다. 첫사랑이 잘산다는 말을 들으면 배가 아프단다. 그런데 첫사랑이 못산다고 풍문에 들려오면 가슴이 아프단다. 그런데 그 첫사랑이 다시 뭉치자고 하면, 다시 만나자고 하면 이번엔 머리가 아프다고 한다.

「어땠을까」는 박정현의 찰진 목소리, 은근하게 시작해 문득 귀 넘김이 좋은 그녀의 목소리, 아주 살갑게 다가와 어느새 파도처럼 멀어져가는 그 푸른 목소리, 박정현의 어떤 여운의 떨림이 매혹적이고 애간장을 태운다. 거기에 싸이의 여유롭고 할 거 다 하는 무심한 느낌의 박력 어린 랩은 박정현을 넉넉히 에스코트하고 케어한다. 간만에 영어가 된다. 3년에 한번 이런 기적이 일어난다.

6. Never Say Goodbye(feat. 윤도현)

윤도현의 목소리가 청량한 록 발라드Rock Ballad로 다가온다. 싸이의 팝 록 발라드도 함께 어우러지고 재빨리 랩이 쏟아진다. 나는 싸이의 목소리에서 유재하를 유추해낸다. 사실 싸이의 목소리는 한마디로 어떤 목소리라 하기에 매우 어렵다. 어느 팬은 싸이의 목소리가 귀에 붙어서 안 떨어진다고 엄살이다. 어서 떨어졌으면 좋겠다고 호소한다. 좋긴 하지만 싸이의 목소리가 24시간 들려온다면 그건 좀 일상을 영위해 나가기 힘든 아름다운 곤혹스러움일 수도 있겠다. 누구는 싸이의 목소리가 간지남의 목소리라 했다. 혹은 뭔가 끌어당기는 목소리라고도 했다.

그런가하면 해외 네티즌들 사이에서는 인터뷰 할 때의 싸이 목소리가 중저음의 목소리, 흠잡을 데 없는 유창한 영어 실력, 정확한 악센트에 찬사를 보냈다고 한다. 그런데 나는 앞서서 싸이의 목소리에서 유재하를 발견했다고 했다. 물론 싸이가 들으면 펄쩍 뛸지도 모른다. 하지만 싸이의 목소리는 참으로 너무나 특이해서 그냥 독특한 목소리와 창법이라고 얼버무릴 수 없는 그 무엇이 있다. 싸이만의 비밀스런 그 무엇이 있는 것이다. 그냥 대충 넘기기엔 뭔가 껄쩍지근하고 거시기한 기분이 들기 때문이다.

추억과 꿈과 아픔이 물결친다. 그는 그것들을 결코 외면하지 않는다. 그것들은 모조리 싸이가 사랑한 그녀와 음악과 햇살 내리던 5월의 나뭇잎과 그 나뭇잎 흔들어 놓는 초록 바람의 나타남과 사라짐이 거기 있기 때문이다. 싸이는 결코 그들을 배신하지 않았다. 그는 자신의 가슴과 마음과 정신과 영혼을 흔들어 놓은 그것들을 끝까지 바라본다. 결코 눈을 떼지 않는다. 왜? 그것들은 모조리 사랑의 입구이기 때문이다. 그리고 사랑은 인생의 본질, 우주의 입구이고 그 입구로 들어서면 마침내 들어서면 거기 생명의 바다와 바람이 물결치고 불어오고 있기 때문이다.

누구지? 그렇다. 말라르메라는 프랑스 시인이 그 누구지의 주인공이다. 그가 말했다. 그가 시 썼다. '바람이 불어온다. 다시 살아야겠다.' 생명사상가 김지하 시인은 이 한 귀절의 싯귀가 유럽 문학과 문화사의 압축이라고, 여기 다 들어 있노라고 선언했었다. 하긴 밥 딜런도 1963년 「바람만이 아는 대답」을 통해, 통기타 하나로 이제는 평화시대임을 선언했었다. 그리고 무라카미 하루키도 「바람의 노래를 들어라」 하고 그 후렴을 노래했다.

그런데 이제 싸이의 바람이 불어온 것이다. 2001년 「새」부터 시작된 싸이의 바람, 그 바람이 마침내 강남스타일의 큰 바람이 되어 큰웃음의 바람, 큰 신바람을 불어 일으키고 있는 것이다. 그가 이 노래를 만들고 처음 첫 소절을 부르기 시작했을 때, 그의 입으로 피부로 코로 세상의 바람이 들숨으로 들어갔었다. 그의 가슴을 가득 채우고 그가 말하기 시작했다. 아니 그가 노래하기 시작했다. 그의 날숨과 함께 '오빤 강남스타일'이라고 선언하기 시작했다. 그러자 커피와 여자와 머리풀기와 심장과 반전과 노출과 야함과 감각적임이 춤추기 시작했다.

마치 정지한 것처럼 맨날 똑같던 귀찮던 풍경들이 갑자기 생기를 머금기 시작한 것이다. 건기가 지나고 아프리카에 우기가 찾아와 첫 빗방울을 뿌리듯 내리듯 그렇게 사나이와 점잖음과 놀 때와 근육과 사상이 춤추기 시작한 것이다. 그래서 세상은 본질을 획득하고 다시금 바람의 고향으로 귀향할 수 있었던 것이다. 거긴 착취도 없고 모욕도 없다. 거긴 현상의 마음 졸임과 퇴출도 없다. 오직 축제 현장의 바람 같은 그런 영원히 머물고 싶은 노동에서 해방된 사랑의 아름다움만 물결치고 바람치는 것이다.

밀양 백중놀이는 밀양에서 분주한 농사일로 힘겹던 밀양의 머슴들이 음력 7월 15일경 용날을 택해 지주들 허락받고 간만에 덩실덩실 춤추고 막걸리도 한잔하고 그렇게 흥에 겹도록 노는 날이다. 백중놀이에서 하이라이트는 춤판인데 이 춤판에서는 양반춤이 그 시작이다. 하지만 느릿느릿 추는 양반춤은 어느새 머슴들이 양반을 몰아내고 병

신춤을 추어대기 시작한다. 난장이, 중풍장이, 배불뚝이, 꼬부랑 할미, 떨떨이, 문둥이, 꼽추, 히줄대기, 봉사, 절름발이 등의 익살과 해학의 춤판이 벌어지는 것이다.

이어서 둘이 추는 범부 춤과 다섯 사람의 북잽이들이 원무 춤을 다양한 장단의 변화와 함께 각자 개성 있게 추게 된다. 이처럼 상민과 천민들의 축제인 백중놀이는 그날 하루만큼은 양반 대신 머슴들이 잠시 주인 되는 기분을 만끽하게 되는 놀이다. 물론 호미씻기라 하는 이 축제, 백중놀이 그 이튿날이 되면 다시 호미에 흙을 묻히고 머슴들은 다시금 자신들의 일상과 고된 일터로 돌아가야만 했다.

그렇다. 축제란 이렇게 한숨 돌리는 날인 것이다. 그냥 쉬는 게 아니라 잠시 주인이 되어 보는 것이다. 그렇다고 자신이 주인 됐다고 머슴을 부리게 되는 것이 아니라 이튿날이 되면 다시 머슴이 되어야 하지만 숨죽여 기죽어 다니던 동네 한 편 너른 마당에서, 맨날 짐꾼 되어 이동하는 흙더미처럼 살아가던 머슴들이 잠시 일 대신 춤판의 주인이 되어, 너도나도 모두가 주인이 되어 그동안 스트레스 주던 양반을 축제라는 연극무대에서 혼도 내고 밀어내기도 하고, 그렇게 한풀이 혼풀이를 했던 것이다.

그렇다. 싸이의 흠뻑 쇼 같은 콘서트도 그렇게 백중놀이 같은 축제인 것이다. 하지만 싸이는 비정치적이다. 그는 밥 말리Bob Marley®처럼 혁명을 꿈꾸며 미래를 노래하지 않는다. 물론 앞으로 어찌될 줄은 모르겠으나 이제 이념이 코미디가 된 세상, 아직도 이념의 탈을 높이 쓰고 갑갑하지도 않은지 그리고 쪽 팔리지도 않은지 심지어 이념을 칼처럼 휘두르고 고작 번역된 책 몇 권 읽은 것 같고, 새로운 권력이 되고자 새삼 어디서 많이 듣던 이념타령 거짓타령을 늘어 놓는 해괴한 양반귀신들이 아직도 흉흉히 대지 위를 떠도는 것을 보면 그리고 그 귀신들을 9시 뉴스, 10시 뉴스에 열렬히 내보낼 수밖에 없는 현 시국을 바라보면 잠시 세상살이가 정나미 떨어지기도 한다. 하지만 그럴 때 싸이의 강남스타일의 진솔함과 풍자와 해학이 이 시대의 백중놀이가 되어, 세계의 백중놀이가 되어 은연중에 축제의 한판으로 몰아가는 진경을 맞본다. 그래서 결국 21세기가 문화의 시대이고 그 문화의 알맹이가 사랑이고, 그 사랑이 진실을 보듬고 감싸는 영혼의 율피이고, 그 진실을 말하기 위한 도구로 자유는 끝없이 더 많이 쟁취하고 지켜내는 것이고, 노래해야 하는 것임을 살맛나게 펼쳐보인다. 그리고 그 노래 속에서의 평화가 참 귀한 것이어서 문득 문득 춤추고 노래하다 다시 눈물 찔끔거리고, 코 끝 찡긋거리며 가슴 싸아해져서 손등으로 눈시울 훔쳐내며 우린 또 다시 갈 곳이 없고 기댈 데가 없는 것이다.

그래서 싸이의 쇼는 끝없이 지속돼야만 하는 것이다. 밀양 백중놀이의 예능보유자이자 밀양 연극촌장인 하용부는 백중놀이 춤판의 춤은 숨에서 비롯된다고 말했다. 그래서 형식이 중요한 것이 아니라 숨이 중요하다고 말했다. 그 숨이 바로 자유의 바람, 생명의 호흡인 것이다. 그렇다. 춤의 씨앗이 숨인 셈이다. 숨은 생명이다. 성경에는 하나님이 흙으로 사람을 빚으시고 그 코에 생기를 불어넣어 숨 쉬게 했고, 살아갈 수 있게 사람을 탄생시켰음을 알리고 있다.

그렇다. 그래서 싸이의 흠뻑 쇼는 지속돼야만 한다. 싸이는 섹스 피스톨즈처럼 정치적이지 않았다. 하지만 싸이는 2012년에 전 세계인들이 필요로 하는 돌파구를 강남스타일로 뚫어내고야 말았다. 그렇다. 싸이는 강남스타일이라는 우주선을 타고 지구라는 별로 갈 수 있게 했다. 더구나 그 우주선은 누구나 귀만 기울이면 탑승할 수 있는 완벽한 자유의 우주선이다. 그 우주선의 탑승장은 바로 유튜브임은 두 번 말하면 잔소리, 세 번 말하면 헛소리가 될 것이다.

싸이는 AP통신과의 인터뷰를 앞두고 이렇게 말했다. "좀 떨리긴 하지만 그리고 말춤을 추어야 할 것 같은데 이번에 말춤도 혼을 실어서 혼말춤! 소울 홀스 댄스!를 춰야겠어요."라고 속삭이듯 말했다. 그렇다. 싸이는 형식적인 춤이 아니라 뭔가를 보여주는 게 아니라 생기를 불어넣기 위해서, 신바람을 타고 그 바람의 구두를 신고, 강남스타일의 생명 리듬을 타고 춤추겠다고 한 것이다.

그렇다. 춤의 씨앗 숨! 싸이의 숨결은 신바람이 자신의 몸과 마음과 영혼으로 불어올 때의 그 전율로 일어서는 온몸의 각종 솜털들과 10조 개의 세포들이 일제히 종소리처럼 울려대며 축제의 시작을 알리는 국제가수로서의, 월드스타로서의 일어남인 것이다. 그렇다. 지금 한숨을 쉬는 자는 싸이의 숨소리에 귀 기울이길, 그래서 함께 춤출 수 있길 부디 바라는 것이다. 싸이의 음악은 생기다. 흙에서 나서 흙으로 돌아간다 했다. 그것이 인생이다. 흙에 생기가 들어오면 들숨이 들어오면 삶은 시작되는 것이다. 그러다 먼 훗날 날 숨이 나간 다음 다시는 들숨이 들어오지 않으면 그날 생기 속의 영혼은 떠나가고야 마는 것이다.

어느 노 스님이 아흔 살이 넘어 아침에 기상하는데 문득 일어서다 말고 푹 꼬꾸라지고 말았다고 한다. 그리고 더 이상 일어설 수 없었고 해탈의 길로 떠났다고 한다. 그 스님께서 누워 있으며 이런 말을 했단다. "꼬꾸라진다는 말이 뭔가 했는데 그날 꼬꾸라짐이 내게로 왔다고." 참 아픈 얘기다. 그러나 삶에는 누구에게나 이 날이 오고, 그 순간이 오고야 마는 것이다. 참 그렇다.

그러니 즐겁게 살아야 하는 것이다. 흔히 의미도 있고 재미도 있고 그런 말들을 해 왔다. 하지만 의미 있게란 것은 그 목적에 반드시 즐거움의 종착역이 있어야 한다. 자칫 의미라는 형식과 껍데기에 매달려 즐거움이란 삶의 무궁무진한 다양한 맛의 즐거움을 잃어버린다면 이처럼 억울한 일도 없을 것이기 때문이다. 그래서 점잖아 보이지만 놀 때 노는 사나이를 부르짖는 싸이는 이 시대의 위대한 리더이다. 하지만 그는 결코 그런 양반의식을 허용하지 않는다. 오직 B급 정서라는 말만 새롭게 얘기할 뿐이다. 그는 알고 있는 것이다. 허례허식이 사람을 죽인다는 것을. 그래서 언제나 싸이는 뭘 좀 아는 놈인 것이다.

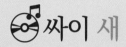 싸이 새

기회는 새와 같다.
날아가기 전에 잡아라.
- 쉴러

"오늘도 저희 클럽을 찾아주신 손님 여러분들께 진심으로 감사드립니다!"

싸이의 1집 앨범 『싸이 프롬 더 싸이코 월드PSY from The Psycho World』의 타이틀 곡이자 이젠 데뷔 히트곡으로 기록되는 싸이의 「새」는 이런 DJ 멘트로 시작된다. 그렇다. 이 노래는 클럽에서의 이야기다. 그리고 물론 파티 레이디가 등장한다. 붉은 장미 한 송이가 타오를 듯 그렇고 싸이가 조금은 심각한 긴장감의 얼굴로 말끔하고 깔끔한 청년의 얼굴로 자태로 앉아 있다. 그렇다. 새의 뮤직 비디오는 이렇게 시작된다.

끝 무렵에는 클럽의 화장실 풍경이 나온다. 그리고 플로어에서 춤추는 선남선녀들이 혼미하고도 야릇하다. 글쎄, 화장실의 배설의 쾌감이 파티 레이디에 대한 어떤 순정한 사랑의 기대감을 배신당하는 상징으로 봐도 될까? 그렇다. 봐도 된다.

새는 뭔가 심상치 않았다. 처음 이 노래가 들려왔을 때 와~! 쎈데! 였다. 반가움과 충격 같은 것들이 뒤섞였다. 강속구를 만난 느낌이었다. 올게 왔구나 그랬었다. 그것은 서태지와 아이들 이후의 한국 가요계가 한번쯤 물갈이 될 때가 됐는데 이상스레 그게 참 무진장 더뎠었기 때문이었다. 그래서 싸이의 새는 그런 기대감을 갖게 하는 흥분과 설레임이 내게 있었다.

새에서는 이런 말이 나온다. "아무데서나 화장을 고치는 굳은 심지!"라는 파티 레이디의 일면을 드러낸다. 그건 좀 강력하다. 그리고 그 풍경은 보는 이로 하여금 강렬함으로 기억되고 흔히 말하듯 각인시킨다. 그렇다. 짧게 굵게 살고픈 청춘의 한 순간들, 거기에 태양처럼 날 바라봐 주는 심지어 어느날 문득 찾아올 나의 서거를 안아주고 슬퍼해주는 그 지독한 서정의 전송을 기대하는 마음, 그 욕망, 그 욕심이 낳은 노래가 싸이의 새라고 나는 생각한다. 하지만 그 소망은 망한다. "나 완전히 새 됐어" 하고 두 손 두 발 든다.

「꿈은 사라지고」라는 배우 최무룡의 옛 노래가 있다. 그 노랫말을 보면 말미에 이리 돼 있다.

> 귀뚜라미 지새 울고
> 낙엽 흩어지는 가을에
> 아 꿈은 사라지고
> 꿈은 사라지고
> 그 옛날 아쉬움에 한없이 웁니다

그렇다. 지난 날 춤의 시대가 아닌 노래의 시대의 서정이다. 그러나 세월 흘러 싸이가 이 노래를 발표하던 2001년은 21세기의 시작이었고 거스 히딩크가 한국 축구대표팀 감독으로 선임됐다. 또한 최초의 우주정거장 미르가 남태평양 바다에 떨어졌었고 탈레반은 아프가니스탄의 바미얀 석불을 로켓탄으로 부쉈다. 9월 11일에는 9·11 테러로 미국 뉴욕의 세계무역센터가 붕괴됐고 3월 29일에는 인천국제공항이 개항했고 같은 해 에쵸티가 해체를 밝혔다. 또한 현대그룹을 일궈낸 정주영 회장이 타계했고 비틀즈의 조지 해리슨George Harrison이 암으로 세상을 떠났다. 영화 『25시』의 주연 남배우 앤서니 퀸Anthony Quinn은 6월 3일 눈을 감았다.

그렇다. 옛 노래 「꿈은 사라지고」의 "나뭇잎이 푸르던 날에 뭉게구

름처럼 피어나던 사랑은 낙엽의 가을에 사라지고 아쉬움에 웁니다." 대신 2001년의 싸의의 「새」는 "당신 나랑 지금 장난하는 거야 이 십 원 짜리야." 라는 욕설 같은 독설이 나온다. 그리고 "나보다 좋은 사람 만날까. 너무 두려워 너무 싫어. 제발 날 떠나지 마. 더 이상 혼자는 싫어(정말 싫어). 나 완전히 새 됐어"로 파티 레이디에 대한 완패를 미련과 마지막 희망으로 수긍하는 듯 싶다.

그렇다. 보기엔 완전 모나리자 비너스인데 그래서 사람 만날 땐 사람만 봐야 되는데 요리조리 계산하는 파티 레이디를 완전 바꿔 놓겠다는 포부도 등장하는 싸이의 새는 1995년 박미경의 「이브의 경고」로 포문을 열었던 한국 여자들의 특히 젊은 X세대들의 새로운 혁명, 즉 '너네 남자들 뭔데? 웃겨? 죽겠어!'에 맞선 싸이의 투쟁이었다. 그 앞서의 전통 여성상, 어머니 세대들의 맹목적인 모성애의 흐름에 의문을 던지고 반기를 들고, 새로운 혁명을 일으킨 이후 더욱 단단한 개인주의, 이기주의로 무장된 여성들의 굳건한 쿨함과의 문화전쟁이자 헤게모니 쟁탈전의 한 단면이랄 수 있을 것이다.

🎵 싸이 해지면

내게 없는 것을 저것이라 하고
내게 있는 것을 이것이라 한다.
천하의 근심은 저것만 사모하기 때문이다.
- 다산 정약용

　　싸이 2집 앨범은 『성인용成人用 싸2』가 앨범 타이틀이다. 앨범 재킷●
엔 모발이 송송 난 싸이의 캐리캐처가 그려져 있다. 빨간 바탕에 검은
몸은 작게 그려져 있고 싸이의 얼굴만 커다랗게 전면을 장악한다. 눈
빛은 어딘가 취한 듯, 도취한 듯 혹은 외로운 듯, 괴로운 듯 사랑하는
듯 마는 듯 그러하다. 이 앨범의 타이틀 곡은 「신고식」이다. 신고식은
박지윤의 「성인식」을 샘플링했다. 일설에는 성인식의 작품자 박진영
이 박지윤의 성인식의 샘플링을 싸이에게 승낙하면서 "너 성인식 걸
레 만들려고 하지?"라는 농담반 진담반의 객설이 있었다고도 한다.
아무튼 싸이의 신고식에는 이런 가사가 난타한다.

이슬 맺히듯이 촉촉한 그대의 입술

위에 몰래 갈고 닦은 화려한 나의 기술

......

난 이제 더 이상 소녀가 아니에요

(그래 더 이상 망설이지 마라)

......

마음을 다 바쳐 입 맞춰 지쳐있던 서로에게 미쳐

달빛은 우리들을 비춰

널 여지껏 아껴둔 이유는

오직 이 순간만을 위한 것임을

장미 스무송이를 내게 줘요

(그래 나 역시 사랑에 목말라 더 이상 기다리지 않아)

눈을 감아요

그리고 인트로 사운드Intro Sound는 중국풍, 중동풍 같은 한마디로 동양풍의 현악기 리프Riff가 등장한다. 그러나 성인용에는 싸이의 특장점인 특유의 현란함이 없다. 차라리 김건모의 「잘못된 만남」보다 더 더욱 빠른 속사포 같은 쏘아댐이 보강됐다면 하는 아쉬움을 갖게 한다. 그러나 싸이는 섹시함에 대한 찬미도 곁들이고 싶었던 것 같다. 그리고 듣는 이로 하여금 좀 더 숨죽이고 입술 마르게 하고 침 마르게 하는 어떤 자극을 유도해내고 싶었지 싶다. 그래서 조금은 천천히 글의 행간이 아닌 소리의 공간을 마련해 두었던 것 같다.

그렇다. 이렇게 말하지만 그다지 나쁘지 않다. 다만 한번쯤 그리고 어쩌면 싸이 음악행진에 있어서 한번은 반드시 거쳤어야 할 실험적 음악이 바로 성인식이 아니었나 싶은 것이다.

그렇다. 뭔가 삶의 행동을 유발시키는 즉, 분기탱천 같은 불끈 솟아 오르는 넘쳐나는 불타는 삶의 의욕 같은 욕망! 그러함에 대한 노래가 성인식이라 여겨진다. 한마디로 성인식은 척 들어봐도 그리고 이리 봐도 저리 봐도 야했다. 그러나 싸이 특유의 마치 시위대의 구호처럼 지극하게 외쳐댐으로 인해 싸이는 욕망과 어떤 거리를 유지해내고야 만다. 그것은 욕망으로 그냥 어떤 순간들을 홀라당 태워버리고 마는 그래서 잿빛 우울 같은 추억이 되고 마는 그런 삶의 어떤 편린이 아니라 무언가 그의 가슴속에서 아련하게 타오르는 뜨겁게 갈망하는 어떤 시심이 존재하기 때문이 아닌가 싶다.

그렇다. 싸이는 이 노래들을 발표하던 20대 중반의 열혈남아로서의 그의 육체 안에 깃든 즉, 하늘로부터 내림받은 뜨거운 욕망에 대해서 이것을 어떻게 관리할까에 대한 고뇌가 있었을 것이다. 그리고 그로 인한 어떤 성급함 같은 것들이 우리들의 젊은 날들을, 또 그들의 젊은 날들을 클럽이나 어떤 술집들로 발길 걷게 하듯이 싸이 또한 그런 클럽에서의 날들이 있었다고 한다. 그러나 왠지 그리고 어인 일인지 그리고 대관절 어찌된 심산인지 그곳엔 시심의 사랑 대신 돈을 지급하면 금세 쉽사리 구매할 수 있는 일시적 친절과 늘 예상보다 훨씬 더 비싼 계산서에 가슴을 철렁대며 뭔가 속은 듯 그래서 똥 씹은 기분이 되어 카드를 긁고 싸인을 하고 또 다시 찬바람 부는 세상으로 내몰리는 시간이 곧장 닥쳐오고야 마는 것이다. 그 당연함에 대하여 싸이는 2집 앨범 중의 한 곡 「해지면」에서 이렇게 열받아 노래한다.

병 들어가는 영혼들이여

쉽게 돈 벌려는 미친 년들과

돈이 남아 도는 미친놈들아

매일 밤 접하는 ○같은 세상아

멀쩡하게 생긴 년들이 사상이 드러워

돈 많은 새끼 몇몇 엮어 큰 돈 한번 벌어 보려

돈 몇 푼에 온몸을 걸어

가불 받아서 뜯어 고치자마자 손님 많아 따블

이놈 저놈 주무르며 존나 혀 말았더니

손님들이 쏟아지네 얼씨구 돈더미

하룻밤 술값으로 몇백 몇천 만원

하룻밤 ○○ 값으로 몇 십 몇 백 만원

아무리 아가씨라도 얘들도 사람이라고

웃통 까라면 까고 ○○ 빨라면 빨고

쉽게 돈 벌려는 미친 년들과

돈이 남아 도는 미친 놈들아

매일 밤 접하는 ○같은 세상아

　나는 이 노랫말을 보면서 문득 최인호 원작의 『별들의 고향』이 생각났다. 영화화 되어서 경아_{안인숙} 분라는 처녀가 결국은 술집 아가씨가 되었다가 어쩌다 만난 문호_{신성일 분}와 동거를 하게 되고, 행복해지는 것 같았으나 문호는 알콜중독으로 인해 더 이상 경아를 사랑할 수 없다고 판단해 경아의 곁은 떠나고 만다. 그러자 결국 경아도 알콜중독이 되어 마침내 눈 내리는 거리에서 생을 마감한다는 별들의 고향이 떠올랐다.

　그 『별들의 고향』의 영화음악은 지금 울릉도에서 거주하는 이장희가 맡아 「그건 너」, 「나 그대에게 모두 드리리」 등을 히트시킨다. 그때 신성일과 안인숙의 영화 속 대사 "경아 오랜만에 같이 누워보는군" "아, 행복해요. 더 꼭 껴안아 주세요."는 지금 식으로 말하자면 완전 대박이었다. 「별들의 고향」은 최인호 작가가 조선일보에 1972년 9월 5일부터 1973년 9월 14일까지 연재했던 신문소설이었고 그것이 1974년 이장호 감독에 의해 영화화되어 46만 5천 명의 관객 동원이

라는 대기록을 세웠으며 당시로서는 대단한 성공을 거둔 빅 히트작이
었다.

영화 『별들의 고향』은 고향을 찾아가고픈 이들의 실향의 난맥상을
기록한다. 사랑이라는 결코 혼자서는 만들어낼 수 없고 갈 수 없는 별
들의 고향, 하지만 사랑은 번번이 실패하고 영화 속 경아는 남자들에
게 착취당하고 버림받고 결국 스스로 세상을 떠나고야 만다.

그렇다. 싸이의 노래 「해지면」은 병들어가는 영혼을 노래한다. 여
자는 돈을 벌기 위해, 남자는 욕망을 배설키 위해 '해지면' 가게로 나
가 술 먹고 노래하고 끼 부리고' 욕망 부리는 밀실의 욕망에 대해서
노래한다.

그렇다. 어쩌면 「해지면」에 등장하는 남자들은 '어차피 너희에게
사랑을 구할 수는 없어. 좋아, 그럼 그냥 순간의 안락과 쾌락만 다오'
라는 다오 귀신에 빙의 됐는지도 모르겠다. 또한 「해지면」에 등장하
는 여자들은 '어차피 너희에게 사랑을 구할 수는 없어. 좋아, 그냥 닥
치는 대로 돈이나 벌자'라는 벌자 귀신에 빙의 됐는지도 모르겠다.

그렇다. 70년대 초 만 해도 청년문화의 시기엔 사랑의 고향, 별들의
고향을 찾아가는 시선이 존재했었다. 그러나 그 시선은 끝없이 외면
당하기 시작했다. 고향은 떠나는 것이고 대부분 도시라는 제2의 고향
을 방황하기 시작하기 때문이었다. 그 방황의 도시가 호황을 맞은 적

이 있었다. 오렌지족과 야타족이 번성하던 강남과 압구정동에 이은 청담동 시대의 도래가 바로 그 산물이었다. 욕망은 드러내 놓기 시작했고 그것은 차라리 훈장 같은 번쩍임이었다. 그곳에서의 소외된 자들의 정신적 연대나 버팀 같은 것들은 서서히 사라지고 강남을 부러워하는 철없는 시선들이 생겨나기 시작했다. 누가 더 욕망의 한복판 그 중심에서 찬연히 빛을 발하는가가 특별한 관심사가 됐었다. 또 그 가능성을 위해 고향 대신 영혼을 팔아서라도 자본가가 되고 싶어 했던 것이다. 그래서 싸이는 본능적으로 노래했을 것이다. 병들어가는 영혼들과 그럼에도 불구하고 아무런 '아쉬움 없는 젊음이 미워'라고 노래했을 것이다.

그렇다. 한대수의 「행복의 나라로」에서처럼 싸이는 "청춘과 유혹의 뒷장 넘기며 광야는 넓어요" 대신 서울 시청 앞 광장 등에서 벌어지는 2002 한·일 월드컵을 응원하고 그 축제를 즐겨내고야 마는 붉은 악마들의 열광을 함께한다. 그때 비로소 싸이는 밀실의 욕망에서 벗어나 광장의 함성, 그 열광 속으로 걸어들어간다. 그리고 그곳에서 자신이 혼자가 아닌 즉, 소외된 존재로서 '에라 모르겠다 욕망이나 마음껏 풀자'에서 벗어나 풍요로운 시심을 회복하며 공동체의 역사라는 실존과 본질을 마음껏 뜨겁고도 속속들이 체험케 된다. 그러면서 싸이 3집 앨범의 핵심곡인 「챔피언」이 탄생케 되는 것이다.

🎵 싸이 챔피언

전 오늘이 무슨 요일인지도 몰라요.
날짜도 모르구요.
전 그냥 수영만 해요..
- 마이클 펠프스

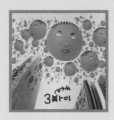

　그렇다. 싸이는 광장의 축제를 통해 노래의 본질에 닿았던 것이다. 그는 잡초처럼 낮은 자들부터 별처럼 높은 분들에 이르기까지 모든 이들이 한순간 하나되어 함께 승리를 기뻐하는 모습을 본 것이다. 그것은 나라는 물방울이 자주 눈물화 되곤 하던 작은 물방울이 대한민국이라는 큰 바다가 됨을 목격하고 어느새 그 큰 파도를 타고 시름과 걱정을 뛰어넘은 위대한 인간애를 온몸으로 전율했음을 의미한다.

　그렇다. 그때 우리 모두 누구나 그러했지 않은가. 거기에 싸이가 있었고 싸이가 그 꿈을 노래한 것이다. 가장 아름다운 꿈은 누군가의 꿈을 들어주고 누군가의 꿈을 이뤄주는 것이다. 그러기 위해서 누군가의 꿈을 내가 먼저 말하지 않아도 느껴야 하고 눈치채야 하고 그게 안 되면 물어 물어서라도 그 꿈을 알아내고 그 꿈이 나아갈 수 있도록 내가 걸림돌이 아닌 길바닥이 되어야만 하는 것이다.

그리고 그 커다란 월드컵의 함성이 싸이의 고막과 가슴에 울려퍼졌고, 싸이는 그 꿈을 읽어내기 시작했던 것이다. 그리고 발설하기 시작했던 것이다. 그것이 싸이의 3집 앨범『3마이』의「챔피언」인 것이다.

그렇다. 모든 사람들이 자신의 꿈을 담아 목청껏 외치는 응원의 함성, 자신의 꿈이 아니라 모두의 꿈이 함께 다 이뤄지길 기대하는 그 예술적 종교적 외침의 꿈의 함성! 그것이 싸이의 마음에 쏟아져 햇살처럼 달빛처럼 쳐들어왔던 것이다. 그리고 싸이는 기꺼이 점령당했고 그 함성을 받아들였다. 싸이가 변화했고 그 변화가 노래를 이끌어냈고 싸이는 그 노래에 투신했다. 그러자 노래가 즉, 우주의 생명력이라는 그 위대한 힘이, 그 사랑이 싸이를 높이 세워 그를 시대의 예언자로 사용키 위해 싸이를 선택한다. 싸이는 선택받음을 통해 이윽고 고난의 행군도 함께한다. 아무튼 일단「챔피언」의 멋진 가사를 요점 정리로 다시 한 번 맛보자.

진정 즐길 줄 아는 여러분이 이 나라의 챔피언입니다 하!
모두의 축제
서로 편 가르지 않는 것이 숙제

소리 못 지르는 사람 오늘 술래

다 같이 빙글 빙글 강강수월래

갈라져 있던 땅덩어리 둥글게 둥글게

돌고 도는 물레방아

(챔피언) 소리 지르는 네가

(챔피언) 음악에 미치는 네가

(챔피언) 인생 즐기는 네가

전경과 학생 서로 대립했었지만 나인 같아

고로 열광하고 싶은 마음 같아

자유로운 외침이 저기 높은 하늘을 질러

소리 질러 우리는 제도권 killer

 질러 볼까 더 크게 뛰어 올라 더 높게

내일 걱정은 낼 모래

모두들 미쳐 보게

둥글게 둥글게 돌고 도는 물레방아······.

　개인이 역사가 되는 순간이었다. 싸이가 대한민국이 되는 순간이었
다. 「신고식」과 「해지면」에 열중하던 싸이가 공동체의 열광과 합류하
고 합체하는 순간이었다. 즉, 2002년의 민족적, 인류애적 신내림이
결국 그로부터 10년 후 싸이의 강남스타일을 낳게 하고, 강남스타일

은 말춤을 낳게 하고 말춤은 유투브를 통해 전 세계인들의 패러디 뮤직 비디오를 낳게 하고, 그 인터내셔널 열망과 글로벌 열광은 급기야 빌보드 1위를 눈앞에 코앞에 바로 앞둔 영광의 순간, 그 직전을 대한민국과 함께 즐겁고도 기분 좋게 설레이고 있는, 싸이 말로는 굉장히 비현실적인 2012년 오늘의 실제상황인 것이다.

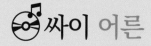 싸이 어른

내 인생은 멋진 이야기다.
그 어떤 착한 요정이
나를 지켜주고 안내했다 하더라도
지금보다 더 좋은 삶을 살지 못했을 것이다.
- 안데르센

　2006년 발매된 싸이의 4집 앨범은 『싸집 PSY』. 싸이의 싸집은 실하다. 「비오니까」와 「아름다운 이별」도 있고 「죽은 시인의 사회」도 있고, 「친구 놈들아」도 있다. 그런가 하면 「양아치」도 있고 「애주가」도 있다. 다채롭고 풍요롭다. 전체적으로 독기가 빠져나가고 여유가 만만하다. 그 중에서 「어른」에 주목한다.

　　너 커서 뭐 될거냐며 누군가 물으면
　　나 꿈이 너무 많다며 대답 못하던 꿈이 많은 아이였잖아……
　　혼자 북치구 장구치고 북치고 박치고 살아가잖아

휙 가버린 시간 푹 패이는 이 맘

이건 이미 사라진 내 장래희망……

너 언제 철들래 누군가 물어 보길래

대체 그 무거운 걸 왜 드냐며 낄낄거리던 싱거웠던 놈이었거든

그런데 지금도 그러거든

철은 무겁거든

돈 많이 벌고 싶어 벌어서 떵떵거리고 싶어

내가 왜 이러나 싶어

이 말을 짚어보니 골이 아주 깊어

바라보는 사람들을 위한 일이야

그게 나를 위한 길이야 달려 이랴! ……

– 어른(싸이 작사, 작곡, 노래)

　참 구구절절 명언이고 금언이로다. 피터 폴 앤 메어리Peter Paul & Mary●의 「퍼프Puff●」라는 노래에 보면 꿈을 잃고 어른이 되는 아픔이 노래된다. 그래서 꿈의 동물 용龍은 힘을 잃고 동굴 속으로 들어가 도통 나올 생각도 안 하고 날아오를 생각도 못한다.

🎵싸이 라이트 나우Right Now

아는 사람은 좋아하는 사람만 못하고
좋아하는 사람은 즐기는 사람만 못하다.
- 공자

  싸이 5집 앨범은 『싸이파이브』. 싸이 5집 앨범의 전면 표지는 싸이
의 입술과 말풍선이 보이며 말풍선 안의 내용은 '뭘 봐'. 가사지 뒷표
지는 싸이가 옆머리 귓가에 노란 꽃을 한 송이 꽂고 코 한쪽에서는 붉
은 피 한줄기를 쏟고 있다. 코피가 난 것이다.

  그 이유는 「오늘밤새」라는 5집 앨범 중의 한 곡에서 엿볼 수 있다.
가사지 안에는 오늘밤새의 배경 그림이 그려져 있다. 그 그림은 클럽
에서의 왁자지껄 시끌벅적 야단법석의 춤판의 축제 상황 속에서 싸이
가 나비넥타이를 매고 상의 탈의한 채 코피를 멈추기 위해 한쪽으로
머리를 비스듬히 기울인 채 곤혹스러워 하고 고단스러워 하는 표정이
순간 포착돼 있다. 그리고 저 멀리 애꾸눈 잭 DJ가 판돌이를 하고 있

다. 그밖에 선그라스로 멋을 낸 청춘과 몽환적이거나 즐거운 표정의 얼굴들이 뭔가 적절히 설치며 밤을 즐기고 새는 그런 느낌의 그림이 절로 웃음을 자아내는 것이다.

> 나이 먹었으니 이제 그만 놀아야지
> 장가도 갔으니 한 눈 팔지 말아야지
> 놀만큼 놀았으니 이제 정신 차려야지
> 그래 철들자 내일부터……
> - (싸이 작사, 싸이+유건형 작곡, 싸이 노래)

이렇게 시작되는 오늘밤새, 이 노래는 굳건한 베이스 라인이 튼실하다. 그리고 무심한 듯 전개되는 싸이의 가창도 아주 좋고 매력 있다.

그렇다. 싸이의 오늘밤새가 포함된 5집 앨범은 싸이의 음악세계가 하나의 일가를 이룬 기념비적인 작품의 앨범이다. 이쯤 되면 싸이는 누가 알아주든 말든 스스로 행복한 하나의 별이 된 셈이다. 드디어 그는 팬들로부터 떠받들리는 스타 별이 아니라 스스로 별을 제조할 수 있는 빛의 아이가 된 셈이다.

그리고 5집에서 유난히 빛나는 노래가 또한 「라이트 나우Right

Now」다. 물론 라이트 나우는 여성가족부에 의해 19금 노래가 되고 말았지만 말이다. 다시 해금 됐다고 해서 다행인 노래이기도 하지만 말이다. 라이트 나우는 매우 공격적이다.

오우 매우 공격적인 음악 뭐야 이거 내 목에 기계 소리 빼

이렇게 시작되는 라이트 나우. 뭔가 대찬 맛이 그득하지 않은가. 그러면서 남의 떡이 더 크고 남의 여자가 더 예쁘고란 여전히 대담무쌍한 싸이의 노래가 외쳐진다. 이 노래의 리듬은 특히 더욱 더 펄펄 뛰는 싸이 특유의 리듬이다.

그렇다. 싸이는 이제 리듬을 탄다. 아주 좋다. 제대로 탄다. 그래 이걸 기다려 왔다. 바로 이런 순간을 우린 기다린 것이다. 아주 만족하고 흡족한 것이다. 매우 반갑고 고맙다. 좋은 리듬을 듣는다는 것은 그걸 체험한다는 것은 삶의 재미와 의미를 충족시켜주는 감사한 일이다.

그렇다. 라이트 나우는 흥분으로 시작해 난리굿을 향한다. 하지만 그 압축성을 잃지 않는다. 거의 음악적 F1 코리아 그랑프리 수준이다. 그는 "63빌딩 위로 그리고 그 위로 지금부터 뛰어 볼란다"로 흥을 바짝 돋운다. 이어서 "웃기고 앉아 있네 놀고 자빠졌네 혼자 북 치고 장구 치고 아주 쌩! 쇼를 하네"란 흥미로움을 배가시킨다. 보다 앞서서

는 "나를 걱정하는 댁은 대체 누구신데 신경 꺼 잊어 그리고 나서 뛰어"라고 위로를 겸한 배려로 지상의 모든 위선자들을 머쓱 당혹 민망의 3대 쪽팔림 물결로 휘감아버리고야 만다.

특히 라이트 나우에서 "지금부터 미쳐 볼란다"는 이 노래의 하이라이트 에너지인 것이다. 그러면서 인생이 "저마다 존재하는 이유가 있다"라고 일갈한다. 그리고 이 말에서 나는 참을 수 없는 존재의 억압하는 것들에 대한 상당한 도전을 감지한다.

가사지를 보면 배경 만화에 남경장, 금수장이라는 모텔의 붉은 간판이 보이고 기타 등등의 도시의 빌딩들 그 콘크리트 숲을 헤치고 불쑥 거대하게 솟구쳐 오른 싸이의 분노와 절규로 흰 눈자위만 남은 그 격정의 순간이 우리들을 즐겁게 압도한다.

건물들은 더러 부서지고 넘어지고 쓰러진다. 그 너머로 도시를 엄마 품처럼 둘러싼 아빠 울타리처럼 둘러싼 녹색의 산들이 어둠 속에 묵묵히 산답게 산들끼리 어깨동무를 한 채 도시를 지켜보거나 지키고 있다. 그리고 싸이의 분노한 뒷모습 너머로 화산 하나가 활화산으로 터져오르고 있다. 이것은 자연으로 돌아가자는 루소스타일인가? 그럴 것이다. 싸이 작사, 싸이+유건형 작곡, 싸이 노래, 싸이+김현아의 코러스로 이뤄지는 라이트 나우는 싸이가 자신이 하는 "모든 것은 뭔가 어설프고 그렇다고 죽을 수도 이대로 계속 살 수도 사투리로 짜투리로 늘어놓을 뿐이고"란 가사에서 짐작할 수 있듯이 진짜 제대로 살고픈 삶의 소망에 대한 절망적 상황 속에서 터져 나온 절규이다.

나는 라이트 나우의 뮤직 비디오를 보면서 싸이 음악에 대한 찬탄을 금할 수 없었다. 좀 건방지게 말한다면 싸이의 음악을, 싸이를 인정했던 것이다. 라이트 나우의 뮤직 비디오에서는 그 도입부에 컬투의 라디오 DJ 형식의 소개가 있다. "가요계의 관장약이죠! 가요계의 변비약이죠? 대한민국의 뚫어 뻥 관장가수!의 새 노래 오른쪽입니다"라고 말한다.

이어서 차로 꽉 막힌 교통체증의 도로가 나타나고 그토록 변비 걸린 거리를 보여주며 그 중 한 대의 자동차에서 뛰쳐나온 예쁜 여자가 길거리 댄스를 보여준다. 이윽고 사무실에서도 샐러리맨들이 춤을 추어대기 시작한다. 평소엔 감히 생각할 수도 없었던 자신의 사무용 책상 위로 올라가 약간의 스커트를 끌어올리는 섹시 댄스까지 도발감행하고야 만다. 지하철 플랫폼에서도 비보이스타일의 청년들이 춤의 투어를 추어댄다. 물론 간간히 컬투도 춤추는 모습이 비수처럼 꽂힌다. 마트에서도 춤을 추고 차의 지붕 위에서도 춤을 추어대는 것이다.

그렇다. 도서실에서의 공부하던 학생들이, 사무실에서 사무 보던 화이트 컬러 노동자들이, 마트에서 장보던 여인네들이 그 일상의 사슬을 끊고 분연히 떨쳐 일어나며 싸이의 2010년 발표곡 「라이트 나우」에 맞춰 대규모로 춤을 추기 시작한 것이다. 일상이 축제가 되는 것이었다. 싸이의 음악성이 완성된 순간이었다. 이는 자신의 내면의 혹은 인간의 내면의 더러는 도시의 내면의 욕망을 발견한 싸이가 그 욕망이라는 이름의 전차가 아닌 욕망이라는 이름의 인생 에너지를 음악의 불꽃으로 점화시킨 것이다. 그리고 드디어 축제의 빛으로 승화시켜 나간 아주 조그맣게 유식한 투를 빌려 말한다면 싸이의 음악세계가 진일보한 쾌거였다. 하지만 싸이 음악이 보다 더 완벽투철한 축제의 완성으로 가기엔 미안스럽지만 아직 아니었다.

왜냐하면 그 뒤에 다가올 더 큰 음악적 파도, 1969년 우드스탁The Woodstock Festival® 이후의 진정한 대규모 국제축제 싸이의 6집 앨범 『싸이 6甲』이 싸이를 대규모 운명적으로 기다리고 있었기 때문이었다.

🎵 싸이 낙원

나는 목수나 자동차 정비원,
그리고 빌딩의 관리인들 보다
훌륭하지도 위대하지도 않다.
- 커트 코베인

싸이의 노래 중에 특히 괜찮은 노래, 아주 좋은 노래, 내가 참으로 좋아하는 노래가 있다. 싸이의 앨범 3집, 『3마이』에 수록돼 있다. 앨범 표지에는 좌 빌딩 우 빌딩 즐비한 가운데 그 높은 하늘 위로 싸이의 얼굴이 수북하게 떠 있다. 태양이고 별이고 UFO고 싸이의 꿈 같기만 하다. 그렇다. 그 꿈 이뤄지는 중이다. 싸이의 하늘처럼 요즘 하늘을 보면 싸이의 얼굴이 말춤이 태양처럼 빛나고 구름처럼 달려간다. 그리고 이윽고 쏟아지는 싸이의 빗방울 같은 노래들, 햇살 같은 노래들로 세상은 모처럼 즐겁기만 하네.

너와 단 둘이서 떠나가는 여행 ……이렇다 할 행선지도 없이 빡빡한 저 세상 등지고 너와 내가…… 한땐 다시 안 본다 했었나 허나 지금 우리

둘만 이 차 속에 ……우릴 막지 말라 우린 지금 빨라 우릴 갈라 놨던 속세 탈출하는 찰라 우린 지금 아주 빨라

난 너와 같은 차를 타고 난 너와 같은 곳을 보고 난 너와 같이 같은 곳으로 그곳은 천국일 거야. ……

말이 필요 없는 거야 같이 있는 거야 이제서야 밝히지만 내 주인은 너야 기분 좋아 둘이 장도 봐 밥은 내가 할게 쌀만 담궈 놔 ……

드디어 오붓하게 저녁식사를 하고 여기가 바로 지상 낙원 ……

난 너와 같이 마주 하고 난 너와 같이 살아 숨쉬고 난 너와 같이 같은 곳에서 여기가 천국인 거야 오~

-낙원(싸이 작사, 작곡, 노래)

저절로 콧노래가 흘러나오는 노래, 「낙원」이다. 누구나 한번쯤 동해바다를 향해 곁에 연인과 함께 대관령, 한계령 넘던 기억 있지 싶다. 하지만 미국의 어느 옛 컨트리 송에 보면 사랑하는 사람과 함께라면 아무리 비좁고 가시나무 침대라 해도 행복하다고 했다. 아무튼 낙원은 고통 없는 곳, 편안하고 안락한 곳을 뜻한다. 즐거운 장소가 낙원이다. 그리고 즐거울 낙樂이라는 한자말에는 당연히 노래, 음악, 악기의 뜻도 들어있다.

싸이의 낙원은 폴리스Police®의 「에브리 브레스 유 테이크Every Breath You Take®」류의 통통 튀는 리듬의 기타 리프Guitar Riff®로 막을

연다. 거기엔 강원도의 바람처럼 현악기의 소리가 불어간다. 『2008 썸머 페스티발Summer Festival』앨범에도 이 노래가 수록돼 있다. 그렇다. 나를 갈구지 않는 갈퀴 같은 비인간적인 것들이 없는 곳, 그런 낙원 누구나 가고 싶다. 게다가 너무 고운 이가 함께라면 무얼 더 바라리오. 아라리오.

그렇다. 낙원은 설레인다. Feat. 이재훈의 목소리가 백두대간의 참나무처럼 그 나뭇가지에 매달린 잎사귀처럼 서늘하게, 그윽하게 흔들리듯 다가선다. 누가 그랬지? 사랑은 그 사람 의자 곁으로 한 발자국 더 가까이 다가서는 것이라고. 그런데 싸이의 낙원에서는 가까이 가는 정도가 아니라 바로 옆자리 조수석에 그녀가 앉아 있거나 싸이가 앉아 있는 형국인 것이다.

유투브에 들어가 보면 싸이가 「낙원」을 '윤도현의 러브레터'에서 노래하는 모습을 볼 수 있다. 끝이 뾰족한 일렉트릭 기타처럼 생긴 무대에서 싸이는 가벼이 춤추며 설치기(?) 시작한다. 객석은 진짜로 웃고 진심으로 행복하다. 웃고 노래 따라 부르고 어깨를 건들거리고 일제히 건달풍이 된다. 탄성과 환호성이 적절히 비벼진 객석의 소리와 함께 싸이는 처음 무대의 시작부터 벗어던진 상의 대신 그 소리를 온몸으로 휘감는다. 그는 어느새 땀이 철철 흐르기 시작하고 객석에 마이크를 댄다.

난 너와 같이 마주 하고 난 너와 같이 살아 숨쉬고 난 너와 같이 같은 곳
에서 여기가 천국인 거야 오~

객석은 기다렸다는 듯, 하지만 나직하고도 많은 숫자의 목소리에
힘입어 그들의 떼창 혹은 합창은 웅장하기까지 하다. 조명은 무수한
별들로 반짝인다. 초록별 파란별들로 가득하다. 이윽고 노래가 마쳐
지는 듯 싶자 암전 상태에서 객석은 못내 아쉬워 끝없이 탄성과 환호
를 보낸다. 다시 조명이 들어오고 싸이와 객석은 마무리 노래를 부른
다. 노래가 끝나자 앵콜이 쏟아졌다. "앵콜! 앵콜!" 한동안 그 앵콜을
귀담아 듣던 싸이는 "지금 앵콜이라 외치는 분들과 싸이 짱!이라는 분
들이 계신데 싸이 짱!은 왠지 아이돌 같으니까 '싸이'에다가 '코'를 붙
여 불러주세요"라고 말한다. 그러자 다시 "싸이코! 싸이코!"가 쏟아진
다. 그러자 싸이는 "네, 이토록 많은 분들이 한 사람에게 싸이코라고
부르면 기분이 아주 좋을 리는 없습니다." 하고 너스레를 떨면서 "복
잡하고 각박하고 척박한 세상에서 한 가지 일에 즐겁게 몰두하고 미
쳐서 전문가가 되자는 의미의 싸이코!"라고 기가 막힌 해석을 늘어놓
는다. 그러면서 다시 묻는다. "우린 누구?" 그러자 객석은 "싸이코!"라
고 우렁차게 답한다. 사람들은 웃고 객석은 흥분으로 술렁인다.

싸이는 그런 객석을 바라보면서 "아름답네요!"라고 찬탄한다. 그러
면서 이렇게 아름답게 즐기는 객석을 위해 함께 부르는 노래 「챔피

언」을 시작한다. 객석의 표정은 '그래 바로 이거야!', '그래 바로 이 맛이야!' 바로 그 표정들이었다. 그 순간 붕붕 뛰며 객석은 일제히 한 덩어리의 고래가 되어 금세라도 KBS 라이브 스튜디오 천정을 뚫고 모두들 우주로 그렇게 저마다의 별들로 날아오를 것만 같았다. 아니 그렇게 날아올랐다.

싸이, 근육보다 사상이 울퉁불퉁한 사나이

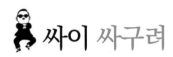 싸이 싸구려

성질나서 더는 못해 먹겠어. 알았어?
너 혼자 잘나 통통 튕기다가, 하루아침에 니가 뻥 튕길 거다. 명심해
나보다 좋은 사람 만날까 너무 두려워. 제발 날 떠나지 마. 정말 싫어.
나 완전히 새 됐어.
-「새」(싸이 작사, 작곡, 노래)

　　네이버 국어사전에 보면 값이 싸거나 질이 낮은 물건이 싸구려이며 명사라고 표기해 놓았다. 싸구려는 또 감탄사로 쓰이며 물건을 팔 때 값이 싸다는 뜻으로 외치는 소리라고 표기해 놓았다.

　　그렇다. 싸이는 싸구려다. 브리트니 스피어스Britney Spears®에게 말춤을 가르쳐 줄 때, 싸이는 그녀에게 "옷은 고급스럽게, 춤은 싸구려"라고 말한다. 그리고 미국 매니저 스쿠터 브라운Scooter Braun과 소울스타 어셔Usher와 함께 뉴욕의 클럽에 가서 친목을 다지면서 "여긴 너무 멋진 뉴욕의 클럽이다. 하지만 이제 2차는 뉴욕 한인 타운의 클럽으로 가자."고 말했다. 그리고 그곳에서 싸이는 결정적인 싸구려 멘트 한방을 날린다. "여러분 저는 한국에서 활동 중인 가수 중에 유일하게 초상권이 없답니다. 마음 놓고 사진 촬영하세요!"라고.

언젠가 한국에서 1, 2위를 다투는 대기업 마케팅 상무 두 사람과 함께 일식집에서 식사를 한 적이 있다. 그 중 한 사람이 식탁 위에 회 접시에는 눈길 한번 안 주고 된장국에 밥 한 그릇 김치 하나로 간결하게 점심을 해결하고 있었다. 이유를 물었더니 자신은 마케팅 상무 일하면서 잦은 만남을 가질 수밖에 없었고, 그때마다 좋은 음식을 많이 먹었다는 것이다. 그 결과 통풍이 와서 건강이 좋지 않다는 얘기였다. 그런 원인을 알게 된 것도 통풍 때문에 괴로워서 병원을 찾았더니 의사의 첫 마디가 "좋은 음식 그동안 많이 드셨나보네요"였단다.

　값 비싸다고 좋은 것만도 아닌 것이다. 싸다고 우습게 볼 것만도 아닌 것이다. 그렇다. 싸이는 스스로 낮은 자가 된 것이다. 세계 1위의 스타가 된 싸이, 하지만 그에게는 그런 스타란 말 자체가 거추장스럽다. 그보다 훨씬 위대한 순수함, 자유, 진실을 향한 그의 삶의 태도가 너무 감동적이기 때문이다.

 싸이 꽃

나는 꿈이 있습니다.
어느 날 조지아의 붉은 언덕 위에
노예의 자식과 농장주의 자식들이 함께 식탁에 둘러앉는 꿈입니다.
-마틴 루터 킹 「I have a dream」 연설에서

어느 날 부처께서 말없이 꽃을 들어 보이셨다. 여러 제자들이 있었으나 모두들 꿀 먹은 벙어리 같았다. 하지만 가섭만이 이 순간 빙그레 웃었다. 그래서 부처께서는 가섭에게 정법안장(모든 것을 꿰뚫어 보고, 모든 것을 간직하는, 스스로 체득한 깨달음을 뜻함, 저자 주)을 주었다. 이것이 바로 이심전심인 것이다. 말로 하지 않아도 다 아는 것. 이 세상이 이 우주가 곧 한 송이 꽃이라는 것을 부처께서 꽃을 들어 설법하셨고, 가섭은 그 설법을 행복하게 받아들였던 것이다. 이 순간 꽃보다 꿀이 좋아 꿀을 먹은 제자들은 꿀 먹은 벙어리처럼 가만 있을 수밖에 없었을 것이다.

"꽃이 피네"라고 말한다. 나는 이 말의 뜻을 꽃은 피! 곧 플라워 이즈 블레드Flower is Blood!라고 해석한다. 서울 수유리의 4.19 국립묘지에

가 보면 4.19 기념탑 앞에 이은상님의 글이 새겨져 있다. 거기 보면 '해마다 4월이 오면 4.19 혁명 때 숨진 희생자들의 영령이 진달래가 되어 다시 피어난다'는 시가 있다. 그렇다. 민주주의라는 나무는 혁명을 통해 그 피를 먹고 자라난다는 말이 있다. 4.19 혁명은 민족의 꽃인 것이다.

이처럼 부처님의 꽃도 있고, 혁명의 꽃들도 있는 것이다. 그 꽃은 피고 질 뿐 영원하다. 그래서 나는 지난해부터 꽃을 보면 순수한 사랑의 삶을 끝까지 살다 간 위대한 사람들의 영혼이 꽃으로 다시 피어나 우리들을 또 다시 사랑하기 위해 거기 다시 바람 속에, 빗방울 속에 나부끼고 있다는 것을 알기 시작했다.

그렇다. 싸이는 낮에는 정숙하고 젠틀하지만 밤이 와서 이때다 싶으면 묶었던 머리 푸는 여자, 심장이 터져버리는 사나이, 그런 반전 있는 여자, 그런 사나이들을 바라보면서 영감을 떠올렸다고 한다. 강남의 삶 속에서 꽃을 본 것이다. 그것은 얼핏 욕망으로만 보일 수도 있겠으나 그들 역시 자본주의 시스템 속에서 등수로 매겨지는 일종의 흑인들인 것이다. 오노 요코小野洋子가 이 말을 했다. "여자는 흑인이다." 그렇다. 존 레논John Lennon의 부인이고 비틀즈 해체의 가장 큰 요인이었다는 말도 듣고 있는 이 시대 특별한 영향력의 오노 요코도 여성으로서 억압받고 무시받고 자존심 상한 일이 너무 많았다는 얘기가 될 수도 있는 일갈이다.

　인간은 단 둘이만 있어도 권력 서열이 나뉜다. 그것이 바람직한 책임분담이 아니라 사람 속 터지게 하는 권력의 억압과 굴종이 된다면, 주인과 노예 사이가 된다면 그야말로 졸라 열 받을 수밖에 없다. 그래서 낮에는 예스맨이지만 밤에는 야성의 심장을 터뜨릴 수밖에 없고, 그 무당굿을 해낼 수 있는 곳은 강남의 굿 당, 홍대 앞의 굿 당 역할을 해내는 클럽들이 될 것이다.

　노예가 꽃이 되기 위함인 것이다. 서열이나 계급이나 편견이나 부자유나 낮에 팔았던 내 영혼의 피 흘리는 상처를 가슴에 안고 밤이 되면 다시 해방과 주인으로서의 자유 회복을 자축하기 위한 클럽 댄스 파티, 그 무당굿에 뛰어들어야만 하는 것이다.

　그래서 클럽 음악은 진정 인간해방을 위한 꽃집이 되어야만 한다. 영혼의 날뜀과 산책을 위한 정원이 되어야만 한다. 그래서 인간해방을 위한 무한 피고 짐을 거듭하는 영원이라는 꽃, 진정한 음악들, 노래들, 춤들이 그 클럽 안에서 종소리처럼 울려퍼져야 하고 빗방울처럼 가슴들을 적셔주어야만 하는 것이다.

　그래서 불순물 없는 꽃의 음악들이 필요한데, 바로 싸이가 그런 꽃이 되어 나타난 것이다. 아니 싸이를 통해 우주의 생명 흐름이 꽃을 피워냈고, 그 꽃을 싸이는 문득 손에 들었고, 그 풍경이 유투브에 떠올랐던 것이다. 그러자 전 세계에 수많은 가섭들, 싸이의 팬들, 어서,

브리트니 스피어스Britney Jean Spears 등이 그 꽃을 보고 웃기 시작했던 것이다. 부처님과 가섭존자의 위대한 이심전심이 유투브라는 대웅전을 통해 음악적 정법안장이 무수히 전해졌고, 무수히 꽃피어 화엄의 세계, 온 세상이 온 우주가 온통 꽃으로 만발하고 흐드러지는 새로운 꽃의 시대, 싸이 꽃의 시대, 싸이 팬들의 시대가 열린 것이다.

 # 싸이 탈춤

옷은 고급스럽게, 춤은 싸구려처럼
-싸이

　미국의 오하이오 주립대학의 마칭 밴드가 강남스타일을 대운동장에서 연주했고, 관객과 함께 오빤 강남스타일을 연호했고, 말춤을 패러디했다. 싸이의 표현을 빌리면 비현실적인 일들이 숱하게 일어나고 있는데 오하이오 주립대도 한 페이지 거든 셈이다. 세계가 그를 헹가래치기 시작한지 좀 됐지만 더욱 더 높이 들어올릴 모양이다.

　그동안 국내에서는 싸이를 록과 힙합과 댄스가 적당히 섞인 그런 노래를 만들고 부르는 가수로 인식해 왔다. 그리고 어쩌면 조금은 위험한 가수로 거리를 두어 왔던 B급 스타로 여겨왔다고 생각된다. 말하자면 힙합 쪽에서는 힙합정신의 진정성을 의문시했고, 록 쪽에서는 댄스가 너무 많이 섞여 록 세계로 넘어 온 댄스 이민자 같은 난민으로 보아 왔는지도 모른다. 그리고 댄스 쪽에서는 춤이 너무 막춤 아닌가

싶어서, 댄스뮤직이 지향하는 스피드와 깔끔한 세련됨, 쿨함에 비해 댄스 판을 자칫 깰 수도 있는 난입자 같은 시선으로 보아 왔는지도 모른다.

그러나 싸이의 막춤은 한국의 탈춤 같은 그 어디에도 속해 있지 않지만 그 모든 것을 사랑하는 과도한 인정에서 비롯됐다고 보인다. 오래 전 국립국악원에서 국악 애호가들을 늘리기 위해 무료 연주실습을 시도한 적이 있다. 그때 나도 가서 단소를 배웠었다. 그때 우릴 가르치던 국립국악원의 대금 주자가 이런 재밌는 얘길 들려주었다. "관현악단에서 연주하기 전 조율을 할 때 악기마다 똑같이 맞추지 않습니다. 가야금, 대금, 거문고, 아쟁이 조금씩 틀려요. 편경으로 음을 맞추지만 너무 똑같으면 재수 없다고 조금씩 다르게 조율을 해요. 백이면 백 조금씩 다 조율이 어긋나는 거죠. 오히려 그게 맞는 거라고 생각하는 거죠. 그게 국악의 전통입니다. 그리고 악기를 만드는 장인들도 같은 대금이라도 일부러 구멍을 조금씩 달리 뚫어요. 그래야만 악기마다 조금씩 다른 음이 되거든요." 나는 이 말을 듣고 '국악은 이 세상에 똑같은 것은 하나도 없다는 진리를 이미 오래 전부터 실현해 오고 있구나' 생각하고 어찌나 속이 시원하던지 5천 년 묵은 체증이 어느 정도 내려가는 것 같았었다.

싸이의 노래도 음악도 그런 전통 속에 있는 것이다. 그 맥을 잇고 있는 것이다. 일부러 그러려는 게 아니라 싸이 자체가 스스로 그렇게 가야만 즐겁고, 역동적이고, 재밌고, 옳은 것이고 재수 있는 것이라고 이미 육감적으로 느꼈기에 싸이의 6집 앨범 『6甲』에서 그렇게 강남 스타일을 만들어내고야 말았던 것이다.

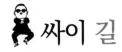 싸이 길

비오니까 전활 걸었죠 함께 걷던 그 길에서
비를 맞다 괜히 나 혼자 감정에 복받쳐서
이제 두 번 다시 걷지 않을 게요 미안해요
그대도 나만큼 내 전화 기다릴 것만 같아서
-「비오니까」 (싸이 작사, 작곡, 노래)

나는 성경과 불경 같은 살아있는 말씀들을, 가르침들을 인생의 메뉴얼로 본다. 성경 중에 "내가 곧 길이요 진리요 생명이니 나로 말미암지 않고는 아버지께 올 자가 없느니라요한복음 14장 6절"라는 말씀이 나온다. 내가 가장 좋아하는 성경 구절이다. 나는 이 말씀 중에서 내가 곧 길이요 부분에 대하여 말하고 싶다.

예수께서 내가 곧 길이요 하셨을 때, 지난 시절 내 나름대로 건방이 풀잎처럼 흩날리던 시절엔 아항, 예수께서 길이라 하심은 새로운 사랑의 길을 만드시고 거기 제일 먼저 그 길로 멋지게 아름답게 거룩하게 걸어 나가셨다는 말씀이시구나, 참 부럽다. 이런 생각을 했었다. 참 철이 없어도 그윽하게 없었다.

그러나 삶의 갖은 고초와 실수, 실패를 무자비하게 겪고 난 뒤 가만

히 그 말씀을 묵상해 보니 길이라 함은 절벽처럼 서 있는 것도 아니고, 언덕처럼 앉아 있는 것도 아니다. 대부분의 길은 쭉 뻗어 있기 위해 대부분 누운 듯 엎드린 듯 그렇게 뻗어나가는 것이다. 그래서 길은 곧 길바닥이다. 예수께서 아무 죄 없이 십자가에 매달려 수많은 죄인들의 죄를 대신 사하여 주셨듯이 예수께서는 광화문 사거리, 여의도역 사거리처럼 그 길의 길바닥처럼 우리들의 길을 만들어주시기 위하여 십자가 보혈의 성혈로 길이 되어 주신 것이다.

길은 이처럼 엄숙하고 거룩하다. 내가 누군가의 길이 된다는 것은 내가 길을 뚫고 쭉 뻗게 한 다음 '자, 다들 나를 따르라' 하고 내가 그 길을 맨 처음 시식하는 그 상쾌함을 맛보는 그런 길의 선도자가 아닌 것이다. 그보다는 내가 누군가에게 생명의 길로 안내하고 싶어서 내가 스스로 길바닥이 되어, '자, 그대 나를 즈려밟고 가시옵소서~!' 하는 이것이 바로 길의 의미인 것이다.

싸이는 그랬다고 한다. 한류 아이돌 스타들이 모두 자신의 후배 가수들이라면서 자신이 할 수 있는 일은 후배 가수들이 세계의 팝 스타가 될 수 있도록 힘을 북돋워주는 것이라고 말이다. 그러면서 자신은 후배들에게 술도 사주고 밥도 사주고 그렇게 응원하고 격려만 했다는 것이다. 그리고 세계 최고의 스타가 돼 있는 현재에도 싸이는 난 미국에서는 신인이기 때문에 절대로 세계적인 케이 팝K-Pop® 스타가 될 수 없다고 말한 바 있다.

그렇다. 이것이 싸이의 길인 것이다. 세계적 월드스타가 되는 케이
팝K-Pop 스타의 영예를 그는 바라지도 원하지도 않고 있는 것이다.
이것이 싸이의 위대함인 것이다. 절대 위대함을 원하지 않는 위대함
인 것이다. 싸이 자체가 위대함이 아니라 위대함의 전통과 전설과 신
화에 몸을 풍덩 던져 위대함과 하나가 된 그 생명회복이 위대한 것이
다. 그는 무대에서 땀 흘릴 뿐이다. 그는 무대에서 열광할 뿐이다. 무
엇에? 인생에, 음악에 그렇게 열광할 뿐인 것이다.

그렇다. 그의 땀방울이 자본주의에 기죽어 얼어붙은 세계인들을 해
동시키고, 자본주의에 휘둘리는 음악의 땅에 해빙기를 가져오고 있는
것이다. 그의 열광이 출구 없는 절망의 시대에, 양극화의 현상 속에서
희망 없이 살아가는 사람들의 시꺼멓게 타버린 심장을 어느새 춤추게
하고 피 돌게 하고, 살아나게 하고 있는 것이다.

그렇다. 이것이 싸이의 길인 것이다. 말춤을 추며 달려가게 하는 싸
이의 길인 것이다.

싸이 인어

내가 하는 모든 것은 뭔가 좀 어설프고
그렇다고 죽을 수도 계속 이대로 살 수도
사투리로 짜투리로 늘어놓을 뿐이고
외쳐 외쳐 목이 터져라 외쳐 미치고 치고 팔짝 뛰고
심장박동 뛰고 나를 걱정하는 댁은 대체 누구신데
신경 꺼 잊어 그리고 나서 뛰어 라이트 나우Right Now
-「라이트 나우」(싸이 작사, 싸이+유건형 작곡, 싸이 노래)

교보문고 목동점 핫 트랙스에서 두 장의 싸이 음반을 샀다. 『싸이 6
甲』 음반과 『싸이 파이브』였다. 내친 김에 1, 2, 3, 4집도 구입하려 했
으나 절판됐다고 한다. 조금은 섭섭했다. 싸이 6갑은 둥근 통 안에 들
어 있었다. 둥근 통 재킷 위 뚜껑에는 인어가 된 싸이가 만화로 그려
져 있다. 바다 속을 헤엄치고 바다 위로 나신을 드러내는 싸이 인어
다. 싸이의 인어 꼬리의 끝은 싸이의 허리에 닿아 동그랗게 말아 올라
가 있고, 싸이는 한 팔을 바다 위로 또 한 손으로는 턱을 치켜세우고
있다. 그리고 커다란 빨간테 수경을 쓰고 있다. 목에는 나비넥타이,
팔목에도 널찍한 팔찌 같은 무언가를 감고 있다. 싸이의 하체는 진홍
빛 물고기 비늘로 뒤덮여 있고 수면과 하체 사이에 하얀 물거품이 일
고 있다. 바다는 짙푸르고 물방울 기포들이 뽀골뽀골 떠오르고 있는

중이다. 그리고 노란 구명튜브를 허리에 감고 바다로 가는 양현석의 모자 쓴 뒷모습도 보인다.

싸이 6甲의 위 뚜껑의 옆면은 싸이가 잠수함 바깥 바다 속에서, 잠수함 둥근 창문 사이로 잠수함 안을 들여다보고 있는 만화다. 그리고 그게 왜 들어갔는지는 모르겠으나 싸이라는 담배갑들도 조그맣게 보이고 싸이가 엄지와 검지를 붙여 O.K 표시를 보이고 있다. 희망적이고 암시적이고 예언적이다.

싸이 6甲의 아래 속통의 옆면은 낚시하지 말라는 금지표시가 그려져 있고, 역시 기포들이 뽀글거린다. 싸이를 잡지 말라는 얘긴가? 그리고 맨 밑바닥 그림은 파도 위로 싸이가 둥실 공중부양한 모습이다. 그 모습은 마치 어때요? 나 예뻐요? 하는 것 같다.

안데르센의 동화 「인어공주」를 보면 인어공주가 왕자를 사모해 자신의 혀를 자르고 인간이 되는 이야기가 등장한다. 하지만 싸이는 반대다. 싸이 6甲의 만화 재킷을 통해 스스로 인어가 되어 바다로 뛰어드는 것이다. 그 순간 그 인어가 정말 인어였다면 아마도 잘린 혀가 다시 부활했고 그래서 아름다운 목소리를 되찾았을 것이다. 안데르센 동화의 속편을 싸이가 다시 쓴 셈이다.

그 속편에서 싸이는 전편의 인어공주가 꼬리를 잃어버린 대가로 얻은 인간의 다리 때문에 한 걸음 한 걸음 걸을 때마다 그리고 춤을 출 때마다 칼로 찌르는 고통을 견뎌내야만 한다. 그리고 피까지 흘리지만 늘 왕자에게 고운 미소를 보여주어야만 한다. 왕자의 사랑을 얻기 위해서다.

하지만 싸이의 인어는 다르다. 싸이 인어는 인간의 다리를 반납하고 다시 꼬리를 얻는다. 그래서 춤출수록 헤엄칠수록 걸을수록 신바람 나는 인어가 된다. 즉, 음악의 바다로 돌아온 것이다. 궁중 화려한 생활도, 파티도 다 소용없다는 것을 싸이는 알게 된 것이다. 왕자스타일에서 인어스타일로 돌아온 것이다. 강남의 화려한 밤의 문화도 다 소용없다는 것을 싸이는 알게 된 것일까? 그래서 싸이스타일로 돌아온 것일까?

온 세상이 성공하고 더 성공하고 마침내 성공이라는 덫에 걸려 성공적으로 죽어가고 있다. 싸이도 그렇게 성공을 염원했었다. 실제로 성공도 했었다. 그러나 쌍둥이 아이를 낳고 아내가 생기고 가족과 함께 살 집을 마련해야 하는 등등의 현실 생활을 통해 싸이는 진정한 꿈을 알게 된 것이 아닌가 싶다. 그래서 자신의 성공적인 최고의 음악인도 중요하지만 아내의 꿈, 아이들의 꿈을 이뤄주는 아빠가 돼야 한다는 자연스럽고도 엄연한 현실과 그 현실의 비정함까지도 숙지한 것 같다. 그래서 아빠는 현실스타일이란 것도 알게 됐으나 싸이가 누구인가? 타고난 딴따라 아닌가. 따라서 자연스레 강남스타일이 나온 것임에 틀림없을 것이다.

근육보다 사상이 울퉁불퉁한 사나이
뛰는 놈 위에 나는 놈 BABY
나는 뭘 좀 아는 놈

그래서 싸이는 예전엔 밤의 파티가 가장 중요했으나 언제부턴가 모든 것이 중요하다는 것을 깨닫게 됐지 싶다. 그래서 라이트 나우에서는 '저마다 존재하는 이유가 있다'라는 명언을 노래 부르게 됐지 싶다. 물론 강남스타일에서도 명언이 등장한다. 그것은 누구나 이미 공감하고 있겠으나 굳이 또 말한다면 '근육보다 사상이 울퉁불퉁한 사나이'와 '뛰는 놈 위에 나는 놈 베이비 베이비 나는 뭘 좀 아는 놈'이다.

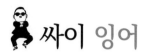

싸이 잉어

내 볼에 와 닿던 네 입술의 뜨거움
사랑한다고 사랑한다고 속삭이던 네 숨결
돌아서는 내 등 뒤에 터지던 네 울음
가난하다고 해서 왜 모르겠는가
가난하기 때문에 이것들을 이 모든 것들을 버려야만 한다는 것을
-신경림 시 「가난한 사랑 노래」

밥 말리Bob Marley 는 굉장하다. 레게 음악Reggee Music●을 전 세계의 음악으로 만들었다. 그는 이런 말들을 했다.

나는 교육을 받지 않았다. 대신 영혼을 받았다.

나는 보고자 하는 열망의 풍경이 없다. 단 하나 있다면 흑인과 백인과 아시아인이 하나가 되는 평화로운 풍경이 있을 뿐이다.

나의 음악은 울부짖음에서 시작됐다.

혁명은 결코 쉽게 이루어지지 않고, 빨리 이루어지지 않는다. 그러니 웃으면서 기다려라. 나는 미래의 노래를 불렀다. 내가 떠난 뒤 모든 것은 좋아질 것이다.

돈으로 인생을 살 수는 없다.

왜 그렇게 슬프고 쓸쓸해 보이는 거니? 하나의 문이 닫히면 하나의 문이 열린다는 것을 잊은 거야?

밥 말리의 「버팔로 솔저Buffalo Soldier」의 가사를 보면 미국의 흑인 기병대 병사를 뜻하는 들소군인이 나온다. 그 들소군인은 아프리카에서 붙잡혀 와 노예로 팔렸다가 이제는 기병대 소속이 되어 인디언과의 전쟁에서 죽어간다. 그야말로 게오르규의 25시적 인간인 것이다. 그 들소군인이 아프리카에서 잡혀올 때 노예선에서는 배 밑창에 눕혀져 꼼짝 않고 바다를 건너야만 했다. 만일의 반항과 폭동에 대비해 백인선원들은 흑인들을 그렇게 가혹하게 다뤘던 것이다. 대소변을 그냥 누운 채로 묶인 채로 보았다는 얘기다. 그래서 고약한 냄새가 났었다는 들소군인의 이야기가 버팔로 솔저Buffalo Soldier다.

밥 말리는 「엑소더스Exodus」에서 새로운 모세가 필요함을 노래한다. 그는 흑인 노예들의 탈출을 노래한다. 자유가 없고 그래서 선택이 없고 싫지만 어쩔 수 없이 묶여 있는 삶을 견뎌내야만 하는 수동적 노예적 모든 삶은 흑인 노예와 닮았다.

밥 말리는 암으로 죽었다. 그가 죽은 후 밥 말리는 자메이카에서 국장으로 장례를 치렀고, 그가 타계한 5월 11일은 해마다 자메이카의 국경일로 기념되고 있다. 인간의 해방을 위하여, 피해자와 가해자의 해방을 위하여, 언젠가 아프리카로 흑인들이 돌아감의 염원을 위하여, 흑인들이 하나의 평화로운 공동체가 됨을 위하여 밥 말리는 노래했다.

그렇다. 밥 말리는 깨어있는 뮤지션이었고, 잠들어 코만 골고 잠꼬대하는 영혼들을 레게 비트Reggee Beat로 깨우고 노크했던 아티스트다. 그는 살아서 살아있었다. 하여 그가 그토록 염원하던 영원한 삶을 살아가고 있다. 혁명적인 노래로 죽을 뻔했던 적도 있었으나 그는 자신이 소망하고 믿었던 그 길로 레게 춤을 추며 걸어갔다.

미안한 표현일 수도 있겠으나 나는 밥 말리를 생각하면 살아있는 싱싱한 그리고 싱그러운 활어를 떠올린다. 그는 킹스턴 앞바다의 고래인지도 모르겠다. 나는 싸이도 그렇게 싱싱한 싱그러운 뮤지션이라고 생각한다.

한강에 새벽마다 나간 적이 있다. 그 새벽이 너무 좋아서 술도 안 먹고 못 먹고, 매일 새벽 5시 아니면 늦어도 5시 반에는 나갔었다. 가서 답답한 가슴을 고래고래 소리지르다 보면 어느새 태양이 솟기 시작한다. 그럴 무렵 새벽바람은 미칠듯 좋고, 한강 철교 위로 서서히 기차들이 지나가는 횟수가 많아진다. 그러면서 문득 족히 2미터는 돼 보이는 한강의 잉어들이 수직으로 새벽 강물 위로 한길 넘게 뛰어오르는 진풍경을 만날 수 있었다. 한강은 살아있고 잉어도 살아있는 것이다. 덕분에 나도 살맛이 났던 것이다.

　나는 그 풍경이 마치 밥 말리의 삶과도 같다고 생각한다. 나는 그 풍경이 마치 전 세계적인 불황과 경쟁과 전쟁의 위기감 속에서 눈부신 희망으로 솟구치는 인어처럼, 잉어처럼 뛰어 올라 말춤을 추며 모든 인생의 무거운 고통의 중력을 이겨내고 하늘로 날아오를 듯 말춤 추는 싸이의 삶과도 같다고 생각한다.

불황과 경쟁과 위기감 속에서

눈부신 희망으로 솟구치는 인어처럼

인생의 무거운 고통의 중력을 이겨내고

하늘로 날아오를 듯 말춤 추는 싸이처럼

 싸이 동키호테

눈물 먹고 목숨 걸고 힘들어도 털고 일어나
이러다 쓰러지면 어쩌나
아빠는 슈퍼맨이야 애들아 걱정 마
-「아버지」(싸이 작사, 유건형 작곡, 싸이 노래)

지금부터 400여 년 전, 1605년 스페인에서는 작가 세르반테스가 쓴 최초의 근대소설이라 일컬어지는 라만차의 『동키호테』가 발표된다. 이 소설이 어찌나 재밌었던지 당시 스페인의 국왕 펠리페 3세는 길거리에서 책을 붙들고 웃다가 울다가 하는 사람을 보면, "저 자는 미친 게 아니라면 동키호테를 읽고 있는 게 틀림없다."고 말했다 한다.

동키호테는 로시난테라는 야윈 말을 타고 세상을 구원하기 위해 이웃집 우직한 농부 산초 판자를 종자로 거느리고 길을 떠난다. 그 결과 좌충우돌 엉뚱하고 우스꽝스런 실수만발의 기사 편력을 겪지만 동키호테의 마음속에 불타는 지극히 고매한 이상주의는 결코 식지 않는다.

말하자면 약삭빠르게 현실에 적응하기 위해 자신의 이상을 접는 일을 하지 않았다는 얘기다. 이것이 감동을 주었던 것이다. 사실 싸이가 처음 1집 「새」를 내놓았을 때 난 처음부터 섬뜩했다. 새는 강렬했고 그는 진지했는데 '나 완전히 새 됐어'란 그 기발난 노랫말에 화들짝 놀랐었던 것이다. 그야말로 노래를 위해서 싸이가 노래하는 게 아니라 싸이는 자신의 삶을 위해서 노래를 마음껏 요리하고 퍼먹고 있었던 것이다.

그렇다. 퍼먹는다는 표현이 격조가 무척 낮은 것 같고, 싸이에게도 좀 미안하지만 달리 적당한 표현을 할 수가 없다. 그처럼 격렬하게 싸이는 음악을 했던 것이다. 아니 삶을 살았던 것이다. 그렇다. 모든 노래는 그 작품자와 가수가 세상에 제안하는 생활양식이자 생존방식이다. 자신을 둘러싼 외부세계에 대한 반응이다.

종횡무진 좌충우돌 싸이가 새를 부를 때의 무대 장악은 객석과 한 치의 빈틈도 없는 완벽한 벌거벗음이다. 싸이는 원초적이다. 솔직하고 진솔하고 진실한 것이다. 물론 그 축제가 끝나고 돌아갈 때는 조금 전의 싸이의 무대가 너무나 비현실적으로 느껴질지 모르지만 어느새 다시 그 무대가 그리워질 수밖에 없는 것이다. 그것이 싸이의 매력이다. 객석은 예상을 뛰어넘는 싸이의 흥분상태에 놀라면서도 자신들의 잠재된 '끝까지 놀자' 욕망과 '모든 걸 잊자' 욕구가 발동되면서 '오, 좋아! 진작 이랬어야지' 같은 안도의 한숨을 내쉬며 싸이의 무대 속으로 운집하고 집중하고 마침내 빠져들고 하나가 되고야 마는 것이다.

그렇다. 서태지와 아이들의 앨범 중에 「&」가 있다. 너와 나, 그 사이에 어떤 공간이다. 그것은 객석을 향한 무대의 끝과 무대를 향한 객석의 끝, 그 사이일 것이다. 서태지는 그 공간을 사랑했다. 그 비무장지대 같은 공간을 자신의 신비주의와 서태지 팬들 사이의 어떤 그리움의 서식지, 더 이상은 다가갈 수 없는 어떤 마지노선으로 금 그었던 것 같다는 생각을 한다. 하지만 싸이는 그렇지 않았다. 싸이는 혼연일체 용감무쌍의 콘서트 가이인 것이다.

그는 무대와 객석, 자신과 팬들 사이를 부숴버리고 어느새 하나가 되는 바다의 이야기를 노래하는 것이다. 그는 너와 나 사이에 아무 것도 없고, 심지어 축제도 음악도 객석도 자신도 없는 오직 하나됨의 뜨거운 그 무엇, 완벽한 서로간의 침투와 받아들임과 용해를 통해 진정한 축제의 최상급 매력인 혼돈과 혼용을 웅혼하게 지휘하고 마침내 음악적 비빔밥을 완성해 냄에 있어서 천재적 탁월함을 발휘해 왔다.

그는 인생에 있어서 가장 중요한 것은 노는 것이고, 잘 노는 것이고, 더욱 더 잘 노는 것이라는 생각을 하는 것 같다. 가장 가치 있는 일이 바로 놀자인 것이다. 그렇다. 노는 것이 가장 쉬운 것 같지만 대부분 일 없이 노는 게 가장 힘들다고 누구나 말하고 있다. 노는 것도 제대로 놀려면 연구와 창조가 필요한 것이다. 더구나 싸이처럼 세계 적으로 놀려면 이게 보통 놀아 갖고는 안 된다.

나는 놀자, 놀다란 말을 이렇게 자유롭게 해석한다. 놀자는 놓자가 아닌가 싶다. 지나치게 무거운 짐, 그거 내려놓자. 그리고 놀자. 놀다 는 놓다가 아닌가 싶다. 지나친 집착, 그걸 내려놓다. 바로 이 말이 아 닌가 싶다. 분명히 그럴 것이다. 집착과 짐에서 벗어나 스트레스와 고 통의 원인을 다 내려놓으면 삶의 본질인 우주의 본질과 하나가 될 것 이다. 싸이와 객석이 하나 되듯이, 하여 영원과 하나가 되고, 영혼의 존재로 스스로 피어나고 스스로 질 줄 아는 그런 우주의 리듬 안에서 무한 자유여행은 시작될 것이다.

그렇다. 놀되 민주적으로 똑같은 처지에서 함께 같이 놀기, 이것을 가장 가치 있게 생각하는 싸이의 탄생, 그의 꿈이 이 시대의 행복이고 행운인 것이다. 또한 자신의 이상을 향해서 야윈 말 로시난테를 타고 길 떠났던 동키호테처럼 싸이 또한 자신의 강남스타일을 미국이나 유 럽 그리고 아시아에서처럼, 즉 외국에서처럼 알아주지 못한 자신의 모국 대한민국을 위해 그는 울컥할 때마다 더욱 B급 정서로 잘 놀자 는 결의를 새삼 다진다. 그러면서 놀자를 죄악시하는 세상의 부정부 패한 편견과 위선을 향해 그 작은 눈을 부릅뜨고 위엄 있게 진지하게 그리고 그것들을 개선하기 위해 오늘도 말춤을 대차게 추며 세상을 웃기며 세상을 평화롭게 만들고 있는 것이다.

그렇다. 요즘 지하철이나 버스 안에서 누군가 히죽히죽 웃고 있다면, 좋아서 함박웃음을 터뜨린다면 그 사람은 틀림없이 싸이의 강남스타일 뮤직 비디오를 보거나 그의 음악을 듣고 있음에 틀림없다.

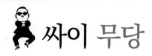 싸이 무당

외로운 아가씨는 눈물 훔치고 우는 아가씨
마음을 내가 훔치고 우리 둘은 같은 공간 안에 숨쉬고
춤을 춤을 춤을 춤을 춤을 추고
당신을 웃게 하는 나는 삐에로
-「흔들어 주세요」(싸이 작사, 싸이+유건형 작곡, 싸이+노홍철 노래)

싸이의 음악을 이루는 싸이의 목소리와 춤에 대해서 예술치유가 송
승희는 이렇게 말하기도 했다.

"싸이 목소리에서 느낀 것은 일반적인 대중음악 가수들이 갖고 있
는 감미로움도 아니고 외국의 힙합Hip Hop*이나 R&B*에서 느껴지는
그런 톤도 아닙니다. 오히려 한국의 판소리 하는 사람들이 목소리를
과도하게 써서 터졌다가 돌아온 목소리, 말하자면 득음한 사람들이
갖고 있는 금속성이면서도 약간 메마른 듯한 그런 목소리를 갖고 있
다고 봅니다.

많은 스타들이 팬들에게 군림하는 듯한 느낌을 지울 수가 없는데,
싸이는 흠뻑 쇼에서 자신의 6집 앨범을 3만 관객 모두에게 선물합니

다. 그것은 지금 이 시대가 요구하는 스타가 팬들에게 군림해서도 안되고, 팬들이 스타에게 군림해서도 안 되는 서로가 서로를 섬기고 존중하는 시대를 열어가는 베풂이라고 생각했습니다. 싸이는 진심으로 팬들과 어울려 즐기려 하고 또 나눠주려 한다는 느낌을 받았는데 이것이 싸이의 위대함이라고 생각합니다.

싸이는 자신이 주는 사람이고 자신이 줄 수 있는 것을 너무나 명확하게 아는 사람입니다. 그리고 자신이 무엇을 해낼 수 있는지를 너무나 잘 아는 사람입니다. 그리고 또 하나 대단한 것은 싸이의 모든 것이 결국 말춤으로 집약이 됐는데, 싸이는 무당 끼가 대단하고 자기 자신만이 아니라 모든 객석을 작두춤 출 수 있게 하는 힘을 지녔습니다.

제가 생각하는 신명은 신의 뜻이고, 무당의 경우는 신이 사람에게 얹혀서 무아지경이 되어, 나를 놀게 만드는 것인데, 싸이에게는 그런 원초적 신명의 힘이 있습니다. 그래서 한국인의 흥과 신명이 싸이를 통해서 표출되는구나 생각했습니다."

그렇다. 지금까지 가수들의 경우 뭔가를 보여주려고 하는데, 싸이는 그런 기본자세를 뛰어 넘어 객석의 에너지를 받아서 자신의 에너지를 폭발시키고, 또 자신의 신명과 에너지를 다시 객석에게 전해주는 선순환을 끊임없이 되풀이해왔다. 이처럼 주고받는 무대와 객석 사이의 싸이 콘서트는 싸이 말 그대로 '10대와 50대까지 함께할 수 있는 다세대 맞춤형 위락 콘서트'란 말이 딱 들어맞는다.

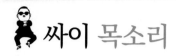 싸이 목소리

악(樂)은 하늘에서 나서 사람에게 붙인 것이요
허에서 발(發)하여 자연(自然)에서 이루어지는 것이니
사람의 마음으로 하여금 느끼게 하여
혈맥(血脈)을 뛰게 하고 정신(精神)을 유통케 하는 것이다
-『악학궤범(樂學軌範)』 서문

　　1980년대 조용필의 목소리는 너무 뜨거워서 그의 노래를 듣노라
면, 특히 「창밖의 여자」 같은 록 발라드Rock Ballard의 경우 마치 내 귀
가 데일 것만 같았다. 그 시절, 5공의 군부독재 시절 조용필의 비명에
가까운 절규는 하고 싶은 말 제대로 못하던 많은 민초들의 억울한 가
슴속 핏빛으로 맺힌 한들을 대신 풀어주는 후련한 시원함이 있었다.
그렇다. 조용필 목소리의 뜨거움은 불길 같은 훨훨 타오르는 뜨거움
이다.

　　이에 비해 싸이의 뜨거움은 좀 다르다. 그의 뜨거움은 마치 너무 끓
어서 부글거리지도 않고 얼핏 뜨거워 보이지도 않는 그런 뜨거움이
다. 조용필 목소리의 뜨거움이 불의 뜨거움이라면 싸이의 뜨거움은
물의 뜨거움 같은 것이다. 말하자면 김만 이따금 모락모락 피어오르

는 형국의 뜨거움이다.

그리고 싸이의 뜨거움을 불길로 표현한다면 파랗게 이는 그런 불꽃이다. 말하자면 싸이는 그렇게 대단히 자신을 드러내지 않는다. 굉장한 절제가 있는 목소리라고 생각된다. 싸이는 대단히 오버하는 분위기로 말하고 콘서트를 이끌어가지만 실제로는 철저히 자제하는 인내의 화신이기도 하다. 그래서 싸이는 임재범처럼 압도하지 않는다. 전인권처럼 처절한 저항의 드라마를 연출하지도 않는다. 그렇다고 성시경처럼 부드럽고 달콤하고 아름다운 발라드를 탐하지도 않는다. 바비킴처럼 간결한 몽환적 발성도 추구하지 않는다.

오히려 싸이는 끝없이 절제하고 자제하는 가운데 그 지극함에 이르러 고요할 뿐이다. 아마도 이 순간 '뭐? 싸이가 고요해?' 이럴지도 모르겠다. 하지만 진정한 움직임은 고요함을 필요로 한다. 그래야 절규와 비명과 외침과 노래가 가능하다. 싸이는 소리를 내는 순간 어느새 자신의 고요함이라는 정신적 지우개로 쓱 하고 마무리 소리를 지운다. 그 잠시의 고요함이 있다. 그 순간 객석의 청중은 동요한다. 뜨겁게 다가왔던 싸이의 소리가 사라진 것이다. 하지만 그 기다림이 애틋할 때 싸이의 목소리는 또 다시 부활하여 나타난다. 청중은 환호하고 그래서 흠뻑 쇼에서 어느 관객은 싸이를 위한 플래카드에 이렇게 쓰고 있었다. '영원한 공연둥이!'라고.

그렇다. 그동안 한국 가요계는 뭐니 뭐니 해도 가수의 음색이 가장 중요한 히트 요소이자 스타 조건이라고 믿어 왔고 흔히들 말해 왔다. 하지만 음색은 훈련에 의해, 연습에 의해 만들어질 수 있다. 그리고 그 소리가 잘못 만들어지고 나면 타고난 천부의 목소리 그 본질로 돌아가는 길을 잃어버린 채 영원히 방황할 수도 있다. 말하자면 히트하고 스타 됐으나 정작 소리를 통한 자신의 소리 길은 잃어버리는 우를 범할 수도 있는 것이다.

인도에서는 소리를 빛이라 본다. 즉, 에너지인 것이다. 싸이는 자신의 콘서트에서 "여러분 지쳤습니까?" 하고 묻곤 한다. 그러면 당연히 객석에서는 "아니요!"라고 화답한다. 그러면 싸이는 또 이렇게 말하고 노래한다. "여러분 지치면 지는 겁니다. 미치면 이기는 겁니다. 자, 다 같이 뛰어, 아니면 쉬어, 알았으면 뛰어!"

# 싸이 웃는 호랑이

웃음은 그 어떤 핵무기보다도 더 강하다
-오쇼 라즈니쉬

호랑이와 까치 두 마리, 소나무와 언덕바위가 함께 그려져 있는 민화를 본다. 호랑이는 잔뜩 꼬리를 치켜세우고 있다. 소나무 가지 위에 앉은 까치 두 마리는 무어라 호랑이에게 얘기하듯 지저귀는 것 같다. 그 이야기에 귀 기울이는 듯 쫑긋 귀를 세우고 듣고 있는 형상의 호랑이는 까치와 친구 먹은 것 같은 평화의 그림이다. 아니 더 나아가 약삭빠른 까치에게 뭔가 놀림감이 되지나 않을까 왠지 걱정이 되기도 하는 편안한 그림이다. 강한 호랑이가 까치에게 마음도 주고 서열도 없애는 수평관계의 분위기다.

그렇다. 까치와 호랑이가 서로 이야기를 나눈다는 것은 하늘을 나는 새와 땅의 가장 용맹스런 동물이 마음을 열고 하나가 된다는 것이다. 거기에 땅에 뿌리를 내리고 푸르게 치솟은 용 비늘로 온몸을 휘감은 늘 푸른 소나무가 하늘로 올라가고 있다. 이처럼 멀리 떨어진 것 같은 그래서 만나기 힘든 사이들이 어느새 소통과 융합의 시대를 이미 이룩하고 있는 것이다.

그렇다. 내가 중요한 것이 아니라 나와 누군가의 만남과 대화와 소통이 중요하고 그래서 융합하여 새로운 창조를 만들어내는 것이 중요한 것이다. 이것이 뭇 생명 소유자들이 그 생명 유통기간 중에 해내야만 할 일이다. 딱히 또 뭐 다른 것 할 일도 많지 않기에.

앞서의 까치와 호랑이 민화에서 호랑이는 아주 느긋하게 까치의 이야기를 듣고 있다. 뒷발을 마치 사람의 양반자세처럼 오른쪽 다리를 왼쪽 다리 위로 올려놓은 것처럼 너무나 안정적인 분위기로 듣고 있는 것이다. 이것은 호랑이에 대한 인간의 고정관념을 파괴하는 파격의 현장이다. 동물의 왕 호랑이가 이토록 널널하다니? 놀라움의 혁명인 것이다. 이런 뜻밖의 재치와 평화 세상에 대한 염원의 분출이 곧 민화의 무진장한 매력이고 이는 또한 민간의 즉, 싸이 식으로 표현하면 B급 정서, B급 인간들, 쌈마이들의 드센 힘이고 그 누구도 막을 수 없는 꿈의 실현인 것이다.

그렇다. 한국에 통일이 된다면 그것은 우리의 소원이라는 통일에 대한 꿈과 염원의 노래가 이미 있어 왔기 때문이다. 꿈은 예언이고 강력한 희망이고 오래 걸리는 도달과 완성을 위한 지도이자 기획서 그리고 지칠 줄 모르는 심장이고 늘 다시 부활하는 기적인 것이다. 앞서

나는 민화에서의 호랑이의 파격을 얘기했다.

그렇다. 잡아먹기만 하는 호랑이가 아니라 양반자세로 다리를 포개고 꼬아 앉는 양반자세 호랑이, 얘기 듣는 호랑이의 파격은 고정관념의 세계를 벗어나지 못하고 위압적이고 무서운 호랑이의 힘만을 강조한 전통적 그림들에 비해서 기존 질서를 벗어난, 해체하는 그림이랄 수 있다. 하지만 그 벗어남과 해체함이 곧 파격의 미학이고 재즈적인 것이다. 비틀즈Beatles가 본격적으로 사용했던 불협화음인 것이다.

맨날 똑같은 것, 이거 사람 미치고 환장하고 팔짝 뛸 일인 것이다. 이러한 민화를 설명하는 글 중에 네이버 지식백과에서는 이렇게 또 표기했다.

"이규경1788-1865의 『오주연문장전산고五洲衍文長箋散稿』에는 이를 속화俗畵라 하고 여염집의 병풍 족자에 붙인다고 하였다. 대부분이 정식 그림교육을 받지 못한 무명화가나 떠돌이 화가들이 그렸으며……."

그렇다. 프랑스의 화가 앙리 루소의 그림을 보면 몽상적이고 환상적이다. 루소는 자신의 꿈이라는 안경을 쓰고 세상을 바라보았다. 그리고 세상의 나무와 말과 소와 강아지와 어머니와 아이와 나무와 길과 목책과 하늘과 초가을과 호수 같은 강물과 그 파랑, 초록, 갈색, 가을 물이 들어가는 자연들, 그들의 꿈도 있는 그대로 바라보았던 것이다.

그래서 루소의 꿈과 자연을 기반으로 한 세상의 모든 꿈들의 만남과 이야기와 꿈의 교류와 그로 인한 사랑의 실현이 창조되고 마침내 융합된 나이브 아트가 발생했던 것이다. 나이브 아트는 서양에서 정규 예술교육을 받지 못한 화가들 즉, 일요화가나 문외한 화가 같은 멸시적인 호칭을 받았던 화가들을 통칭한다. 하지만 이들은 세상의 박수나 관심이나 잘 판매되는 그림을 원하지 않았다. 이들은 사람과 풍경과 시간과 공간에 홀딱 반해 그것들이 도대체 뭔지 파고들어 자신도 그 안에 깃들어 다 함께 얘기 나누고 꿈을 나누는 그림들을 그려냈던 것이다.

그래서 기존 예술계에 끝없이 새로운 영감을 주고 역동성의 에너지를 베풀었던 나이브 아트처럼 한국의 민화 또한 그렇게 무명화가들에 의해 그려져 왔고 자랑스럽게 그 힘의 역사, 진정한 생명력의 역사는 그림으로 표현됐고 기록됐던 것이다. 스스로 꿈의 역사를 증거했던 것이다. 나는 싸이의 강남스타일이 바로 그런 나이브 아트, 민화의 전통의 맥을 다시 뛰게 한다고 생각한다.

그렇다. 세상의 모든 음악이 세련되게 좀 더 세련되게, 은은한 섹시함으로 얼른 팔고 많이 팔아서 후딱 금전적 성공을 거두는 것만이 살 길이라며 그 이기적 욕망과 자본주의의 종이 되어 딸랑거리는 그 음악들의 허깨비 같은 행진이 지구촌 도처에서 진행되던 2012년에 싸이의 강남스타일은 그런 모든 것들의 어이없음을, 일거에 뒤집어엎는 태풍의 역할을 해내고야 말았던 것이다.

그렇다. 영국 차트 1위, 빌보드 차트 2위, 아이튠즈 40여 개국 차트 1위의 이 대기록과 대위업은 전 세계 지구인들이 보내는 감사의 표시인 것이다. '싸이 정말 고마워요. 웃게 해 줘서!' 그렇다. 누구나 위압적 인간이 되기 위해서 그것을 가능케 하는 돈 많은 성공자가 되기 위해서 자신의 휴가와 인생을 반납하고 돈 버는 기계로 스스로를 개조해야만 그래도 살아남을까 말까 하는 무한도전과 무한경쟁의 이 엄청난 비극적 시대에 싸이의 돌진과 돌풍과 돌연함은 음악을 만나면 음악을 죽이고, 춤을 만나면 춤을 죽인 결과물인 것이다. 거기서 자유가 발생한 것이다.

그렇다. 그동안 세계 최고의 슈퍼스타들, 반짝 스타들은 그 기간만 달랐지 대개는 특별한 존재처럼 여겨졌고 우상으로 떠받들어졌었다. 그리고 상업적 스타 시스템은 그 기간을 가능한 한 연장하기 위해 사력을 다했다. 그런데 싸이의 국제스타로서의 위업은 네티즌들에 의해서 유투브라는 무대를 통해서 자연발생적으로 이뤄진 쾌거였다. 인터넷 시대를 실감케 하는 대사건이었다. 이쯤 되면 유투브 음악 챠트가 따로 만들어질 필요가 있을 것이다. 그래서 그 주일에 가장 많은 유투브 뮤직 비디오 조회 수를 갖고 그 주일의 세계인들이 가장 많이 찾아본 뮤비에 대한 결과를 갖고 차트도 만들고 시상식도 하면 좋을 것 같다.

아무튼 싸이는 스타와 팬들 사이, 우상과 추종자들 사이라는 기존 공식에 전혀 관심이 없었다. 그는 자신의 세계적 인기에 대해서 비현실적인 나날들이라고 말했다. 꿈이 이뤄진 것이 아니라 세계인들이 싸이를 자신들의 꿈의 팅커벨로 받아들였고, 그래서 다시 세계인들 모두가 피터팬을 회복한 것이다. 누구나 웬디가 되어야만 했던 시절을 거슬러 그야말로 강물을 거슬러 올라가는 저 힘찬 연어들처럼 싸이의 강남스타일이란 연어의 리듬에 올라타 함께 말춤을 추며 동심을 회복하고 다시 어린 아이의 눈빛과 24시간 설레던 초심의 사랑을 회복한 것이다.

그것은 싸이가 슈퍼스타로서의 카리스마를 애초부터 구하려 하지 않았기 때문이다. 어린 아이 갖지 않고는 결코 너희들이 천국에 갈 수 없다고 일찍이 예수께서 말씀하셨다. 그렇다. 카리스마라는 장난감은 필요 없다. 그것은 상한 생선의 썩어가는 비린내 위에 설치한 종이 왕관 같은 것이다. 섹스 피스톨즈Sex Pistols의 존 라이든John Lydon은 자신의 인생관에 대해서 "나는 솔직하다. 거짓을 말할 필요도 없고 그럴 겨를도 없다."라고 말한 바 있다. 이어서 "영국은 비극적 삶을 관리하기 적합한 나라"라고 정의내렸다. 그래서 수많은 사람들이 희망도 미래도 없다고 말했었다. 그래서 친구들끼리 전화통화를 할 때 "요즘 어때?"라고 물으면 "재미없어"라고 답하고 그러면 물었던 상대방이 "그래 그럼 잘 지내는 거야"라고 냉소에 가득찬 하지만 '풋핫!' 하고 경쾌하고도 박진감 넘치는 웃음이 터져나오는 순간을 선물한다.

　그렇다. 개그 프로그램을 7년간 제작하던 KBS 출신의 어느 프로듀서가 이런 말을 했다. 우연히 개그 프로그램을 맡게 됐기에 그때부터 사람들은 언제 웃을까?를 7년 동안 연구했다고 한다. 그 결과 마침내 7년 만에 개그 득도를 했는데 그 결론은 사람은 진실을 얘기할 때 웃는다는 것이었다고 한다. 참 뜻밖일 수도 있겠다. 하지만 그건 진실이라 생각한다. 그렇지 않은가? 우리가 자유라는 도구를 활용해 온 세계인 누구나 도달해야 할 진실의 시간들, 그 시간들이 물결치는 진실의 바다 같은 공간. 그 꿈의 화엄 같은 세상을 향해 지구는 돌고 사람들은 춤추고 그 맨 앞장에 한국의 민화에서 얘기하는 '까치와 웃는 호랑이'가 있고, 엘비스 프레슬리Elvis Presley가 있고, 비틀즈Beatles가 있고, 백남준이 있고 밥 딜런Bob Dylan이 있고, 존 바에즈Joan Baez가 있고, 비지스Bee Gees가 있고, 섹스 피스톨즈가 있고 그 연장선상에 이윽고 싸이가 탄생한 것이다.

　그렇다. 이것이 이 시대가 원했던 스타다. 웃는 호랑이 같은 스타, 그 스타를 그 국제스타 월드스타를 세계인들은 스스로 만들어 가졌다. 그것은 모든 인간들의 가슴속에 아로새겨진 꿈, 자유를 통한 진실의 세계에 도달하기 위한 그 위대하고 멀디 먼 여정, 그 목표, 그 놈의 것을 향한 역사, 그 히스토리에 문득 나타난 싸이의 강남스타일, 그의 말춤! 그것은 빈부와 양극화, 스타와 팬들, 뛰는 놈과 나는 놈, 기는 놈과 걷는 놈 등의 그 모든 것들을 일거에 무너뜨리는 웃음의 문화 레볼루션인 것이다.

그래서 탈춤 판 마지막의 연희자와 연주자 그리고 구경꾼이 뒤섞이는 진정한 축제의 진실인 것이다. 탈춤의 마지막은 사람들의 얼굴 그 자체가 하늘이 내려준 가면극의 도구라는 것을 깨닫는 것이다. 그래서 너와 내가 똑같은 본질, 누구나 태어나고 사라진다는 변화의 한 순간들의 궤적이란 것을 깨닫고 덩기덩기 장단에 맞춰 덩실덩실 춤추는 한판의 춤판을 이룩하게 되는 흐드러진 진실이란 꽃밭의 출현인 것이다. 그리고 국악의 시나위처럼 재즈에서의 잼 세션Jam Session●처럼 풍성하고도 놀랍고도 실험적인 애드립Ad-rib●처럼 그렇게 자유를 통한 진실의 시대인 것이다.

그렇다. 강남스타일의 강남인들에 대한 풍자와 해학은 마치 섹스 피스톨즈가 영국 황실에 대한 비판과 야유를 연상케 한다. 하지만 싸이는 존 라이든 같은 냉소 대신에 그만의 유머와 웃음으로 강남스타일을 노래한 것이다. 알고 보면 인간은 다 거기서 거기다. 졸라 달려 봐야 횡단보도 앞에서 다 함께 만나듯 그리고 결국은 흙으로 돌아가듯 더 이상은 춤출 수 없는 고인이 되듯, 더 이상은 키스할 수 없는 먼

지가 되듯 그리고 걸을 수 없는 잊혀진 추억이 되듯, 그리고 누군가 나의 사망신고서를 나 아닌 다른 이가 주민센터에 비치된 볼펜으로 기입해 여직원에게 제출하는 순간이 찾아오는 장면이 연출되듯 이를 피해 나가는 방안은 아직 강구되지 못했다.

그러나 싸이는 그 순간에 대항한다. 진정한 혁명이다. 어둠 속으로 영원히 내려지고 가둬지는 그 순간에 저항한다. 그는 음악이라는 말춤을 타고 그것에 맞붙는다. 끝까지 한판 붙어보자는 것이다. 그때 그의 필사적인 항전에 감동받은 묶었던 머리 푸는 여자가 나타나고 때가 되면 완전 미쳐버리는 사나이가 나타나는 것이다. 그리고 싸이는 「네버 캔 세이 굿바이Never Can Say Goodbye」에서 오늘이 자신의 생애 남은 날들 중에 가장 젊기에 어디론가 떠난다고 노래했다. 그곳은 어디일까?

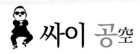 싸이 공空

사랑하는 것은 천국을 살짝 엿보는 것이다
-카렌 선드

매주 목요일마다 음악평론가로 출연하는 프로그램이 있다. 국군방송 '이익선의 행복 바이러스'(오전 10:00-12:00/ 월-금)에서 '구자형의 행복한 가요'란 코너에 게스트인 것이다. 10월 4일에 싸이의 노래 두 곡을 선곡했다. 『6甲』 앨범에 수록된 「어땠을까」와 「강남스타일」이었다. 노래를 틀기 전 이런 얘길 했다. "비틀즈Beatles®도 빌보드 싱글 차트 1위를 20회 밖에 못했습니다. 싸이는 정말 대단한 거죠. 특히 오늘 밤 10시 4분에 시청 앞 광장에서의 싸이 콘서트 정말 기대가 됩니다. 4~5만 명이 올 것이라는 예측이 있지만 더 오지 않을까 싶구요." 그렇다. 박원순 서울시장도 자신의 트위터를 통해 싸이의 서울 시청 앞 광장 콘서트를 적극 지원하겠다고 했다. 그러면서 싸이가 빌보드 1위를 하면 웃통을 벗겠다고 한 데 대한 얘기도 했다. 오늘밤 싸이의 공연에서 맨살을 볼 수 있기를 바란다고. 유쾌한 얘기다.

　미국에서는 마이클 잭슨Michael Jackson을 백악관으로 초대해 음악문화에 대한 애정과 관심을 표한다. 사이먼 앤 가펑클Simon & Garfunkel® 재결합 공연이 벌어진 센트럴 파크 전설의 콘서트에서 오프닝을 뉴욕 시장이 했다. 뉴욕 시민을 대표해 사이먼 앤 가펑클의 음악을, 그 음악을 사랑하는 모든 사람을 환영하고 지지한다는 의미일 것이다. 롤링 스톤즈Rolling Stones® 뉴욕 콘서트에서 빌 클린턴 대통령도 오프닝 멘트를 했다. 글쎄 굳이 한국으로 치자면 신중현 콘서트에 대통령이 팬의 입장에서 오프닝을 하고, 싸이를 청와대에 불러 함께 산책도 하고, 기자들을 향해 손도 흔들고 식사도 같이하는 그런 경우가 될 것이다.

　아직 그런 모습 본 적이 없다. 혹시 정치가 음악문화를 깔보는 건 아닌가 심히 마음 괴롭다. 그것은 비민주적 요소라 볼 수 있고 말할 수 있다. 왜냐하면 음악은 특히 대중음악은 위대한 음악이기 때문이다. 그래서 싸이 또한 위대하다. 그래서 그가 지금 이룩해나가고 있는 세계음악계에 끼치고 있는 영향력은 위업에 속한다.

　왜 위대한가? 나는 1994년에 어느 라디오 프로그램에서 '위대한 한국 가요 100'을 내가 선정해 그 노래들에 맞는 위대함의 이유를 원고로 만들어 방송했다. 40여 회쯤 나갔을 때 PD가 "윗분이 코너 제

목 바꾸랍니다. '즐거운 우리 가요'로요. 그리고 구자형 작가님이 왜 위대한 한국 가요 100을 선정하냐면서 앞으로는 미리 선곡표를 보여 달라십니다."라고 했다.

나는 그런 전갈에 아랑곳하지 않았다. 굳이 입씨름을 하거나 해명을 하려 하지도 않았다. 차라리 내게 왜 그 코너를 만들었고 가요가 왜 위대한지에 대해 물었으면 내가 대답을 했을 것이다. 하지만 '위대함'에서 '즐겨 듣는'으로 타이틀을 바꾸고 일개 프로그램의 일개 코너의 선곡표를 미리 다 보여달라는 윗분(?)이 참으로 가당치 않다고 생각했다. 그래서 들은 척도 안 했다. 그렇지 않은가? 라디오 작가는 라디오 작가이기 이전에 작가인 것이다. 작가란 세상의 역사를 바라보며 그 생명력을 방해하는 것들로부터 우주적 생명력을 보호하는 것이고, 지지하고 마침내 사랑하고 드디어 역사와 하나가 되어야만 하는 것이다. 그것이 작가의 권리이자 엄중한 책무라고 나는 생각한다.

아무튼 그 뒤로 내가 '위대한 한국 가요 100'이라고 원고에 기입하면 MC는 '즐겨 듣는 우리 가요 100'으로 바꿔 방송했다. 솔직히 어이가 없었다. 결국 그런 식으로 내 뜻이 왜곡되자 나는 오십 몇 회쯤에서 그 프로그램 작가 일을 그만뒀다. 그러자 일이 커져버렸다. 그 윗분이 열 받아서 아니, 감히 윗분의 명령에 항명을 해? 게다가 지 맘대로 그만둬! 까라면 깔 것이지. 아마도 그 분(?)은 이랬을 것 같다. 결국 나중에 다른 PD로부터 들었지만 그때 그 윗분이 선언했다고 한다.

"내가 윗사람으로 있는 한 구자형은 MBC 라디오 일 못해!" 이랬다는 것이다. 그 일 때문에 나는 KBS의 '밤을 잊은 그대에게' 일을 다시 하게 된다.

그리고 1998년에 『구자형이 뽑은 위대한 한국 가요 100』이란 타이틀로 10장의 CD를 큐레이터한다. 한국 청년문화 30년 기념음반이었다. 그때 기자들과 인터뷰하면서 왜 가요가 위대한지에 대해 이런 말을 했다. "가요는 한국인들을 가장 살갑게 위로해 왔습니다. 가요는 길 가다가도 들려오고 라디오 한 대면 무진장 나를 위로하는 가요들을 들을 수 있습니다. 바로 이 점이 위대합니다. 값싸고 저렴하게 거의 공짜로 나를 위로해주는 가요! 국민을 위로해주는 가요! 한국인 누구나를 위로해주는 가요! 위대할 수밖에 없지 않나요?"

아무튼 다시 싸이로 돌아온다. 강남스타일이 생방송으로 나가는 동안 MC 이익선 씨가 이런 말을 했다. "평소 친근한 제 친구와 친구 아이들 그리고 저와 제 아이들이 같이 노래방을 갔어요. 제 아들이 강남스타일을 불렀어요. 그러자 다른 아이들 넷이서 말춤을 추는 거예요." 노래가 끝나고 다시 마이크가 들어오자 이익선 씨가 또 말했다. "강남스타일 그렇게 많이 들었는데도 질리지가 않아요." 내가 말을 받았다. "제가 생각할 때 싸이는 한국 가요사에 그 누구도 닮지 않은 특별한 강렬한 개성의 스타입니다. 그래서 가요사를 좀 뒤졌죠. 누가 싸이의 노래와 비슷할까 하고 말이죠. 그런데 가장 비슷한 사람이 발라드 왕자 유재하죠. 유재하는 고요한 노래를 합니다. 텅 비어 있죠. 노래를 부를수록 그 음악 공간은 더욱 커지기만 합니다. 채우려고 하지 않죠. 그것이 싸이에게도 있습니다. 타고난 것 같아요."

그리고 또 이렇게 이었다. "싸이에게는 「타향살이」의 고복수 같은 탄식과 전인권의 절규 그리고 조용필의 열정과 유재하의 고요함이 있다고 봅니다. 그래서 싸이 신드롬은 싸이가 갖고 있는 태풍의 눈 같은 고요함이 있기에 질리지 않고 온 세계가 함께 싸이의 말춤을 추고 강남스타일을 합창한다고 생각합니다."

방송을 마치고 나오는 길을 이지은 작가와 함께 걸었다. 마침 이승환의 「가족」을 작사하기도 했던 이지은 작가는 싸이가 국군방송에서 라디오 출연할 때의 작가로 일했다고 한다. 내가 그 시절의 싸이에 대해서 묻자 이지은 작가는 싸이의 「낙원」을 예로 들었다. "음악적으로 너무 좋은 싱어송 라이터Singer-Song Writer죠. 남의 것 베끼는 음악인도 아니고…… 한번은 싸이의 「낙원」이란 노래 중에서 '밥은 내가 할게 쌀만 담궈 놔!' 이 부분이 너무 좋다고 칭찬도 해 줬구요. 그래요. 가사 정말 잘 써요."라고 추억했다.

싸이,
강남스타일

 싸이 B급 정서

보다 더 아름다운 음악을 위해서라면
기존의 법칙은 깨져도 좋다.
- 베토벤

싸이는 자신을 'B급 정서'라 했다. 이것은 굉장한 자신감이다. 이
세상에 그 어느 누가 B급이 되고 싶어 할까? 하지만 당당히 싸이는 자
신의 정체성을 B급이라고 선언했다. 그 말은 기존의 한국적 상황에서
의 A급에 속하지 않겠다는 선 긋기일 수도 있을 것이다. 그렇다. 한국
의 대중음악계는 영혼은 A급인데 그 영향력은 B급인 경우의 아티스
트들이 있어 왔다. A급을 B급으로 푸대접하는 시스템이 있어 왔기 때
문이라 생각한다.

'전람회'의 김동률이 미국 버클리 음대 입학 후 방학 때 한국에 잠
시 귀국해서 어느 음악잡지에 글을 기고했었다. 그때 김동률은 그 글
에서 미국에 갔더니 한국의 언더그라운드들이 미국 대중음악계의 주
류들이었다는 말을 했다. 맞다. 미국은 인기라는 잣대가 아니라 영혼

의 잣대로 대중음악계의 아티스트들을 대접한다. 한 예로 미국 클리블랜드에 있는 로큰롤 명예의 전당●에 헌액되려면 데뷔 25년을 기다려야만 한다. 제 아무리 인기가 충천하고 영혼이 충만해도 25년이 지나야만 명예의 전당에 들어갈 수 있을지, 초대받을 수 있을지 그 심사 자격의 첫째 조건이 생겨나는 것이다.

예를 들면 로큰롤 명예의 전당 재단에서는 2007년 12월 13일 2008년 로큰롤 명예의 전당에 등재될 스타들을 발표했는데 그 스타는 레오날드 코헨Leonard Cohen●, 존 멜런캠프John Mellencamp●, 데이브 클락 화이브Dave Clak Five● 그리고 마돈나Madonna●였다. 레오날드 코헨은 1967년 「수잰Suzanne」으로 데뷔했으니 데뷔 41년 만에 로큰롤 명예의 전당에 입성할 수 있었던 것이고, 데이브 클락 파이브는 62년 데뷔했으니 46년 만에 입성할 수 있었던 것이다. 또한 「카인드 우먼 Kind Woman●」 등을 노래했고 닐 영Neil Young●, 스테픈 스틸즈Stephen Stills●, 리취 프레이Richie Furay●, 짐 메시나Jim Messina 등이 결성했던 전설의 밴드 버펄로 스프링필드Buffalo Springfield●는 1966년 데뷔해서 1997년 로큰롤 명예의 전당에 입성했으니까 데뷔 30년 만이었다.

물론 로큰롤 명예의 전당이 1983년에 세워졌으니까 어쩔 수 없이 기다려야 했던 세월도 있지만 그만큼 까다로운 선정조건과 과정, 심의가 존재한다는 얘기다. 더구나 재밌는 것은 버펄로 스프링필드처럼 언더그라운드 밴드도 명예의 전당에 헌액된다는 사실이다. 버펄로 스프링필드는 1967년 작품 「포 왓 잇츠 워스For What it's Worth®」가 빌보드 싱글 차트 7위를 기록했을 뿐 대부분 100위권 안팎이나 4~50위권 몇 곡이 있을 뿐이다. 하지만 이들의 음악은 음악전문가들로부터 그들의 쎈 내공과 진정한 음악성, 즉 순수한 영혼이 듬뿍 담긴 아름다운 정신이 깃들어 있기에 인기차트 순위에 크게 좌우되지 않고 마침내 데뷔 30년 만에 미국 로큰롤 명예의 전당에 헌액될 수 있었던 것이다.

그렇다. 버펄로 스프링필드는 한국식으로 따지자면 언더그라운드 밴드이고 인기로 치면 미국에서 B급 밴드였다. 하지만 그들의 영혼과 음악은 A급 중에서 최상위층이다. 그럼 됐지 뭐가 더 필요한가?

그렇다. B급 정서 싸이! 이제 보니 그 'B급 정서'로 노래한 '강남스타일'이 '빌보드Billboard 싱글 차트 2위'를 했으니 실제는 '빌보드Billboard정상급 정서'였던 셈이다. 자, 게다가 싸이는 스스로를 '쌈마이'라고 했고, 더욱 B급 정서라는 선언을 지독하게 심화시켰다. 그 참 통쾌한 자기 정체성의 발견이자 널리 드높이 알리기였다. 대부분 자신의 갖고 있는 실력이나 가치보다 좀 더 뻥튀기라도 해서, 과장홍보를 서슴치 않고 그것이 상식과 관례처럼 통용되고 있는 시대에 싸이는 자신이 '보잘 것 없는 쌈마이'라고 뜨겁게 대국민 선언을 줄기차고 가열차게 해왔던 것이다.

이것은 싸이의 지독한 현명함이다. 그는 '탁월함과 우월함'이라는 정말 인생 피곤케 하는 상승욕구를 위한 사닥다리를 걷어 치워버리고 말았다. 그는 오히려 하강을 택했다. 물처럼 낮은 곳으로 향하며 유유자적 노래하는 마음의 공간을 만들기 위해 마구마구 비워내기 시작했던 것이다. 그야말로 한국 연예계의 법정스님 같은 무소유의 철학적 실천자로서 정갈 소박의 씨앗을 품기 시작했던 것이다. 그리고 싸이는 이에 대해 스스로 쌈마이이기에 눈치코치 볼 것 없고 자유로운 삶의 행보를 걸을 수 있고 누릴 수 있고 춤출 수 있다고 얘기했다. 그 신선한 결단과 실행이야말로 프랑스의 천재시인 랭보가 일찍이 말했던 '바람의 구두'를 신은 인생 여행자로서의 방랑을 가능케 한 매우 주요한 시작점인 것이다.

그렇다. 인생의 모든 성공과 우주의 모든 것을 다 소유해서 무엇 한단 말인가? 그럴 수도 반드시 없으나 그래서도 뚜렷이 안 되는 것이다. 다만 즐거움이라는 우주의 비밀 열쇠 하나를 갖게 되면 더 이상 그 무엇도 필요 없는 것이다. 그렇다. 바로 이 부분이 중요한 것이다. 많은 영혼의 언더그라운드 음악인들이 A급 영혼에 관심 없는 대한민국의 진정 아쉬운 부분인 B급 음악 시스템에 상처받고, 좌절하고, 삐져서 자폐 현상을 심각하게 유발하곤 한다. 그래서 거의 절망적 체념 상황에 함몰돼 아까운 영감靈感들을 썩혀버리고 마는 경우가 꽤 많고 종종 있는 것이다. 이는 너무나 안타까운 일이다. 그럴 필요 전혀 없다. 막춤으로 막노래로 막작품으로 스스로를 구원해내고 즐거움을 회복하고 쟁취해내야만 한다.

그렇다. 지상의 모든 외로운 영혼들은 그리고 오갈 데 없는 속수무책의 속상한 언더그라운드 아티스트들은 일어나 걸어야만 한다. 그리고 세상의 가장 바람직한 변화를 위해 기타를 들고, 피아노를 애무하고 드럼을 두들기고 가야금과 격정의 대화를 나누며 출구를 찾아야만 한다. 결코 상황이 B급, C급, D급이라고 해서 너무 때를 기다려선 안 된다. 상황을 A급으로 만들기 위해 노래하고 춤추고 세상을 위로하고 그 세상에서 기쁨을 발견해내야만 하는 것이다. 절대 상황에 매몰될 일이 아니다. 그로 인한 한숨, 지상에 내뿜지 말라.

그렇다. 자유라는 만능열쇠를 들고 우주의 모든 별들과 풍경과 사람들의 마음을 노크하고 열어보도록 하자. 그래서 21세기가 문화의 세기가 되도록 뜻있는 인간들이 뮤지션들이 먼저 나서서 기여하고 헌신하고 위로하고 응원해야만 한다. 물론 예술가들도 먹고 살아야겠기에 돈도 벌어야겠지만 그 돈은 독을 벌다가 돈독에 쏘였거나 돈독에 상한 가슴들, 상한 영혼들 그리고 돈독에 전염된 사람들의 그 돈독을 비롯한 각종 허무맹랑한 독들을 빼내주고 그들에게 진정한 휴식의 즐거움을 주고 회복의 기쁨을 안겨주노라면 그에 맞는 응분의 대가가 자연스레 따라올 수밖에 없을 것이다.

그렇다. 세상이 나에게 불친절하다고 원망하거나 슬퍼할 틈이 없다. 그렇다면 나는 세상에 친절했는가 되짚어 볼 일이고 진실로 대가 없는 원대하고도 고결한 친절을 베풀었는가를 한번쯤 곰곰이 곰 두 마리가 이마를 맞대고 숙의하듯 그렇듯 자신의 삶의 친절 부분을 고요히 성찰해 볼 필요가 있는 것이다.

자, 이렇듯 싸이의 B급 정서와 쌈마이 이야기를 늘어놓았다. 그러다 보니 마저 건드려야 할 또 하나의 싸이스타일 언어가 있다. 그것이 바로 딴따라정신이다. 싸이는 스스로 딴따라라고 느닷없이 말했고 지속적으로 표현해 왔다. B급 정서를 지닌 쌈마이 딴따라라고 말해 왔던 것이다. 싸이 이전에는 딴따라라는 말을 싫어하는 연예인들이 있어 왔다. 국어사전에 보면 딴따라는 연예인연예에 종사하는 배우, 가수, 무용가 등을 통틀어 이르는 말을 낮잡아 부르는 말이라고 돼 있다. 그러나 싸이는 싸르트르가 노벨문학상을 거부했듯이 섹스 피스톨즈가 로큰롤 명예의 전당 헌액을 거부했듯이 아티스트를 일찌감치 속절없이 거부하고 딴따라의 길로 행군했다.

그렇다. 그것은 역설적으로 굉장한 자부심의 발로인 것이다. 그는 기존의 아티스트들에게 한방 엿을 먹인 것과 같지 않나 나는 그렇듯 짐작하는 바이다. 싸이는 무엇이 되기 위해 음악을 하거나 삶을 살아가지 않았다. 그는 그보다 훨씬 더 급선무인 음악을 통한 즐거움, 즉 딴따라의 즐거움과 그 무엇과도 바꾸고 싶지 않았던 것뿐인 것이다. 그렇다. 즐거움이 아니라면 버거움과 역겨움인 것이다. 바로 그 즐거움에서 열정의 꽃이 피어나고 열광의 바람이 불어가 꽃잎은 하염없이 흩날리고 싸이는 우주의 중심에 설 수 있어 왔던 것이다.

그렇다. 싸이는 이미 우주의 신명과 토크쇼하는 신비로운 즐거움과 기쁨을 차고도 넘치게 체험해 왔고 그 우주 에너지를 자신의 음악작품 속에 넣어 많은 팬들과 더불어 먹고 마셔 왔던 것이다.

그 결과 '딴따라' 싸이의 강남스타일 말춤을 세계인들이 '다따라' 했고, 그것도 부족해 '막따라' 했고 '친구따라' '유투브 뮤비따라' 그리고 1만여 개가 넘는 숱한 패러디를 통해 미친듯 따라 했던 것이다.

그래서 이미 싸이는 자신들의 관객觀客들을 '광객狂客'이라 했고, 자신의 콘서트를 광객 발대식이라고 명명한 바 있는 것이다. 그리고 싸이 2집에서 싸이는 「얼씨구」란 노래를 이렇게 선 보였었다.

얼씨구

싸이 작사, 작곡, 노래

아름다운 밤이에요@

손들어 머리위로

흔들어 좌로 우로

눈치 살필 필요

체면 차릴 필요 없고

누구든지 근심 걱정

모두 등에 업고

나중에 딴소리하는 사람

모두 바보

오늘만큼 미친 듯이

놀꺼야 나도

너무나 아름다운

이 날의 젊은이야

음악이 취할 수 있는게

젊음이야

내가 사람을

미치게 하기 전문이야

얼씨구 씨구 씨구

지화자 지휘자

싸이가 여기왔구나

아하

절씨구 씨구 씨구

닐리리 날라리

그렇다. 이처럼 유쾌 통쾌 상쾌한 싸이의 얼씨구가 있기에 싸이를
두고서 많은 사람들은 개념 있는 날라리, 도저히 미워할 수 없는 싸이
라고 말한다. 그리고 1집 앨범 『새』에서 싸이는 '완전히 새됐어!' 라고
어이상실의 가슴 아픔을 표현했지만 이제는 세계인들의 사랑을 한 몸
에 받는 국제가수가 되어 미국, 호주, 유럽, 아시아 등을 펄펄 날아다
니는 그야말로 '나 완전히 세계를 날아다니는 개념 있는 날라리 새됐
어!'라고 외쳐도 충분한 공감을 이끌어낼 수 있는 싸이 시대가 도래한
것이다.

# 싸이 믿나잇 인 파리

천국이 없다고 상상해 볼래 그리 어렵지 않아
언젠가 너도 우리와 하나 되어 세상을 살길 바래
소유도, 탐욕도, 굶주림도 없이
형제처럼 살아가는 세상을 상상해 볼래
-존 레논의 「이메진」에서

　　우디 앨런 감독의 『믿나잇 인 파리Midnight in Pari's』를 보면 1920년
대 고물 푸조, 그야말로 자동차 수집광들이나 자동차 박물관에나 가
야 만날 수 있는 그 클라식 푸조를 타고 헐리우드에서 잘나가는 시나
리오 작가이지만 이제는 소설가가 되고 싶어 하는 길이라는 남자 주
인공오웬 윌슨이 1920년대의 파리로 타임머신 타듯 돌아간다. 그동안
길의 낭만스타일에는 관심 없는 약혼녀 이네즈레이첼 맥아담스는 자신
의 여자친구와 그녀의 잘난 척, 지식인인 척 있는 고상, 없는 고상 다
떠는 남자와 함께 화려한 댄스파티를 즐기러 간다.

　　아무튼 주인공 길은 1920년대의 시공간 속 어느 카페에서 헤밍웨
이, 달리, 피츠제럴드를 만나고 문화 살롱에서는 피카소도 만난다. 심
지어 19세기의 파리에도 가게 돼 툴루즈 로트렉, 마티스, 고갱과도

만난다. 길은 현실을 벗어나 그 예술가들이 보여준 세계, 환상, 이상, 몽상, 상상의 실크 월드를 만나보고 싶고 거기서 머물고 싶어 했던 것이다. 예를 들면 피츠제럴드의 소설 『위대한 개츠비』에서 부자인 개츠비가 매주 토요일 밤 수백 명이 몰려오는 파티를 자신의 저택에서 개최하는데 그 이유는 데이지란 여자를 만나보고 싶어서였다. 언젠가 자신의 파티에 데이지가 오겠지 하는 희망 때문이었던 것이다.

그렇다. 모든 파티는 누군가를 만나보고 싶어서 참여하게 된다. 나도 1970년대 타워 호텔 나이트클럽도 가보고 명동의 서울 로얄 호텔 나이트클럽도 어쩌다 한번씩 가봤었다. 그때 막연한 희망, 어떤 여자를 만나 사랑이 시작됐음 하던 상상이 내 가슴 가득했었음을 이제는 말할 수 있다.

아무튼 『믿나잇 인 파리』에서 길은 안개가 피어나는 밤의 파리, 그 어느 골목길에서 푸조를 타고 옛날 파리의 밤의 파티로 돌아간다. 싸이의 강남스타일에서는 푸조 대신 '이때다 싶으면'을 타고 안개 대신 '묶었던 머리를 푸는 여자'가 되어 '놀 땐 노는 여자'로 변신한다. 한낮의 정숙한 여자에서 밤의 파티 걸로 변신하는 순간이다. 이것도 혁신이라 할 수 있을까? 그렇다. 혁신을 넘어선 개인적 혁명이라 할 수 있다.

나는 싸이의 귀국 기자회견장에서 싸이의 슬픔을 그의 눈에서 읽었다. 그 슬픔은 모든 것은 결국 사라진다는 이 엄청난 진실, 두려운 삶의 진실이다. 그래서 밥 딜런Bob Dylan은 모든 것은 변한다고 노래했었다. 그래서 머무는 자, 뒤를 돌아보는 자는 돌멩이로 굳어버리고 마는 것이다. 그렇다. 묶었던 머리를 푸는 여자는 새벽이 오기 전 다시 머리를 묶고 마치 신데렐라가 그랬던 것처럼 미련과 아쉬움으로 만들어진 춤추던 한쪽 구두를 강남이나 홍대 앞의 클럽에 놓아두고 황급히 그러나 서서히 대리운전을 부르거나 호박으로 만들어진 마차 대신 현대나 기아 아니면 쌍용이나 르노 삼성에서 만들어진 택시를 타고 도마뱀이 변신한 마부가 아닌 이 땅의 모범운전기사님의 협력으로 귀가한다.

그렇다. 내 착각일까? 싸이의 눈에서 어떤 슬픔을 읽었다는 내 느낌이? 하지만 그 슬픔은 위대한 철학의 시작이고 어쩌면 모든 사람들이 그로 인해 외로운 인류 더 나아가 모든 살아있는 것들의 숙명이자 생명의 유한서이고 아픔일 것이다. 더구나 그 슬픔의 고전은 옛날 그리스의 알렉산더 대왕이 백만대군을 호령하며 승승장구했지만 어느 날 마상에 높이 올라 앉아 문득 눈물을 뚝뚝 흘렸다고 한다. 옆의 비서실장이 대왕 왜 우셔? 라고 묻자 알렉산더 대왕은 100년 후면 지금 내 눈 앞에 모든 병사들이, 이토록 잘나고 용감한 병사들이 다 흙으로 돌아갈 것을 생각하니 눈물이 앞을 가리누나! 라고 고백했다고 한다.

그렇다. 시인 라이너 마리아 릴케 역시 그 슬픔을 그의 눈빛에 어쩔 수 없이 간직했다. 그는 말했었다. 모든 사람 누구나 다 알고 있는 비밀이 있다. 사람은 누구나 외롭다는 비밀.

그렇다. 사람은 누구나 혼자 마지막 길을 가야만 한다. 클럽 안에서 하룻밤의 흥분을 위하여 모여든 많은 춤꾼들, 파티 맨, 파티 걸들. 그들은 서로의 아름다움에 취하고 서로의 진상에 지독한 거부감을 느끼기도 한다. 하지만 밤의 광란까지 간다 해도 결국은 새벽이 오기 전 그들은 헤어져 저마다의 길을 가고, 저마다의 집으로 귀가한다.

이것이 바로 모든 축제주의자들을 우울하게 하고, 그래서 가급적 이튿날 아니면 다음 주에 다시 그 클럽을 찾아가게 하는 신 방문동력인 것이다. 나는 모든 억압과 빈곤의 쇠사슬과 족쇄를 벗어나 평화의 나라, 행복의 나라, 사랑의 나라, 자유의 나라로 떠나고 싶어 했던 위대한 축제주의자 가객 김현식을 그의 생전에 여러 차례 만난 적이 있다. 그와 함께 방배동 카페 골목에서 새벽까지 소주를 들이킨 적도 있다. 그때 그는 말없이 소주만 마셨다. 안주는 손에 대지도 않았다. 그는 말없이 마셨다. 그는 개츠비가 데이지를 기다렸듯이, 그리워했듯이 영원한 축제의 나라, 그 나라를 기다렸을 것이다. 그때 김현식은.

그리고 싸이야말로 그런 축제주의자인 것이다. 그는 강남스타일에서 놀 땐 노는 사나이를 등장시킨다. 그 사나이는 때가 되면 완전 미쳐버리는 사나이인 것이다. 그렇다. 미쳐야 미친다고 했다. 도달할 수 있다고 했다. 사랑에 미쳐야 사랑에 도달할 수 있다. 진실에 미쳐야 진실에 도달할 수 있다. 그래서 싸이는 외쳤다. 밤의 강남 축제에서 다시 사랑과 아름다움을 회복해 다시 사랑스러워졌고 아름다워진 너에게 외친다. 지금부터 갈 때까지 가볼까?!~ 그렇다. 축제의 끝까지 달리면 그렇게 미친듯 미치면 축제의 본질에 다 닿을 수 있고 도달할 수 있을 것이다.

그래서 그 축제의 본질인 신명, 즉 하늘의 명! 그 누구에게나 하늘로부터 받은 엄숙한 신바람을 다시 가슴에 안을 수가 있는 것이다. 이것은 한낮의 내 삶의 시간들 중 8시간을 판매한 대가로 묶여 있던 노동에서 벗어나 천부의 인권이 그리고 인류 공동체의 가장 지극한 이상주의가 다시금 내 가슴에서 불타고 빛나 오르는 위대한 순간인 것이다. 그것이 축제인 것이다. 하늘의 명을 받들고 역사와 시대와 이웃의 고통을 가슴으로 안고 느껴 하늘과 나와 이웃이 소통 융합하는 대축제의 만남과 하나 됨의 시간이 바로 위대한 축제의 본질인 것이다. 그것이 이 시대의 굿당인 콘서트장, 클럽, 노래방, 삼겹살 굽는 연기 피어오르는 소주집 같은 축제의 현장에서의 매일 밤 행해지는 꿈으로의 이륙, 대한민국에서의 푸조 타기, 신데렐라의 호박마차 타기 같은 것이다.

미쳐야 미친다.
사랑에 미쳐야 사랑에 도달할 수 있다.
그래야 사랑스러워졌고
아름다워진 너에게 닿을 수 있다.

 싸이 뭉크

정말 오래 살고 볼 일입니다.
외국에서 누군가 해낼 줄 알았지만
그게 저일 줄 몰랐습니다! 대한민국!! 소리 질러!!!
-2012년 10월 4일 시청 광장 콘서트에서 싸이 인사말

　　뭉크의 그림 「절규」가 있다. 어느 날 오슬로를 산책하던 노르웨이의 화가 뭉크는 자연의 절규를 듣게 된다. 뭉크는 친구 두 사람과 함께 마을과 피오르드 해안 사이를 걷고 있었다. 뭉크는 문득 고단했고 아팠다. 절실하게 휴식이 필요한 순간이었다. 저녁노을이 하늘의 구름들을 붉은 핏빛으로 물들이고 있었다. 뭉크는 그 순간 자연의 절규를 듣고 자연의 색채들이 비명 지르는 것을 듣고 있었다. 그래서 피 같은 구름과 감당할 수 없는 시간의 쫓김 같은 푸른 바다와 고단한 삶의 여정 같은 길을 그렸다. 마을은 멀어서 보이지도 않았고, 그것은 뭉크의 소외감이었고 왕따 당한 인간의 고독이었다.

　　그렇다. 절규하던 자연은 다름 아닌 자연에 속해 있던, 시간이 아닌 영원에 속해 있던 뭉크의 심장이었다. 뭉크의 몸뚱이였다. 뭉크의 영

혼이었다.

나는 뭉크가 자연의 절규와 자기 내부의 비명을 듣고 구원의 종소리를, 도움의 손길을 기다리던 그 처절하면서도 속시원한 그림을 사랑하고 존경한다. 그리고 로큰롤의 역사, 그 시대의 도래를 일찌감치 예감하고 예언한 그림이 바로 뭉크의 절규라고 생각한다. 따라서 이 그림은 현대인의 오갈 데 없는 속상함, 자연이 거세된 도시에서의 삶에 대한 막막한 두려움, 공포를 외친 것이라고 생각한다.

그렇다. 싸이의 강남스타일에서의 갈 때까지 가보자는 이런 공포에 대한 외침이고 절규이고 비명인 것이다. 솔직히 이 시대의 삶은 전쟁이다. 교통사고, 자살, 과로로 죽는 백수들, 거리의 노숙자들이 횡행하는 불행한 시대이다. 나는 신도림 역에서 기차를 기다리다가 문득 어느 노숙자가 커다란 휴지통에 버려진 요구르트 병, 주스 병, 커피 잔에서 마지막 남은 최후의 몇 방울들, 약간 고인 밑바닥 음료들을 하나의 빈 잔에 일일이 따라 담아 마침내 한 잔의 음료 칵테일을 만들어 의기양양의 발걸음으로 위풍당당 홀연히 그 음료를 즐기기 위해 떠나가는 노 샷갓의 풍경을 본 적이 있다. 심지어 목동 현대백화점 푸드 코트에서 옷은 멀쩡히 차려 입었건만 눈빛이 좀 특이한, 흔히 말하는 핀이 좀 안 맞는 그런 30대 초반의 젊은 남자가 내 친구가 반납하던 식판에 올려져 남아 있던 철판볶음국수 잔반을 먹기 위해 그 식판을 훔치듯 빼앗아 그 자리에 선 채로 황급히 먹어 치우던, 그야말로 실례이지만 입 안에 쓸어넣는 모습을 본 적이 있다. 우린 우리들도 모르게 저절로 그 자리를 황망히 떠나가고 있었다. 성범죄자들, 노후대책이 막연한 대다수의 사람들, 하우스 푸어 등의 삶을 사는 사람들에게 삶의 평화는 너무 아득한 수 만년 광년의 먼 별빛 같다. 그래서 그나마 직장이라도 있고 약간의 수입이 있는 이들은 별 다방이나 콩 다방에서의 그윽한 커피 한잔으로 마치 평화의 별에 안착한 우주인처럼 안도의 한숨과 함께 잠시의 이 휴식이 장기간 누릴 수 있는 휴양이 되길 간절히 소망하곤 하는 것 같다.

그렇다. 록의 절규도 싸이의 강남스타일 샤우트 창법도, 뭉크의 절규도 다 같다. 일찍이 김지하 시인이 『황토』라는 시집을 내면서 그 후기에 이런 말을 썼던 걸 기억한다. "나는 강신의 시를 쓴다. 이 시대의 억눌림, 가위눌림에서 벗어나기 위하여 나는 비명을 지른다. 그것이 나의 시다."

그렇다. 록의 절규, 싸이의 강남스타일, 뭉크의 절규에 하나 더 붙이자. 김지하의 황토를 비롯한 그의 시 또한 그런 외침인 것이다. 그것은 하나의 분출, 나의 내부에 가둬 뒀다간 암적 요인이 되고 나를 파멸시키고야 말 무시무시한 정신적 전염병균, 절망 같은 것들을 허공에 내보내는 분리수거의 지혜인 것이다. 다행히 허공과 하늘은 우리들의 그 절박한 기도 같은 외침과 절규와 비명을 엄마 품처럼, 바다처럼 다 받아들여 무화시킨다.

 "얼마나 감사합니까." 그래서 싸이는 귀국 기자회견에서 그 말을 몇 차례 했다. 국민 여러분들, 기자 분들 감사합니다라고. 그렇다. 싸이의 강남스타일에서의 절규와 비명과 외침을 그 사람들이 다 받아준 것이다. 바다처럼 다 받아들여 준 것이다. 왜? 공감했기 때문이다. 그들과 그렇게 목 터져라 외치고 싶었고 절규하고 싶었고 속으로만 내질러 결국 내전이 되고 내상이 되고 만 그 상처 입은 영혼에서 영혼 놔두고 상처만 밖으로 분출시키고 싶었는데 싸이가 그걸 해내고야 만 것이다. 세계가 그걸 재빨리 알아보고 바다처럼 받아들였던 것이다.

 싸이 광대

항상 개인기와 신기한 이벤트 쇼쇼쇼
준비 다 끝났으니 우울한 날엔 말씀하셔서셔
난 그대의 연예인 난 당신의 댄스 가수
-「연예인」(싸이 작사, 작곡, 노래)

선善, 신信, 미美, 대大란 말이 있다. 기원전 300년 전쯤에 활동한 중국의 사상가 순자가 한 말이다. 선은 아시다시피 착할 선善이다. 착한 일을 하면 선한 사람이 된다는 얘기다. 그리고 그 착한 일을 지속적으로 계속 꾸준히 해나가면 그것이 쌓이고 쌓여 평판이 좋아지고 사람들로부터 아낌을 받고 존경까지도 받을 수 있는 믿음 신信이 되는 것이다. 그런데 그 믿음을 더해 착함의 공덕을 더욱 더 쌓아나가다 보면 드디어 아름다울 미美, 미인, 아름다운 사람이 된다는 얘기다. 하지만 이게 다가 아니다. 그렇게 아름다운 사람이 됐지만 까불지 않고, 막나가지도 않으면서 또다시 아름다움의 근거인 착한 일을 더욱 더 해나가다보면 드디어 큰 대大, 대인이 될 수 있다는 얘기다.

그 큰 대자가 들어간 말 중에 요즘 자주 쓰이는 말 중에 대박이 있다. 10대들은 이 말을 귀엽게 디박이라고 한다. 또 불대박이란 말도 있는데 이 말은 대박이 아니란 아니 불不이 아니라 더 큰 대박을 뜻한다. 말하자면 사 둔 주식이 백배로 올랐어! 이쯤 되면 대박이 아니라 불대박이다. 말하자면 도저히 믿을 수 없을 너무 너무 크고 웅장하고 웅대하고 광활한 대박이 불대박이고 불타오르는 뜨거운 대박이다. 싸이의 표현으로는 미국에서의 환대와 전 세계적 인기 치솟음의 날들에 대해 요즘 비현실적인 날들이라고 했는데, 이것이 바로 대박을 넘어선 불대박의 날들, 불길처럼 번져가는 융성함의 싸이 시대인 것이다. 그리고 크게 웃는 웃음이 대박웃음인데, 바로 싸이의 강남스타일이 전 세계인들에게 오랜만에 대박웃음을 터뜨리게 해주었다. 미국에서의 인기가 높다 보니 이제는 싸이의 강남스타일이 미국의 일상이라는 말도 들려오고 있는 것이다.

전 세계에서 싸이를 보고 싶어 한다. 그의 말춤을 직접 보고 싶어하고 본인은 국제스타라고 하는데 월드스타 싸이를 보고 싶어 한다. 싸이의 6갑, 6집 앨범이 6대륙을 흥분의 도가니로 만든 것이다. 진짜 대박이고 그 대박을 넘어서서 불대박이 되고 있는 것이다. 말하자면 싸이는 진짜 이 시대의 광대가 된 것이다.

또랑광대란 말이 있다. 또랑광대는 동네에서만의 광대다. 장군 중에는 구들장군이란 말이 있다. 옛날 한옥의 방바닥이 구들장으로 돼

싸이에게는 조용필의 열정과 유재하의 고요함이 있다.
싸이는 태풍의 눈 같은 고요함으로 온 세계가 질리지 않고
말춤을 추고 강남스타일을 합창하게 한다.

있다. 그러니까 구들장군이라 함은 지네 집 방안에서만 장군 노릇하는 것이고, 천하를 호령하기 보다는 주로 집에 누워 뒹굴댕굴대며 마음속으로만 천하를 매일 요리하며 말 대신 구들을 타고 노닥거리는 셈이다.

그러나 싸이는 이제 뉴욕의 광대이고 세계의 광대다. 그런 싸이도 무명시절이 있었고 어린 시절이 있었다. 싸이는 1977년생이다. 따라서 그가 만 세 살 되던 1980년 조용필의 「창밖의 여자」가 있었고, 그가 아홉 살 때인 1986년 서울 아시안 게임이, 열 살 때인 1987년에 6.10민주화 항쟁에 항복한 6.20 민주화 선언이 있었다. 1988년 그가 열한 살 때에는 88 서울올림픽이 개최됐었다. 그러다 1990년 싸이의 열두 살 때 탁월한 록발라드의 왕자 김현식이 33살로 요절했다. 김현식의 죽음은 「내 사랑 내 곁에」라는 명곡을 남기며 청년문화로 일컬어지던 60년대와 70년대의 그 시정과 서정이 마침내 침몰했음을 알리는 씻김굿이자 진혼곡이었다. 이어서 1992년 서태지와 아이들이 나타나 새로운 댄스뮤직 시대를 「난 알아요」로 선언한다. 그때가 싸이의 나이 열다섯 살이었고 싸이의 노래, 77학 개론에서는 그 시절을 이렇게 표현한다.

말 그대로 어느 날 갑자기 나와 뜬 서태지와 아이들
10대들의 맘을 잡아 끈 음악과 춤

학교가 끝나면 한손엔 더블 데크
들고 놀이터에서 춤을 추는 게 하루의 끝…….

그리고 2001년 싸이는 「새」로 데뷔한다. 일설에는 원래는 신화에
게 주려던 노래였고, 싸이는 가수보다는 프로듀서와 작곡가로 일하
고 싶어 했던 것 같다. 그러나 광대는 하늘이 만드는 것이다. 운명은
신화가 새라는 노래를 결국 자신들의 앨범에 수록하지 않았고 이에
아마 열 좀 받았을 싸이는 다행스럽게도 스스로 노래하고 춤추며 데
뷔한다. 싸이 스물네 살의 이야기다. 그렇게 시작된 것이다. 그리고
2002년 한·일 월드컵대회에서 짜작짜작짝! 대~한민국!의 응원 함성
과 함께 꿈은 이루어진다가 태극기와 함께 모두의 마음속에 펄럭였었
다. 그것은 싸이의 스물다섯 살이었다. 그리고 이제 싸이의 한국나이
만으로 서른다섯 살! 세계 음악문화사 유례가 없다시피한 싸이 강제
해외진출이 전 세계 말춤 팬들, 싸이 팬들, 강남스타일 팬들, 자유와
평화의 팬들, 대박웃음의 팬들에 의해 참으로 자연스럽게 마땅하게
드디어 올 것이 왔고, 누구나 보기에 좋았더라!가 이뤄진 것이다. 한
국에서 주로 활동하는 가수로서는 차마 그리고, 감히 꿈꾸기도 민망
했고 벅찼던 그 꿈이 이뤄진 것이다.

 # 싸이 백남준

미술에서는 다름이 중요하다
누가 더 나은가의 문제가 아니다
다른 것을 맛보는 것이 예술이지 1등을 매기는 것이 예술이 아니다
-백남준

어린 시절에 내가 살던 집 바로 옆집과 앞집에서 굿을 자주 했다. 특히 앞집은 온 동네가 떠나가도록 거의 계절마다 한판씩 굿판을 벌렸다. 그 집은 싸움이 잦았다. 난 너무 어렸기에 늘 어리둥절했지만 주로 저녁 먹다가 밥상 마당으로 누군가 날리고, 이에 대들고, 그거 응징하느라 패고, 울분에 가득찬 목소리는 "아우 이걸! 그냥 확!" 하면서 욕설 난무하고, 잠시 후 비명 튀어오르고, 이윽고 긴 흐느낌이 진양조의 강물로 흘러가고, 차츰 잦아들곤 했던 것이다.

아무튼 권투하는 아들과 성격 괄괄한 아버지와 앙칼진 어머니가 엉켜붙으며 한 덩어리가 되어 내전을 일으키곤 했다. 온 동네가 숨을 죽이곤 했다. 어찌나 격렬하게 싸우는지. 그러다 문득 굿을 벌린다. 그럼 그 집 대문은 활짝 열리고 온 동네 사람들이 그 마당에 둘러서서

무당의 굿을 봤다. 울긋불긋한 옷들, 장식들, 무언가 평소에 없던 기운이 감도는 그 집, 그 마당, 골목길, 동네는 그 굿으로 인해 갑자기 낯설어지곤 했다. 그 굿은 이상하기도 하고 신비하기도 했다.

비디오 아티스트 백남준도 한국에 있을 때, 어린 시절 감기만 걸려도 집안 굿을 했다고 한다. 백남준의 아버지는 한국 최초의 재벌이라고 불릴 정도로 대부호였는데 동대문 포목상의 절반이 아버지 백낙승의 소유였다고 한다. 이런 집에서 왕자처럼 살아 온 백남준에게는 당연한 이야기일 수도 있겠다. 그래서 온몸에 열이 난 채 누워있던 어린 백남준은 집 마당에서 벌어지는 굿판이 보고 싶어 슬그머니 일어나 이불로 몸을 감싼 채, 문풍지를 손끝에 침 발라 뽕 뚫어 밖을 내다보았다고 한다.

그때 눈앞에 펼쳐지는 무당의 춤과 부채, 방울, 신칼, 작두, 삼지창, 오방신장기, 엽전, 신통 같은 무구들 그리고 장구, 징, 북, 제금, 꽹과리, 피리, 젓대, 해금 같은 무악기들이 흔들리고 어우러지면서 잡귀를 쫓고 액을 막고, 복을 불러들이고, 자손만대의 안녕과 번영을 기원하는 무당의 축원을 바라보며 그 화려한 느낌과 역동성과 변화와 거침없음의 원시성 등을 가슴속에 마음속에 축적했던 것이다.

그리고 그 인상들이 나중에 독일에 건너가 전위예술을 하고, 또 뉴욕에서 화려하게 비디오 아티스트로 성공을 거두기 시작하면서 백남준 비디오 아트의 깊은 뿌리와 번득이는 영감의 주요 원천 에너지가 됐던 것이다. 그런 그가 경기중·고교를 나와 도쿄 대학 미술사와 음악, 미학, 작곡을 공부하며 졸업논문으로 아놀드 쇤베르크를 썼으며 1956년 독일로 유학을 떠나 뮌헨 대학, 프라이브르크 음악학교, 쾰른 대학에서 음악을 전공한다. 이후 존 케이지John Cage를 만나 큰 영향을 받았고, 플럭서스Fluxus 운동('변화' '움직임' 등을 뜻하는 1970년대 국제적인 전위예술운동, 저자 주)에 참여했다. 1963년에는 「음악의 전시-전자 TV」에서 텔레비전 13대와 피아노, 소음기 등을 배치하고 그 중 피아노 1대를 플럭서스 운동의 동료 요제프 보이스Joseph Beuys가 파괴하는 퍼포먼스를 시행했다. 이것이 백남준 비디오 아트의 시작이었다.

나는 그 피아노 1대를, 요제프 보이스가 파괴한 피아노 1대를 백남준 비디오 아트의 첫 굿판의 제물로 본다. 굿판에서 삼지창으로 세워지는 돼지머리처럼 피아노가 바쳐진 것이다. 돼지는 굿판에서 굿을 원한 사람의 기원이 이뤄지는데 있어서 방해되는 모든 액들을 나쁜 기운을 대신 받아 희생하는 의미가 있다. 그래서 앞으로는 모든 일이 잘 되지! 할 수 있게 만듦의 희생제물이다.

그렇다. 이처럼 모든 일이 잘되게끔 하는 희생제물이 어디 돼지뿐이겠는가? 우리가 김치 한 조각을 먹어도 배추의 생명이 우리들의 건강을 잘 되게 하기 위해 희생하는 것 아닌가 생각할 수도 있을 것이다. 쌀 한 톨이 우리들의 배고픔이라는 불치의 병을 매번 치유하기 위해 자신은 전기밥솥에서 밥알이 되어 숟가락에 퍼담긴 다음 치아에 씹혀서 사라져가는 것이다. 배추 한 잎, 쌀 한 톨도 그리고 보면 희생 제물이다.

그렇다. 백남준은 비디오 아트를 통해 지구촌의 안녕을 축원했다. 인간의 자유를 위해 세상의 평화를 위해 작품을 지속했다. 그는 「산책을 위한 선禪」이라는 작품에서 바이올린을 줄에 매달고 뉴욕의 거리를 산책했다. 바이올린은 거리의 보도블록에 질질 끌려다녔다. 고상한 악기, 감성적인 악기, 결코 땅바닥에 닿아선 안 되는 흙 한 점 묻혀서는 안 될 바이올린의 이미지가 부서지는 순간이었다.

아마도 백남준은 '바이올린아, 이제 그만 내려와라. 우아한 무대에서 찬연히 빛나고 아낌받아 왔으나 이제는 이 땅에 내려와 헌신하거라. 세상의 배고픔을 치유하거라. 떠받들리지만 말고 바이올린아 너도 누군가를 떠받들어 봐라.' 하고 바이올린이 선망의 대상이 되어 또 하나의 문화우상, 음악권력이 되지 말고 뉴욕의 땅바닥으로 내려와 가난하고 힘겨운 삶의 사람들과 함께 있거라. 그들을 위로하고 구원하거라.' 이런 메시지를 전하고 싶었다고 생각된다.

또한 이 작품은 바이올린뿐만이 아니라 모든 문화권력, 음악권력들에게 전하는 퍼포먼스이기도 했다. 그렇다. 「산책을 위한 선」에서의 백남준 메시지와 철학을 전달하기 위해 바이올린은 그날의 산책 이후 자신의 악기로서의 기능을 다했을 것이다. 말하자면 조용히 바이올린으로서의 생을 마쳤을 것이다. 하지만 그의 그 희생의 순간들은 비디오에 담겨져 아트로 남게 됐다. 그리고 지상의 그 어떤 바이올린보다도 아름다운 소리를 지금도 내고 있는 것이다. 그를 연주한 것은 뉴욕의 거리였다. 그 바이올린은 바이올린이 더 이상 지상의 고통을 외면하는 우를 범하지 말라는 경고의 메시지였다.

그 종소리는 지금도 뉴욕의 거리에서 울려퍼지고 있다. 그렇다. 아름다운 것들은 결코 사라지지 않는다. 영혼의 눈, 영안으로 바라볼 수 있을 것이다. 그래서 책을 펼치면 그 책의 저자와 대화하고 영혼의 대화를 나눌 수 있듯이, 이 세상 모든 떠나간 위대한 영혼들, 선각자들, 과학자들, 예술가들, 종교가들 그리고 자유와 평화의 사람들과 남아있는 사람들은 언제든 그들의 철학과 생각과 만날 수 있다. 백남준은 만남을 매우 중요하게 생각했다. 보잘 것 없는 개인이 누군가와 만나므로 인해 신비로워진다고 생각했다.

어느 흑인무용가 또한 항상 2인무를 원하고 가능한 한 실행하고 있다. 그 이유에 대해서 흑인무용가는 다른 사람과 함께 추는 춤의 대화와 만남을 통해 자신이 새로워질 수 있기 때문이고, 미처 몰랐던 자신의 또 다른 모습이 표출되는 경이의 순간을 또다시 체험하고 싶기 때문이라고도 했다.

그렇다. 2012년 여름 전 세계는 싸이와의 만남, 강남스타일과의 만남, 말춤과의 만남을 통해 새로워졌고, 우리가 매일 살아가던 일상 말고 또 다른 신비한 세계를 체험할 수 있었고 그 열기는 지속되고 더욱 상승 중이다. 그렇다. 나는 싸이의 B급 정서와 쌈마이정신, 초지일관 싸구려 딴따라 행보에 대해서 무한한 지지를 보내는 모든 세계인들에게 경의를 표한다. 그들이야말로 싸이처럼 뭘 좀 아는 연놈들이기 때문이다.

그렇다. 모르긴 해도 백남준이 지금 생존해 있다면 아마도 싸이의 모습이 백남준의 비디오 아트에도 등장했지 싶다. 그 이유는 인간과 인간의 인간적인 만남, 그리고 무대와 객석, 스타와 팬의 만남에 있어서 현재 전 세계에서 가장 새롭고 위대한 만남은 싸이의 강남스타일을 중심으로 한 만남이기 때문이다. 그렇다. 싸이 신드롬은 잠시 반짝이는 현상이 아니다. 「이방인」의 작가, 노벨문학상 수상자인 알베르 까뮈가 말했듯이 인생은 어둠 속에서 끝없이 성냥불을 켜대는 것이라고 했다. 그 짧은 성냥불 하나가 타올랐다 사라지듯 덧없는 게 인간의 삶이지만 어둠을 밝히고 길을 찾기 위해 희생제물이 된 그 성냥불들의 반짝임과 역사는 영원할 뿐인 것이다. 아니 그것만이 영원한 사라져서 오히려 영원한 별인 것이다.

그렇다. 싸이는 『6甲』에 수록된 「Never Ssy Goodbye」(feat. 윤도

현)에서 이렇게 노래했다.

> 희극도 비극도 결국 끝이 있는 연극일 뿐
> 그 중에 찰나일 뿐
> 나의 남은 날 중에 오늘이 가장 젊기에
> 다시 어딘가로 떠나네

그렇다. 그렇게 다시 싸이의 7집을 향해 떠나던 싸이의 길에 세계의 수많은 강남스타일 팬들이 몰려와 싸이를 불렀다. 싸이를 외쳤다. 뉴욕이 그를 불렀다. NBC TV가 그를 초대했다. 그리고 빌보드가 싸이 인기의 실체인 강남스타일의 방송 횟수, 아이튠즈 등에서의 음원 판매 등을 종합해 2012년 9월 27일 빌보드 차트 2위로 선정했다.

백남준은 어머니 뱃속에 있던 태아 시절의 자신과 부모들과의 가상 대화를 기록한 일기를 쓴 적이 있다. 그때 백남준은 아버지에게 "한국이 무엇이냐?"고 물었고 아버지는 "그것은 너의 나라가 될 것"이라고 답한다. 백남준은 "왜요?"라고 다시 묻고 이번엔 어머니가 "이유는 없다"고 답한다. 이어서 백남준은 "큰 나라냐?"고 물었고 어머니는 "작은 나라"라고 답한다. 백남준은 다시 "선진국이냐?"고 물었고, 어머니는 "뒤로 가는 나라"라고 답한다. (아마도 후진국이었던 시절의 한국을 말하는 것 같다.) 그러자 백남준은 "난 태어나지 않겠다."고 말한다. 그러나 어머니는 "아니다. 약한 것이 더 좋을 수도 있어."라고 답한다.

　그렇다. 이제 한국은 더 이상 후진국은 아니다. 후진국적인 현상에 머물러 있는 한국 사회의 분야들도 꽤 있긴 하지만 말이다. 총체적으로 점수를 매길 때 후진국은 아니다. 하지만 아직 선진국도 아니다. 그런 시점에 싸이의 강남스타일이 터져나왔다. 그러나 모국인 한국에서보다 세계가 더 먼저 그가 월드스타임을 알아봤다. 한국에서의 인기 순위가 내려갈 때 세계에서 그의 인기는 올라갔다.

　뼈 있는 농담 같은 이런 말이 있다. 백남준이 독일도 안 가고 뉴욕도 안 갔었다면 백남준은 한국에서 비디오 가게 주인이 됐을 거라고. 이 말은 백남준이라는 예술가의 꿈을 품어 준 곳은 뜻밖에도 미국이나 유럽이었다는 얘기다. 존재의 발견 禪, 참여와 만남, 축제와 놀이 등의 확산을 통해 인류의 밝고 따스한 길을 열고자 했던 정신의 유목민, 비디오 철학자 백남준이 유럽에서 미국으로 건너간 해가 1964년이다. 그리고 현아가 피처링한 '오빤 딱 내 스타일' 뮤직 비디오를 공개한 싸이가 뉴욕으로 출국한 날이 2012년 8월 15일, 광복 67주년을 맞는 날이었다.

# 싸이 주몽

진정 즐길 줄 아는 여러분이
이 나라의 챔피언입니다. 하아!
-「챔피언」(싸이 작사, 작곡, 노래)

고구려를 세운 왕은 추모왕이다. 그러나 주몽으로 불린다. 까닭은
활 잘 쏘는 사람을 주몽이라 했기에 워낙 활 잘 쏘던 추모왕이기 때문
이다. 그 추모왕의 탄생설화는 재밌다. 부여의 임금 금와가 사냥을 나
갔다. 그곳에서 슬퍼하며 혼자 지내는 여인을 만난다. 바로 유화였다.
유화는 하늘의 아들 해모수와 사랑을 했다. 하지만 물의 신인 아버지
하백이 결혼을 허락지 않았다. 심지어 아버지로부터 쫓겨나 물을 벗
어나 육지로 유배를 당해왔던 것이다.

이 사연을 들은 금와는 유화를 궁궐로 데리고 온다. 얼마 뒤 유화는
금와의 아이를 갖게 됐고 그 아이를 낳는데 아이는 알이 되어 태어난
다. 금와는 그 알을 내다버리게 한다. 하지만 소와 말이 그 알을 비켜
가고 새들이 지켜주어 금와는 하는 수 없이 유화에게 알을 주었고 유
화가 정성껏 보살피자 아이는 알에서 태어난다. 그 아이가 바로 주몽

인 것이다.

그러나 아이는 다른 형제 왕자들에게 왕따를 당해 결국 말을 기르는 목장지기로 쫓겨나듯 일하게 된다. 그런 가운데 주몽은 왕자들의 질투로 인해 생명의 위협을 느낀다. 그래서 유화에게 부탁한다. "어머니 저는 큰 나라가 없는 남쪽으로 내려가 큰 나라를 세울게요." 그러자 유화는 목장 안의 말 중에 특히 좋은 말의 혀에 바늘을 찔러둔다. 말은 먹지를 못해 비실거린다. 마침 금와가 와서 삐쩍 마른 그 말을 보더니 주몽에게 하사한다.

그러자 주몽은 말의 혀에 어머니가 찔러둔 바늘을 빼내고 잘 먹여 자신을 잘 따르는 오미, 마리, 협부 등과 함께 남쪽으로 향한다. 그러자 왕자들의 군대가 주몽을 추격한다. 그리고 엄체수라는 강을 만난다. 그러자 주몽은 하늘의 신, 땅의 신에게 도움을 청한다. 그러자 자라들이 나타나 주몽을 물 건널 수 있도록 돕는다. 그래서 마침내 졸본에 도착했고 이후 여러 고초 끝에 고구려를 건국하게 된다.

나는 싸이의 국제가수 등극에 대해서 주몽의 건국신화를 예로 들어 이 두 가지 이야기를 함께 비유하고자 한다. 싸이는 미친 듯 밤새 놀기에 대해서 사람들이 '오늘밤 달리자' '어제 밤새 달렸다'는 말에 주목한다. 그래서 가장 친근하고 유난히 잘 달리는 말을 선택해 말춤을 만들어낸다. 그리고 그 말에 올라탄다. 그리고 강남스타일이란 화살을 쏘아대기 시작한다. 그것은 위선과 위악을 향해 날리는 '제발 좀 그만들 두지!'라는 경고와 풍자의 화살이었다. 하지만 그로 인해 시무룩해할 위선자들과 위악자들에 대해서 싸이는 뮤직 비디오를 통해 유쾌한 웃음의 해학을 치료제로 선물한다.

풍자의 화살로 상처를 주고 해학의 웃음으로 치료약을 준 셈이다. 그것은 4분 12초간에 셀 수 없이 많이 날리는 화살이자 웃음이었다. 그리고 강남스타일의 활쏘기는 고구려 초대 왕 주몽의 화살처럼 백발백중이 됐다. 그 이유는 싸이의 무욕과 무심의 무당정신 그리고 B급 정서와 쌈마이 딴따라정신이 그를 가볍게 해주었기 때문이다. 그는 쌈마이라는 탈을 쓰고 강남스타일이란 일렉트로닉 힙합 록 댄스 Electronic Hip Hop Rock Dance 탈춤 판을 벌였던 것이다.

그러자 세계의 자본주의 밀어 붙이기에 생의 절벽 끝까지 몰려갔던 그리고 곧 절벽 아래로 떨어질 수밖에 없어 눈물짓던 유화 같은 신세의 쫓기던 많은 세계인들이 강남스타일이란 알 속의 탈춤 판을 알아보았다. 그리곤 그들 스스로 새가 되어, 자라가 되어 강남스타일을 알에서 벗어나게 하고, 날아오르게 하고, 태평양을 건너게 하고 마침내 싸이의 음악세계라는 큰 나라의 건국신화 아니 싸이의 세계건설신화를 유투브라는 사이버 세계와 지구촌이라는 오프라인에서 동시에 이룩해냈던 것이다. 이에 대해 꿈조차 못 꾸었던 놀라운 일이고 아름다운 일이라고 말했다.

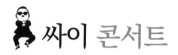 싸이 콘서트

싸이는 무성영화 시대의 찰리 채플린 같은 존재입니다
언어를 뛰어 넘어 채플린이 전 세계인들에게 위안을 주었듯이
싸이는 지금 경이로운 순간들을 만들어가고 있습니다
-(UK 차트 1위를 하자 영국 「텔레그라프」 지)

지금의 콘서트나 뮤지컬 대신 일제시대 이 땅에는 악극이 있었고, 해방 이후 미8군 무대가 있었다. 60년대에는 극장 쇼의 인기가 절정이었고, 6~70년대에는 세시봉, 쉘부르, 르 시랑스 같은 음악감상실에서 가수들의 무대가 누구 아워HOUR 혹은 공연이라는 이름으로 올려졌었다. 오비스 캐빈이나 파노라마 같은 명동 종로의 꽤 있었던 라이브 살롱들에서 가수들의 무대가 있었다. 그리고 남진 같은 대형가수들이 리싸이틀을 대한극장 같은 데서 개최했다. '이정선과 해바라기'와 전인권, 강인원, 남궁옥분, 한돌, 한동헌 등이 참여했던 「참새를 태운 잠수함」의 주말공연도 명동 가톨릭 여학생관에서 소박하지만 한국의 언더그라운드 음악운동으로 진행됐었다.

그러다 1978년 산울림이 「아니 벌써」, 「아마 늦은 여름이었을거

야」, 「내 마음에 주단을 깔고」 같은 노래들로 세상을 뒤집어놓더니 첫 라이브 무대를 지금은 사라진 정동의 문화체육관에서 열었다. 그때 기획자였던 「참새를 태운 잠수함」의 구자룡 함장이 산울림 콘서트라고 공연 포스터를 만들었다. 그 공연이 한국에서 최초로 콘서트란 말을 사용하기 시작한 라이브 무대였다. 이후 산울림 소극장에서 '따로 또 같이'의 콘서트가 열렸었고, 80년대만 해도 콘서트는 극히 드문 충격적 문화행동이었다. 그런 가운데 임지훈 등의 콘서트가 매진되기 시작했고, 대학로에는 라이브 소극장이 만들어졌다. 라이브 콘서트의 숨통이 터진 것이다.

그렇다. 시대의 소망, 역사의 꿈은 결국 어딘가를 통해서, 그 누군가를 통해서 활화산처럼 부활하고 솟구쳐오르는 법이다. 그것이 소망과 역사와 꿈의 행진인 것이다. 그러다 절망적 상황에서 침몰하지만 그래서 지하 깊은 곳을 떠도는 유령 같은 존재가 되지만 결국 또 다시 어딘가에서 누군가를 통해 꿈과 소망은 다시 터져나오는 것이다. 이것이 진정한 소망과 꿈과 역사의 생명력인 것이다. 아무튼 90년대 초에는 김광석의 전설적인 학전 콘서트가 한 달에 1만 명씩 유료관객을 동원했고, 그 시절 대학로에서는 많은 콘서트들이 벌어지기 시작했다. 음반을 내면 자연스럽게 라이브 콘서트를 통해 직접 관중과 대화하고 노래 들려주고 평가를 받는 시스템이 생겨났던 것이다.

하지만 대학로의 콘서트 전성기는 홍대 앞에서의 1997년 '후리 버드'라는 인디밴드 클럽이 생겨나면서 홍대 앞으로 그 명성을 넘겨주게 된다. 그렇게 15년이 흐르면서 홍대 앞 인디클럽들에서의 인디밴드 공연들과 길거리 공연, 놀이터 공연들이 줄기차게 지속됐으며 홍대 앞 클럽에서의 테크노 음악들, 일렉트로닉 음악들이 번성해 왔던 것이다.

그렇다. 싸이의 '썸머 스탠드 흠뻑 쇼' 같은 싸이 콘서트와 경기대첩이라 불리워진 경기대학교에서의 라이브 무대 등은 한국에서의 이런 콘서트 역사, 무대 역사의 맥을 잇는 결정판이었고, 그 동안의 모든 그 숱한 무대들의 장점들과 노하우가 집대성된 위대한 콘서트였다.

구글 회장은 싸이를 영웅이라 칭했다. 그리고 싸이의 말춤을 따라 추기도 했다. 그 싸이가 경기대첩 같은 대학축제에서 보여주는 모습은 그야말로 최선을 다하는 국제가수였다. 싸이는 수원여대 축제에서 이런 말을 했다. "여러분 지금부터 의미가 없는 소리를 10초만 지르세요. 그럼 잠시 후 의미가 생깁니다." 그러자 객석이 주로 여대생이었던 3천여 명이 소리를 질렀다. 그리고 10초 후 싸이는 다시 무대에 나타나 "소리 지르는 거 즐기는 니가 챔피온! 즐겨볼까 뛰어볼까 뛰어!" 라고 다 함께 외치고 다 함께 노래하기 시작했다.

싸이는 또 이런 말도 했다. "이번 싸이 6갑 발표하고 나서 5대 음원 싸이트 올 킬을 하고 싶었습니다. 그런데 지금 막 부를 이 노래 어떻게 설명해야 할까요? 잘생기지도 늘씬하지도 나이도 많이 어리지도 않은 저를…… 이제 와서 뒤늦게 신인가수로 만들어 준…… 빌보드 최초로 딴 나라 말로 2위를 했지만 그동안 미국 활동하면서 합창을 못해 답답했고 쓸쓸했던 노래……." 그리고 강남스타일이 시작됐다. 울컥하는 객석의 기쁨을 위해서, 싸이 자신의 즐거움을 위해서.

싸이는 자신의 무대를 끝마치는 마지막 곡을 남기고 또 이런 말을 했다. "오늘 소중한 에너지 감사합니다. 우리 서로에게 찐하게 잔상 남기기 위해 모든 함성 소릴 저에게 주세요." 객석의 함성이 하늘을 뒤덮었다. 코믹 힙합 록커Comic Hip Hop Rocker 싸이의 노래는 쉰 세대와 젊은 세대를 잇고, 강남과 강북을 잇는 결정적인 가교 역할을 해내고 있었다. 싸이의 콘서트는 놀 줄 아는 사람들의 유쾌발랄 상큼신선 콘서트였다.

싸이는 첫 곡을 부른 뒤 "정식 인사할게요. 올해로 데뷔 12년째이고 비로소 전성기를 맞이한 대한민국 가수 싸이입니다. 그런데 오늘은 참 겸손하기 힘든 날입니다." 싸이는 이 말을 하고 잠시 말을 멈추고 숨을 골랐다. 그러자 객석은 일제히 손을 들어 두 손가락을 편 채 "2위! 2위! 2위!"를 외치기 시작했다. 그날 아침 빌보드 핫Hot 100 2위를 했다는 반가워서 펄쩍 펄쩍 뛰고 싶은 뉴스가 전해졌기 때문이

다. 그리고 "지금부터 수원여대 뛰어!"로 시작된 싸이의 무대와 객석
은 수천 명의 춤으로 지축을 흔들었다. 지구도 웃기 시작했다. 싸이는
객석에 주문을 했다. 립싱크 없는 함성을 부탁한다고. 함성은 하늘 끝
에 닿고 달도 춤을 추었다. 잔디들도 싸이의 열정에 함께 큰소리로 연
예인을 따라 부르며 "원! 투!"를 외쳤다.

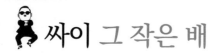 # 싸이 그 작은 배

행복한 가족은 서로 닮았다.
그러나 불행한 가족은 각자만의 다른 방식으로 불행하다
-레오 톨스토이

검은 색 바탕에 황금의 별들이 주렁주렁 빛나는 의상, 그는 허리 숙여, 고개 숙여 객석 8천여 명 팬들에게 인사를 했다. 흰 눈꽃 같은, 구름 같은 하얀 셔츠에는 어느새 땀에 젖어 있었다. 싸이가 조금은 떨리는 듯, 진지하면서도 조금은 엄숙한 어조로 말했다. "늘 이랬지만 오늘처럼 열광적인 여러분들의 함성에 아무래도 공연시간을 길게 늘릴 확률이 높아 보입니다." 객석은 공연장이 떠나가라 더욱 더 고조된 열기 찬 함성으로 싸이의 배려에 반가운 마음을 축포처럼 터트리고 있었다. 싸이가 한술 더 떴다. "자 여러분 더욱 더 빡쎄게 한번 놀아볼까요?"

3시간 동안 싸이와 객석은 하나가 되어 넘실거리는 음악의 바다, 신바람의 바다였다. 싸이는 소리질러! 외쳐!를 선도했고, 그는 그야말로 심장이 터질듯 노래하고 춤췄다. 그것은 싸이 몸 안에 모든 신끼가 모조리 쏟아져나오는 것 같았다. 객석은 저마다의 사연을 안고 이 공연장에 왔으리라. 그리고 이제 싸이의 노래와 춤에 따라서 저마다의 한조각 물결들은 하나의 바다를 이룩하고 출렁이고 춤추고 있었다. 참으로 거대하고 아름다워 사랑스러워었다.

싸이는 이따금 적절한 타임마다 "여러분 재밌습니까?" "여러분 지쳤습니까?"를 연발하며 공연장의 열기를 더욱 더 열광의 도가니로 몰아가고 있었다. 도대체 이 열기가 어디까지 오를 것인지 자못 궁금하였다. 그야말로 지금부터 갈 때까지 가보자! 이런 실천적 기세 등등이 자 너나 할 것 없이 위풍당당이었다. 하얀 풍선과 주황빛 풍선이 공연장의 축제를 더욱 더 들썩이게 했고 수천 개의 풍선이 리듬에 맞춰 나부꼈다. 공연장은 그 수많은 풍선의 힘으로 하늘로 두둥실 들려 올려져 바깥의 환한 보름달 높이까지 올라갈 것만 같았다.

야광봉 또한 수천 개가 반짝였다. 노랑, 초록, 빨강, 파랑의 야광봉이 흔들릴 때마다 특히 잠시 막간의 어둠 속에서 빛날 때면 그것들은 마치 땅으로 하강한 무수한 별자리들, 은하수 같아 보였다. 그 별들의 강물 위로 싸이는 작은 조각배 하나 타고 시대의 눈물 위로 떠나가고 있었다. 그 배는 태평양을 건너 은하수를 건너 어디론가 정처 없이 하염없이 떠나가고 있었다.

그렇다. 그 작은 배는 우리들의 잃어버린 고향을 찾아 떠나가고 있었다. 사실이었다.

싸이가 또 말했다. "언젠가 더 이상 무대를 설 수 없는 상황이 됐었습니다. 그때 후회했습니다. 아, 이렇게 무대 못 설줄 알았다면 그때 그 무대, 정말 더 열심히 할 것을…… 그래서 다시 기회가 왔을 때, 기회를 주셨을 때 늘 이번 무대가 마지막이다. 이번 노래가 내 인생의 마지막 노래라는 심정으로 노래했습니다. 오늘도 그렇게 노래합니다." 그 말 듣고 울컥해진 객석의 함성은 공연장 그 커다란 지붕을 덜컹이게 하는 것 같았다.

객석의 누군가가 '귀신 잡는 해병, 사람 잡는 싸이'라는 플래카드를 흔들어 올렸다. 음악의 바람은 쉴새없이 불어가고 비트는 공기를 달구고 「라이트 나우Right Now」, 「오늘밤새」, 「예술이야」, 「낙원」, 「아버지」, 「챔피언」, 「새」 등의 싸이 히트곡들이 오만잡것들과 허접잡귀들에 시달린 객석의 상처와 아픔과 고통을 달래주고 씻겨주고 있었다. 나 역시 나도 모르게 「낙원」을 들으며 찡해서 핑글했고, 「예술이야」에서 또 와장창 울컥해서 눈시울 뜨끈뜨끈…… 그랬었다. 이게 뭐지?

싸이가 또 말했다. "여러분 지금 잘 알고 계시겠지만 먼 나라들에서 저를 원하는 사람들이 많습니다. 그래서 미국 활동 더 해야 한다는 얘기도 있었습니다. 중요한 시기라서 그렇다고들 말합니다. 하지만 여러분 그렇게 중요한 시기라서 내가 여기 와 있는 겁니다!" 그야말로 객석 잡는 국제가수 싸이다운 말이었다.

「뜨거운 안녕」의 순서에서는 피처링을 한 성시경과 함께 싸이가 랩을 했다. 성시경은 "싸이 씨가 운이 좋다? 아냐, 그렇지 않습니다. 싸이 씨는 항상 노력하고 아이디어 내고 그래 왔습니다. 절대 공짜가 아닙니다. 싸이 씨는 작업실에서 정말 오래 살았습니다."

그랬을 것이다. 반드시 그랬을 것이다. 빌보드가 어딘데, 영국 차트가 어딘데? 그게 공짜로 오겠는가? 6억 회가 넘은 유튜브에서의 전 세계인들의 조회 수가 어떻게 공짜로 오겠는가? 심은 대로 거둔 것이고 열 달 만에 아기를 낳듯이 싸이는 한국 데뷔 12년 만에 월드스타가 된 것이다.

버터왕자 성시경의 따뜻하고 부드러운 발라드가 두 곡 이어지고 싸이가 다시 등장했다. "여러분 미치고 싶고 미칠 것 같은 사람들, 흔들어 주세요!", "소리 질러!", "뛰어!" 이렇게 다시 불이 붙었다. "여러분 행복해서 뛰는 게 아닙니다. 뛰면 행복합니다!", "여러분 미친 듯이 뛸 준비 됐습니까?" 싸이의 추임새와 질문이 떨어지기 무섭게 객석은 와!~ 하는 함성과 함께 일제히 덩덩 덩더꿍! 뛰기 시작했다. 그렇다. 스타는 누가 더 팬들을 사랑하고 사람들을 사랑하고 음악을 사랑하고 누가 더 시대를 사랑하고 누가 더 역사를 사랑하는가? 그 열기와 정성과 몰입과 깊이와 충성도에 따라 즉, 사랑한 그만큼 딱 고만큼만 되돌려 받게 돼 있는 것이다.

　그동안 스타들 중에서 일부이겠으나 팬들이 응석을 받아줘야 하는 스타 혹은 그 교만을 받아줬던 스타들 때문에 찝찝했던 팬들은 싸이의 진솔한 모습에 말투에 너무나 편안한 위안을 받고 있는 것이다. 싸이야말로 팬들을 스타로 대접하고 모시는 형국이었다. 싸이는 다른 걸 다 떠나서 꼭 해외에 나가 보여주고 싶은 것이 한국에서처럼 서너 시간씩 다 함께 갈 때까지 가 볼까라는 그런 공연을 하고 싶다고 한다. 한국 공연의 우수성과 정말 즐기는 공연, 신바람 펑펑 솟구치는 공연을 보여주고 싶고 그렇게 세상을 하나의 자유와 평화로 사랑으로 어울리게 하고 싶어 한다.

　싸이는 또 이런 말도 했다. "여러분 지금 이렇게 여러분이 함께 해주시지 않는다면 저는 단지 살찐 한국남자일 뿐입니다. 하지만 여러분들과 이렇게 함께하니까 사실 오한이 난다고 그러나요. 지난 주말 좀 그랬습니다. 그래서 이틀 쉬었지만 충분한 휴식이 아니었습니다. 그래서 오늘 공연 잘될까? 싶었는데 지금 몸이 아주 가뿐합니다. 확실히 저는 태생이 딴따라인 것 같습니다." 객석은 웃음과 함께 그의 건강을 빌어주는 함성을 또 다시 불꽃처럼 쏘아올렸다.

　나는 2012년 현재 세계에서 가장 위대한 공연을 보고 있다는 사실에 전율했다. 싸이가 또 말했다. "자, 지금부터 10대들, 젊은 사람들은 다 귀를 10초만 막아 주세요. 꼭 막아야 합니다. 막았죠? 자 그리고 오늘 이 콘서트에 40대 이상 되는 분들, 남의 눈치 아랑곳하지 않고 공연을 즐기는 분들, 잠시만 죄송합니다. 이해해 주세요. 여러분 오늘 저를 맞아주는 여러분들 너무 감사합니다. 정말 최고의 관객들이십니다. 그리고 딱 한마디만 하겠습니다. 아, 씨발 졸라 좋다. 멋있습니다. 씨발!" 그렇다. 이런 순간의 거친 욕설표현법은 욕이 아니라 도저히 억누를 수 없는 그렇다고 달리 표현할 방법도 없는 극도의 즐겁다 못해 너무 좋아 자신도 모르게 터져나오는 추임새인 것이다.

싸이는 또 이렇게 말했다. "여러분 빌보드 1위보다 더한 영광은 관객입니다!" 그는 감정이 복받쳤는지 마이크를 내리고 "감사합니다!"를 연발했다. 객석은 그의 입모양만으로도 충분히 알아들었고 감동의 물결이 굽이쳤다. 그리고 "요즘 인기가 있어서 정말 행복합니다.!"라고 말했다. 그리고 "오늘은 빌보드 2위지만 10월 4일 새로운 차트가 뜨는데 그때 1위를 해도 좋고, 1위를 못해도 좋고 아무튼 10월 4일 밤 10시, 시청 앞 광장에서 싸이 콘서트를 다시 하니까 그때 다시 만날 분들은 다시 만납시다. 그리고 앞으로의 미국 등 해외 활동 만만치 않지만 여러분들이 기대해 주신다면 제가 한번 감당해 보겠습니다!"라고 또 다시 객석의 마음을 짠하게 했고, 여기저기서 "멋지다! 박재상!", "역시 남자다! 싸이!"라는 탄성이 나오고 객석은 술렁거렸다.

그러자 콘서트는 다시 시작되고 있었다. "여러분! 소리질러! 뛰어!"
2012년 10월 2일 저녁 7시부터 3시간 동안 잠실실내체육관에서 벌어진 싸이 월드 주최의 싸이 콘서트, 싸이랑 놀자! 싸이가 그를 사랑하는 객석과 함께 세상을 바꾸고 있었다.

소통과 공감의
월드 트랜드

지금은
싸이 시대

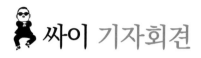

싸이 기자회견

싸이, 당신은 전설입니다!
-스파이스 걸 출신의 멜라니 브라운

    2012년 9월 25일(화) 오후 3시 싸이의 미국에서의 귀국 기자회견
이 삼성동 라마다 서울 호텔 2층 신의 정원에서 개최됐다. 수백 명의
내외신 기자들이 넓직한 홀을 가득 채웠다. 기자회견을 위한 2쪽 짜
리 싸이의 강남스타일이 월드 히트곡으로 떠올랐던 그동안의 참고자
료가 입구 안내 데스크에 놓여져 있어서 나도 한 부 집어들었다. 기자
회견장으로 들어서자 대한민국 카메라는 다 동원된 것 같았다. 기자
들은 조금은 들뜬 분위기로 조금은 긴장된 분위기로 싸이의 등장을
기다리고 있었다.

    아직 30여 분쯤이 남아 있었다. 회견장 뒤편에 커피와 앙증맞은 케
익들이 준비돼 있어서 자유롭게 먹을 수 있었다. 한입에 쏙쏙 들어가
는 케익에는 [PSY] [GANGNAM STYLE]라고 인쇄된 작은 종이깃발

이 꼽혀 있었다. 재밌었고 싸이의 강남스타일이, 한국의 대중음악이 팝의 심장격인 미국 본토 그중에서도 뉴욕에 깃발을 꽂고 태극기 휘날리게 된 것 같아 새삼 싸이가 자랑스러웠다.

　이윽고 예정된 시간을 약간 넘겨서 싸이가 나타났다. 싸이는 월드스타의 오만함이나 거만함은 일체 없었다. 싸이는 기자들에게 "이렇게 많은 분들을 뵈니까 기자회견 보다는 차라리 노래가 하고 싶어지네요." 하고 웃음 번진 얼굴로 자리에 착석했다. 싸이는 기자들의 질문에 이런 대답들을 겸손하게 때로는 단호하게, 때로는 현명하게, 때로는 분명하게, 때로는 웃으면서, 때로는 생각하면서, 때로는 멋진 영어로 외신기자들에게 답하고 그 답을 혹여 놓친 기자들을 위해서 한국말로 스스로 통역해 주기도 했다.

　싸이는 미국 유니버셜 측에서 11월 말에 새 노래를 미국과 세계시장에서 발표되길 원하고 있다고 말했다. 하지만 날짜가 촉박해 가능할지 생각 중이라고 했다. 12월 혹은 1월로 넘어갈 수도 있다고 말했다. 미국과 세계시장에서의 성공 요인에 대해서는 미국 사람들이 자신의 한국말 랩을 쫀득쫀득하게 맛있게 듣고 있다면서 아마도 그런 점이 있지 않을까 싶다고 말했다. 그리고 우리들도 유투브에 희한한 거 재밌는 거 뜨면 친구들에게도 보라고 권하듯이 자신의 강남스타일 뮤직 비디오도 그랬던 것 같다고 말했다. 하지만 자신은 월드스타로서의 성공을 의도하거나 노림수를 쓴 적이 없었다고 말했다.

싸이는 미국 매니저 스쿠터 브라운Scooter Braun의 지인이 스쿠터 브라운에게 유튜브에 강남스타일 뮤직 비디오가 너무 웃긴다면서 보라고 해서 인연이 됐다고 말했다. 그리고 한국 미디어에서도 발표가 된 뉴욕 매디슨 스퀘어 가든에서의 연말 안으로의 싸이 콘서트에 대해서는 그날 스쿠터 브라운과 함께 한인 클럽에 갔을 때 기분이 좋아진 스쿠터 브라운이 싸이에게 연말에 매디슨 스퀘어 가든에서 싸이 공연한다고 발표하라고 말했고 전적으로 자신이 책임진다고 해서 발표가 됐다고 했다. 이튿날 그 이야기를 스쿠터 브라운에게 했더니 스쿠터 브라운은 전혀 기억을 하지 못했다고 전하기도 했다. 하지만 스쿠터 브라운은 자신의 말에 책임을 지기 위해 그리고 싸이 자신도 그 공연을 성사시키기 위해 고민 중이라고 말했다.

어느 기자가 싸이에게 빌보드 1위를 하게 된다면 어떤 공약을 내걸겠냐고 물었다. 싸이는 "사실 말이 안 되는 거지만 사람이니까 내심 생각하게 된다."고 말했다. 그러면서 예전에 가수들끼리 얘기하다가 "야, 빌보드 1위 하게 되면 기분이 어떨까?" 이런 말들은 했었지만 누구나 자신이 빌보드 1위를 한다는 것은 농담조차 하지 않았고 꿈꾸지 않았던 것 같다고 말했다. 더구나 "음악은 운동경기는 아니잖아요." 하고 한발 빼는 듯 싶었다. 하지만 빌보드 64위를 했을 때 감격해서

울고, 술 먹고 그랬는데 11위를 하게 되고, 곧 "한 자리 수 순위를 할 거야"라고 낙관적으로 보는 미국 측 음악관계자들 얘길 듣게 되니까 빌보드 1위를 생각하게 됐다고 말했다. 그러면서 빌보드 1위를 하게 되면 시민들이 가장 많이 모일 수 있는 장소, 시청 같은 데서 상의 탈의하고 강남스타일을 부르겠노라고 공약했다. 모두들 함박웃음을 터뜨리며 즐거워했고 기원했다.

싸이는 강남스타일의 가사가 섹시 레이디Sexy Lady를 빼면 모두 한국어이기에 이번의 세계적 히트가 더 뿌듯하다고 말했다. 하지만 지금도 이게 트루만 쇼 아닌가? 몰카 아닌가? 생각할 정도로 비현실적이라는 말도 덧붙였다. 또 한 기자가 지금의 기쁨이 누구 덕인지 그 순위대로 말해 달라고 하자 용서를 해 준 국민들, 다시 시작하게 해 준 국민들 덕분이라고 말하면서 용서보다는 용인이란 말도 좋겠다는 말도 덧붙였다. 그러면서 앞으로도 강건하게 가수로써 살아가겠노라고 말했다. 싸이는 시종일관 여유롭고 느긋하게 기자회견장의 분위기를 이끌어갔다.

싸이는 미국에서의 생활이 일단 외로웠다고 말했다. 행복하고 기뻤지만 호텔방에서 외로웠고 장시간 비행기 타고 다니는 것도 힘들었다고 말했다. 또 영어를 계속해야 하니까 그것도 좀 힘들었지만 미국 가기 전 자막을 지운 외화를 봤던 게 도움이 됐다고 말했다.

기자들이 감동을 받았는지 수백대의 카메라에서 셔터 소리가 비 오

왼쪽 광대뼈는 미국인이었다.
오른쪽 광대뼈는 유럽인이었다.
오목조목한 입술은 아시아,
오똑한 코는 아프리카였다.
완강한 어깨에 비해 싸이의 실체는 우아했다.

듯 쏟아졌다.

싸이는 브리트니 스피어스Britney Jean Spears에게 말춤을 가르쳐 줄 때, NBC TV 출연했을 때 떨렸었다고 말했다. 하지만 미국 사람들이 자신을 좋아한 이유에 대해서는 스쿠터 브라운이 이렇게 말해 주었다고 한다. "싸이는 대스타들 앞에서 전혀 기죽지 않는다. 그것이 그들을 편안하게 해 주었으니 한국에 가서도 그렇게 말해 달라"고 했단다.

싸이의 얼굴을 찬찬히 뜯어보았다. 열정의 활화산, 그의 광대뼈가 눈에 먼저 들어왔다. 왼쪽 광대뼈는 미국이었다. 오른쪽 광대뼈는 유럽이었다. 오목조목한 입술은 아시아, 오똑한 코는 아프리카였다. 섬세한 손가락, 귀는 솟구쳐 올라왔고 시대의 이야기를 충분히 듣고 대변할 수 있는 귀였다. 완강한 어깨에 비해 싸이의 실체는 우아했다.

싸이는 자신보다 앞서서 미국시장, 세계시장에 도전했던 선배들을 폄하하지 않길 부탁한다고도 했다. 기존 도전에 자신도 편승한 부분이 있기 때문이라고 말했다. 그런가 하면 싸이는 편안한 말도 했다. 자신은 음악 다음이 음주고 음주에서도 한국의 독보적이고 다이나믹한 주류문화를 전파하고 싶다고 말했다. 폭탄주 비비는 것과 잔을 뒤집어도 쏟아지지 않는 것 그리고 그 휴지를 뒤로 던져 벽이나 천정에 붙이는 묘기(?)에 대해서 재밌어하고 감탄했다는 후문이었다. 재밌었다. 싸이의 솔직함과 돈독한 우정의 한미친선의 폭탄주 파티였던 것 같았다. 그 결과 싸이와 술 마시면 재밌다는 소문이 돌았다고 한다.

싸이는 미국에서 「거위의 꿈」을 들으면서 많은 위로를 받았다고 한다. 그래서 김동률과 이적에게 감사하다고 말했다. 프랑스에서 온 외신기자는 강남스타일이 부에 대해서 비꼰 노래라는 얘기도 있는데 이에 대해서 말해 달라고 하자 싸이는 강남스타일은 철학이나 의미가 없는 노래라고만 간단히 답했다. 그리고 자신의 정신, 스피릿Spirit는 '펀 바이 뮤직Fun by Music'이라고 답했다.

싸이는 현재 아이튠즈 30여 개국에서 1위를 하고 있고 따라서 수많은 미국, 유럽에서의 출연 요청이 있지만 한국에서의 스케줄 때문에 다 갈 수는 없어서 협의 중이라고 말했다. 그리고 해외 스케줄을 위해서 한국 스케줄을 다른 가수로 대체하려는 시도도 했지만 싸이를 대체할 수 있는 가수는 없다는 답이 돌아와 그게 기뻤다고도 솔직하게 말했다. 이런 즐거운 비명의 상황에 대해서 싸이는 신기하고 무슨 일인지 모르겠다는 말도 했다.

한 기자는 싸이에게 버클리 음대에서 배운 것이 이번 월드스타가 됨에 있어서 어떤 도움을 주었는지 물었다. 그러자 싸이는 자신은 출석만 한 날도 있고 해서 모두 5번만 학교를 갔기 때문에 도움받을 새가 없었다고 말했다. 그러나 버클리 음대 총장이 자신을 만나고 싶어 한다고 해서 이걸 어쩌나 생각했다고 말했다. 그리고 싸이의 꿈을 묻자 이렇게 자신이 기자회견하는 지금의 이 상황이 꿈이라고 말했다. 싸이는 그동안 해외 다녀올 때 공항에서 자신을 아무도 취재 나오지 않음에 대해서 혼자 속으로는 '연예인이 이러면 안 되는데'라는 생각을 한 적이 있다고 말했다.

아울러 싸이보다 강남스타일 뮤비가 더 유명하다는 말도 했다. 약간의 아쉬움이 엿보이기도 했다. 싸이는 한 기자가 지금 마음속에서 용솟음치는 또 다른 꿈, 넥스트 스텝을 말해 달라고 하자 한국 가수들이 콘서트 잘한다는 것을 보여주고 싶다 했다. 한두 시간 미국스타일이 아니라 4시간 정도 지지고 볶고, 들었다 놨다, 정말 잘하는구나! 그런 콘서트를 꼭 보여주고 싶다고 했다. 싸이라면 하고도 남으리라.

싸이는 귀국해서 귀가했다가 기자회견 때문에 외출을 하려 하자 아내가 "너무 힘들지?"라고 위로의 말을 건넸을 때 "축제 갔다 오면 돼"라고 대답했다고 한다. 싸이는 축제를 사랑한다. 콘서트를 사랑한다. 그런 무대들을 불사른다. 10월 5일 인제에 가서 군 위문공연을 한다고 했다. 싸이는 말춤을 어떻게 만들었는지 묻자 강남스타일을 만들고나서 안무팀과 정말 골때리는 춤을 만들기 위해 보름 정도 잠을 안 잘 정도였다고 말했다. 그리고 흔히 밤새 열심히 노는 것을 달린다고 하는데 달린다는 것이 말을 연상케 했고 그러면서 말춤이 나왔다고 말했다.

싸이는 현재 미국에서는 강남스타일 노래와 춤을 많이들 따라하는데 가사 중에 사나이 발음이 잘 안 돼서 연습하는 미국인들이 있다고 말했다. 싸이는 B급 문화, B급 정서, B급 유모어의 대가라는 기자의 말에 솔직히 B급이 좋고 태생이 B급이고 쌈마이 음악을 만들 때 소스라치게 좋고 타고났다고 말했다. 따라서 B급이라는 스스로 정의내림에 있어서 전혀 걱정되거나 위축됨이 없다고 말했다. 그렇다. 싸이의 B급은 이제 빌보드Billboard급 음악인 것이다.

싸이의 미국 매니저 스쿠터 브라운은 싸이에게 싸이가 미국에서 인기 있는 이유 중의 하나는 영화 『오스틴 파워』의 '미니미' 같아서 라고도 말해 주었다 한다. (일부러 싸구려인 척 하지만 절대 저속하지 않은 유쾌한 키치 영화, 그것이 바로 오스틴 파워라고 인터넷 상에 어느 영화애호가는 평한 적이 있다. 또 누군가도 "싸이도 그와 같다. 싸이는 자기 자신이 2류이고 FUN 음악을 추구하며 자신은 철학이 없다고 하는데 싸이의 그 말을 그대로 받아들일 수 없는 그 무엇이 있다."라고 말했다.)

싸이는 미국에서 활동하며 미국은 겸손을 원하지 않는 것 같다고 했다. 싸이는 1시간 이상의 기자회견에 열정적으로 임하고 있었다. 나는 그가 무척이나 단전이 안정돼 있다는 것을 감지했다. 싸이는 음악성으로 승부할 것인가라는 질문에 대해서는 자신에게는 음악성이 있지도 않고 없지도 않다고 말했다. 그러면서 자신의 음악은 개성이 강해서 들으면 아, 저 음악 싸이가 만들었음을 곧 알 수 있는데, 그러

나는 앞으로도 모범적으로 살지 않을 것이고,
건강하지만 건전하지 않게 살아갈 것이다.

므로 인해 한계성이 있으나 그 대신 또렷한 음악이라는 장점이 있다고 말했다. 그래서 잘해 나갈 수 있을 것이라고 말했다.

한 기자가 물었다. 어린이들도 말춤을 많이 따라 추는데 이쯤 되면 뭔가 모범적인 싸이가 되어야 한다는 생각을 했냐고 물었다. 그러자 싸이는 노래 한 곡 떴다고 갑자기 모범을 보인다는 것이 좀 그렇다는 말을 하면서 자신의 아이들도 말춤을 따라 하고, 또 자신의 아이들 친구들도 말춤을 춘다고 했다. 그래서 자신의 아이들이 "아빠 인기 짱이야!"라고 말해 주는데 그렇다고 해서 갑자기 올바르게 살고 모범을 보이는 것은 이상하기에, 적절한 선에서 모범적이고 싶지 않다고 답했다. 그러면서 솔직히 모범이란 말을 자신은 가장 싫어한다고 했다. 그리고 모범은 교육자, 부모님들께서 해야 되는 것이 아닌가 생각하고, 자신은 옛날로 치면 광대인데 즐거움만 드리면 그뿐이 아닌가 싶다는 생각도 한다고 말했다.

싸이는 성대한 오늘의 기자회견이 너무 아름답다고 말했다. 싸이는 강남스타일이 자신이 예상했던 것보다 5배, 10배의 인기로 사람들이 좋아해주고 있지만 그 인기요인의 분석은 지금은 불가능하다고 말했다. 싸이는 강남스타일 한 곡으로 솔직히 출세한 것 같다고 말했고, 유튜브에서 '좋아요'라는 추천 1위 때문에 기네스북에 올랐는데 너무 감사할 따름이라고 말했다. 그리고 「챔피온」의 경우 샘플링이었지만 이번 「강남스타일」은 순수 창작곡이라서 더 기분이 좋다고 말했다. 그리고 요즘 자신에게 월드스타라는 접두어가 붙는데 그보다는 혹여 자신을 표현할 때 국제가수라고 불러주면 고맙겠다고도 말했다. 이때 기자회견장이 빵 터졌다.

싸이는 한국 최초, 아시아 최초, 세계 최초라는 말들을 들으면서 이 모든 것들을 덤이라 생각한다고 말했다. 음악은 쥐어짠다고 나오는 게 아니기 때문에 앞으로의 신곡 작업을 신중하게 생각하는 것 같았다. 그리고 M TV 시상식에서 한국말을 꼭 하고 싶었기에 그날 MC에게 "내가 이따 생방송에서 한국말을 하고 싶다. 아직 프로듀서에게는 얘기 안 했는데 괜찮은가?" 타진했다고 한다. 그러자 MC는 한국말을 하라고 하면서 자신은 그 한국말에 대해서 뭐라고 할지를 물어 오기에 "Me Too"라 대답하라고 했다 한다. 그러면서 "대한민국 만세!"와 "죽이지!"라는 말을 미국에서의 TV 생방송 중 한국말로 한데 대해서 그땐 왠지 울컥했고 그것은 한국가수로서의 꿈이었다고 말했다.

싸이는 기자회견 말미에 이렇게 말했다. "앞으로도 모범적으로 살지 않을 것이고, 건강하지만 건전하지 않게 살아갈 겁니다." 그리고 기자들 요청도 있었지만 싸이는 월드 댄스가 된 말춤을 음악 없이, 그래야 더 웃긴다면서 오늘 기자회견의 메인이라 말하며 자리에서 일어나 선그라스를 쓰고 말춤을 추며 퇴장했다. 대한민국 만세를 미국 NBC TV에서 외친 싸이 만세! 강남스타일 만세!

 싸이 열광

오빤 촘스키스타일~!
-노엄 촘스키

    1993년 그래미 어워드 평생 공로상을 수상한 리틀 리차드Little Richard®는 흑인 로큰롤 스타였다. 그는 엘비스 프레슬리Elvis Presley, 척 베리Chuck Berry®와 함께 50년대를 로큰롤로 물결치게 한 3대 로큰롤 스타 중의 한 사람이다. 그의 폭발적인 가창은 타의 추종을 불허케 할 정도다. 엘비스 프레슬리가 화사하고 풍요롭고 넉넉했다면, 리틀 리차드는 거칠고 집요했고, 보다 더 직구였고 느닷없고 막무가내였다. 이에 비해 척 베리는 온화한 편이었고 어린아이 같았고 아기자기한 편이었다. 아무튼 3대 로큰롤 스타들의 위업은 어마어마하고 영원했지만 그중에서도 특히 리틀 리차드의 개성은 짜릿한 아픔을 수반한 그리움을 지니게 한다.

    그렇다. 1983년 미국의 링컨 대통령은 노예해방을 선언한다. 그리고 엘비스 프레슬리는 1954년 데뷔곡 「댓츠 올 롸잇 That's all Right®」

으로 몸을 해방시킨다. 이어서 리틀 리차드는 1955년 데뷔곡 「튜티 후루티Tutti-Frutti●」를 통해 로큰롤 가수의 목소리를 해방시킨다. 같은 해 척 베리는 「메이블린Maybellence●」으로 엄숙으로부터의 해방을 권유한다. 또한 모던포크 쪽에서는 보다 앞서서 1940년 우디 거스리 Woody Guthrie●가 「더스트 보울 발라즈Dusty Bowl Ballads●」 앨범으로 권력으로부터의 인간해방을 선언한다. 그 정신과 철학과 문학을 이어받아 밥 딜런은 1963년 「블로윙 인 더 윈드Blowin in the wind●」로 전쟁으로부터의 인권해방을 선언한다.

같은 해 비틀즈는 「아이 원 투 홀 유어 핸드I Want To Hold Your Hand●」로 50년대 로큰롤에서 훨씬 더 진일보한 록 밴드 뮤직으로 획일적이고 독점적이고 독재적인 스타 시스템에서 인간을 해방시키고 그 대안으로 다양한 자유로의 항해를 노란 잠수함을 타고 시작한다. 이러한 팝의 가장 역동적이고 생산적인 황금시대의 정점은 유럽의 68혁명에서 외쳐졌던 "불가능한 것을 요구하라!"는 외침에 영감을 부단히 전파했고, 그 여파는 결국 1969년 우드스탁 페스티벌을 통해 화려한 화엄의 대중시대 그 본격 개막을 알리게 된다. 여기서 지미 헨드릭스 Jimi Hendrix는 미국 성조가를 일렉트릭 기타의 굉음으로 연주했고 이에 대해 논란이 이는 가운데 TV 쇼에 나가 사회자로부터 성조가를 경건치 못하게 연주한 것 아니냐는 비난 여론에 대해서 이렇게 답한다. "뉴욕 필이 연주하는 성조가와 지미 헨드릭스가 연주하는 성조가는 똑같은 것이다." 그러자 사회자는 재차 뭐가 똑같은지를 물었고 이에 대해 지미 헨드릭스는 우문현답을 내밀었다. "둘 다 아름답다." 고.

이어서 1971년 존 레논John Lennon은 「이메진Imagine*」을 발표해 비틀즈 음악을 완성시킨다. 그것은 모든 것을 초월해 즉, 모든 것에서 해방된 모두의 완벽한 사랑으로 완벽한 진실의 우주로 세상이 바뀌어지는 꿈을 노래했다. 그야말로 극도의 이상주의를 노래한 것이다. 대한민국에 해남이라는 땅 끝 마을이 있듯이 존 레논의 이메진은 우주의 끝 마을을 가리키는 그야말로 음악의 끝까지 가 본 이가 해낼 수 있는 위대하고도 엄연한 이정표인 것이다.

그리고 1977년 섹스 피스톨즈Sex Pistols는 위선으로부터의 인간해방과 지지부진한 모든 것으로부터의 해방을 선언하면서도 그 대안에 대한 꿈조차도 위선이라 생각했는지 극도의 저항적이고도 파행적인 허무주의 성향을 저돌적으로 펼쳐나가며 마침내 프랭크 시나트라Frank Sinatra*의 「마이 웨이My Way*」를 조롱하듯 펑크 록Pink Rock*으로 리메이크해내며 지상의 모든 우상과 동상들을 모조리 무너뜨리고 말았다.

자, 그리고 여기가 중요하다. 진실로 여기가 중요한 순간이다. 참으로 여기가 진정 정녕 무진장 마구마구 중요한 순간이다. 그렇다. 그로부터 섹스 피스톨즈의 1978년 「마이 웨이」를 다시 부르기 이후 실로

35년이 지난 2012년 돌연 대한민국 가수 싸이가 7월 15일 발표한 강남스타일이 유투브를 통해서 전 세계인들을 웃음보 터뜨리게 했고, 그 말춤을 따라 추기 시작했고, 수많은 뮤직 비디오로 패러디되는 가운데, 이 모든 것들이 자연스럽게 자발적으로 매우 매우 즐겁게 기적처럼 이뤄지는 가운데, 드디어 존 레논이 그렇게 갈망하던 모든 이념을 벗어나는 평화롭고도 역동적인 말춤의 즐거움으로 빠져들기 시작한 것이다. 그리고 엘비스 프레슬리가 해방시킨 몸을 마구 마구 마음껏 활용하고 사용하며 사람들은 짜릿한 춤의 감각의 바다 속으로 빠져들고 헤엄쳐나가기 시작했던 것이다. 물론 강남스타일이란 그 춤추는 구명보트를 타고서 위대한 음악 항해를 통해, 누구나 자신의 존재감을 만끽 하는 가운데 회복해나가고 있었던 것이다.

더구나 이 모든 역사는 싸이가 계획했거나 양현석의 YG엔터테인먼트가 기획한 것이 아니다. 더구나 이 모든 역사는 KBS, SBS, MBC 같은 영향력 강한 매체의 음악 프로그램들이나 예능 프로그램의 협력이나 선도가 처음부터 있어서였던 것도 아니었다. 그저 전 세계 유투브인들이 기분 내키는 대로 촬영해서 올려놓은 막뮤비를 중심으로, 그리고 강남스타일 뮤직 비디오 조회수 6억 이상을 기록하는 이 시점까지의 강남스타일과 싸이의 팬들이 마치 약속이나 한 듯이 하지만 단 한 개의 약속이나 당연히 논의조차 없이 새로운 역사를 만들어내고 또 만들어내는 중인 것이다.

그렇다. 이런 기적의 역사 그 중심에는 싸이의 허무와 텅 빔과 바보가 있었고, 그것들을 활용한 즐거움의 끝까지 갈 데까지 가보자는 싸이의 꿈을 향한 말춤이 있었다. 그렇다. 이쯤에서 루이 암스트롱Louis Armstrong[*] 얘기 한마디 더해도 좋겠다 싶다. 어느 소년이 루이 암스트롱에게 물었다. "아저씨 재즈가 뭐죠?" 루이 암스트롱이 답했다. "얘야 재즈가 뭐냐고 묻는 한 너는 영원히 재즈를 모를 것이다." 물론 웃으면서 매우 친절하게 답했다. 그렇다. 누군가 내게 이렇게 묻거나 힐난할 것이다.

뭐라고 "싸이가 왜? 싸이가 왜? 그가 도대체 뭔데? 와 진짜 나 시방 돌겠네!" 하면서 어째서 싸이가 반짝가수가 아닌 링컨 대통령, 우디 거스리, 엘비스 프레슬리, 리틀 리차드, 척 베리, 비틀즈, 밥 딜런, 섹스 피스톨즈 다음을 잇는 역사의 아홉 번째 징검다리 인물이 되어 인류를 해방시키는 그 위대한 반열에 높다랗게 위치시키냐는 불만불평 혹은 의문을 표할 수도 있을 것이다. 하지만 난 굳이 그 이유에 대해서 말하자면 새로운 시대의 흐름에 대해서, 새로운 역사의 지평이 전개됨에 대해서 구구절절 명언(?)을 하고 싶지는 않다. 그렇다. 대신 다만 이렇게 답하고 싶다. 「성자의 행진」을 연주 노래한 루이 암스트롱이 그랬듯이 "이봐요. 그대 반감과 궁금증이 무럭무럭 피어나고 교차하는 아름다움이여. 싸이가 무어냐고? 강남스타일이 무어냐고 물으신다면 그대는 영원히 싸이도 강남스타일도 모를지 몰라요."

세계는 강남스타일이란
춤추는 구명보트를 타고
위대한 음악 항해를 통해
누구나 자신의 존재감을 만끽하며
즐겁게 자기 성찰을 한다

 싸이 코끼리

이루지 못한 꿈은 거짓말이었나요?
-「더 리버」(브루스 스프링스틴 작사, 작곡, 노래)

2012년 9월 12일 밤 KBS 1에서 KBS 스페셜로 다큐「라오스 코끼리의 노래」를 방송했다. 여기서 라오스의 옛 국가명은 '란샹'이었다고 한다. 이 말은 '백만 마리 코끼리의 나라'를 뜻한다. 라오스 코끼리의 노래 중에서 코끼리 길들이기가 나온다. 라오스의 무당이 그 책임을 맡는다. 좁은 울타리 안으로 어린 코끼리를 밀어넣는다. 매우 힘겹다. 코끼리는 느낌이 안 좋으니까 안 들어가려 애쓰고 발버둥치고 몸부림친다. 이를 지켜보는 엄마 아빠 코끼리들이 더 안쓰럽다. 아기 코끼리는 불쌍하다. 어쨌든 인간이 못 하는 게 뭐가 있는가?

결국 코끼리는 울타리 안에 갇히고 그 위를 타고올라 라오스의 무당은 코끼리의 야성을 뺏어내기 시작한다. 그 야성이 있으면 위험하고 시키는 대로 일을 부려먹을 수가 없기 때문이다. 대개는 두 주일

정도 훈련을 하면 야성은 사라지고 고분고분해진다고 한다. 하지만 강하게 저항하는 코끼리를 만나면 한 달을 훈련하는 수도 있다고 한다. 대가 쎈 녀석인 경우다. 그런데 라오스 사람들은 코끼리의 영혼이 인간의 영혼보다도 훨씬 더 높은 단계의 수준이라고 믿고 있다. 인간의 영혼이 5단계쯤이라면 코끼리는 10단계다.

그 코끼리들이 멸종해나가고 있다. 고래도 그렇고 호랑이도 마찬가지다. 수많은 것들이 사라지는 중이다. 인간의 탐욕, 아니 탐욕스런 인간과 그 인간에 빌붙어 먹고 살아야 하는 운명이기 때문이다. 그런 인간의 탐욕을 채워주기 위해 코끼리는 묵묵히 그야말로 졸라 일한다. 엄청난 무게의 벌목한 나무를 산 위에서 좁다란 계곡 물길로 끌고 내려온다. 사람은 절대 할 수 없는 일이고, 코끼리는 그래도 힘이 좋으니까 그걸 하루 종일 죽도록 해낸다. 그렇게 일 시키기 위해서 야성을 제거해야만 하는 것이다. 야성은 자유의 심장이다. 그 심장은 사라지고 일하기 위한 도구로서의 노예 심장만 남는 것이다.

아프리카에는 레인 댄스가 있다. 코끼리들은 아프리카의 건기가 끝나고 비가 오는 우기가 시작될 때 그 비의 습한 기운을 누구보다 먼저 감지한다고 한다. 그래서 코끼리들은 그때 기분이 좋아서 반가워서 미칠 것 같은 심정으로 이동을 한다고 한다. 그리고 평소보다 빨리 걷거나 달린다고 한다. 그것을 레인 댄스라고 한다. 또 누군가는 정치범으로 감옥에 갇혔을 때, 그 레인 댄스를 떠올렸다고 한다. 머릿속으로 상상을 한다는 얘기다. 코끼리가 이동하는 모습을 마음속으로 그려본다는 얘기다. 여유를 갖기 위해서 초연해지기 위해서였다. 그러므로 인해 자신이 감옥에 갇혀 있다는 부자유의 고통과 답답함을 잊기 위해서였다.

나는 서울 시청 앞에서의 10월 4일 밤 10시 싸이의 무료 콘서트를 보면서 싸이의 야성을 또 바라보았다. 지금 이 세상에서 가장 야성이 살아있는 사람은 누구? 바로 싸이가 정답이다. 그가 가장 싱싱하고 그가 가장 생생하다. 그래서 잃어버린 야성을 회복하기 위해 사람들은 그렇게 모여들고 몰려들어 싸이와 함께 말춤을 추고 싸이의 뛰어! 라는 구령에 맞춰 하늘땅 왕복 무당춤을 8만 명이 대규모로 춤추는 것이다. 싸이와 함께하는 춤은 각자 자유롭게 추는 것이 더 좋다. 물론 말춤 정도야 같은 폼이 좀 더 많이 필요로 하겠지만 나머지는 그냥 경중경중 껑충껑충 튀어오르면 된다. 언젠가 내 꿈이 이뤄지는 날 이렇게 튀어올라야지, 이렇게 춤춰야지 했던 그 비장의 춤들을 마구잡이로 마구마구 꺼내놓는 것이다.

그래서 바람 속에서 함께 흔들리는 것이다. 달빛 아래 함께 흔들리는 것이다. 이것이 싸이의 능력인 것이다. 싸이는 길들여지지 않은 10단계 영혼이다. 레이 찰스Ray Charles와 함께 음악을 했고, 마이클 잭슨Michael Jackson의 프로듀서를 해서 마이클 잭슨의 성공을 결정적으로 도운 퀸시 존스Quincy Jones가 이런 말을 했다. "음악을 모를 때였어요. 어딘가를 갔다가 나오는데 피아노 근처를 지나고 있었죠. 그때 내 마음 안에서 신의 목소리가 들려왔어요. '퀸시 존스! 피아노를 쳐 봐! 어서~!"

그래서 퀸시 존스는 피아노를 열었고 연주할 줄도 모르는 피아노를 소리내기 시작했다. 이것이 바로 퀸시 존스의 신내림인 것이다. 그렇다. 야성은 신이 주신 신내림이다. 그것은 절대 자유다. 그리고 나만의 자유가 아니라 모두의 자유를 위해서 최상의 진실을 획득하고 이루고 삶의 위대한 방편이 되기 위한 자유인 것이다. 그래서 야성의 회복은 너무나 중요한 축제의식인 것이다. 그러나 야성이 빠진 콘서트들이 너무 많다. 야성 대신 객석의 눈치보는 콘서트, 혼신을 다하지 않는 콘서트 그것은 이미 야성이 죽은 그야말로 산 위에서 나무를 끌어내리는 살았으되 이미 거대한 몸짓의 죽음 같은 라오스의 가엾은 코끼리 같은 콘서트인 것이다.

그러나 싸이는 전혀 그렇지 않다. 그러지 않았다. 자신의 야성을 길들이려고 하는 외부의 적들에 대해서 싸이는 유연하게 대처했고, 음악의 몸짓을 불려나갔을 뿐이다. 그는 마치 달빛을 타고 날아오르는 고대의 전설 같은 이 시대의 야생적 영혼인 것이다. 그는 마치 대중의 열망과 기대감이라는, 그토록 뜨겁게 들들 끓어올랐던 그 후라이팬이라는 시청 앞 대형 무대에서, 그의 야생을 보여주기 위해 쇼하는 상황 속에서도 결코 그 후라이팬 안으로의 투신과 투심을 결코 주저하지 않았다. 그는 처음부터 장엄했다. 8만 명과 다 함께 '동해물과 백두산이 마르고 닳도록……'으로 시작되는 우리 애국가, 한국의 애국가를 부르며 싸이 서울 광장 콘서트를 시작했다.

그리고 '라이트 나우Right Now'로 대차게 야생과 야성의 회복, 그 축제의 춤판을 시작했다. 그것은 삶의 가장 아름답고 순수한 순간이었다. 노동에서 잠시 해방된 자유의 인간물결들이 춤의 파도가 되고 다 함께 춤의 바다가 되는 순간이었다. 또 이는 유투브를 통해 전 세계인들에게 동시에 함께할 수 있는 세계의 춤판이기도 했다.

그렇다. 이는 천 가지 춤의 고장이 아니라 8만 가지 춤의 광장 아니 70억 가지 춤의 네트워크를 통해 한 발자국 더 지구에서의 삶이 자유롭기 위한 그 행진의 새로운 시작이었다.

유투브로 시작된 싸이의 월드스타, 국제스타로서의 역사가 마침내 유투브를 통해 자유시대, 진실 21세기를 선언한 셈이 되는 것이다. 그러나 역시 재미난 것은 그것은 매우 자연스럽게 이뤄졌다는 것이다. 마치 보이지 않는 신의 손길이 인도하듯 지금 그렇게 시작은 미약했으나 심히 창대해져 나아가고 있는 것이다.

그렇다. 싸이는 굳이 스스로 인권을 말하지도 않았고 음악철학에 대해서 말한 적도 없다. 다만 그는 단 한 컷도 멋있지 않은 강남스타일 뮤직 비디오를 만들고 싶었을 뿐이다. 그리고 탐나는 것은 오직 B급 정서, 권력 대신 삶의 진실을 춤을 통해 불태우고 있을 뿐이었다.

그렇다. 시청 앞에서의 싸이는 하나의 등댓불, 하나의 촛불, 하나의 야성이란 달을 가리키는 손가락이었다. 그리고 그것은 새로운 시대, 우리가 그토록 갈망하던 문화의 21세기, 자유와 평화가 넘실거려 정의가 저절로 강물처럼 도도히 흘러가는 그런 꿈의 나라, 꿈의 세계, 꿈의 나를 만나기 위한 그 여정, 그 출발의 신호탄이자 그 선언이었던 것이다.

그렇다. 무심코 태양이 떠올라 세상의 오곡백과를 토실토실 익혀내고 뜸들이듯 그렇게 싸이의 심장은 시청 앞 광장 무대에서 불타올랐고, 그 넘실거리는 불빛 사이로 싸이의 말춤은 8만 스탠딩 객석의 말춤과 하나되어 함께 새로운 문화의 세기, 문화의 세대를 선언하고 증거했던 것이다.

 싸이 오병이어

세상 모든 것을 포기한 나는 두려울 게 없어라
세상을 피해서 흠뻑 취해서 부러울 게 없어라
아 두려울 게 없어라
-「난장 블루스」(싸이 작사, 작곡, 노래)

　　빈 들판에서 예수께서 함께하는 제자들과 군중 5천 명이 저녁을 맞이했다. 배고플 때가 된 것이다. 여기저기서 멍 때림 현상이 나타나고 있었다. 가까운 곳에 김밥집도 없고 떡볶이집도 없고 먹자거리도 없다. 그러자 예수께서 "너희가 그들에게 먹을 것을 주어라"고 말씀하신다. 제자들은 난감했다. 이를 어쩌누? 5천 군중을 먹이기 위해 먹거리를 사오려면 큰 돈이 필요했다. 그 돈 없었다. 그때 기적이 일어난다. 한 어린아이가 갖고 있던 기쁨 보리떡 5개와 물고기 두 마리가 예수님 앞에 놓여진다.

　　예수께서는 하늘을 우러러 축사를 하신다. 이윽고 무리 앞에 놓여진 축사로 빛나는 떡 다섯 개와 물고기 두 마리를 제자들이 나눠주자 5천 명이 배불리 먹고도 남아 열두 바구니나 거둘 수 있었다. 나는 이

오병이어의 기적을 콘서트의 상징이라 생각한다. 진정한 정신적 리더들의 강연회라 생각한다. 진정한 선생들의 제자들에 대한 가르침, 수업시간, 강의시간이라 생각한다. 진정한 종교인들의 목회나 설법이라 생각한다.

그렇다. 두 마리 물고기와 다섯 개의 떡은 그 떡을 아낌없이 내놓은 어린아이의 순수하고 사랑스런 두 눈을 뜻한다. 그리고 다섯 개의 떡은 다섯 손가락으로 쥐고 있던 자신만의 욕심이나 아집을 내려놓고 빈들 같은 빈 손으로 세상을 향해, 사람들을 향해 친교의 손을 내미는 '우리 같이 친해요!' '우리 같이 놀아요!'의 상징인 것이다. 그렇다. 국제가수 싸이는 무대에서 혼신의 힘을 다해 혼말춤魂馬舞을 춘다. 그리고 뛰어! 소리 질러!를 소리 높여 외친다. 자신의 모든 것을 객석에 다 내준다. 아낌없이 이번 콘서트가 마지막인양, 이번 노래가 세상의 마지막 노래인양, 이번 한 소절의 노래가 싸이의 지상에서의 마지막 소리인양 그렇게 처절할 정도로 지독하게 즐긴다.

그렇다. 나는 흘러가는 인생이란 시간 속에서 그렇게 많은 대량의 즐거움이란 과일의 과즙이 숨어있는지, 깃들어있는지, 함유돼있는지를 싸이를 통해서 새삼 깨달았다. 그렇다. 싸이는 우리가 잃어버린 것들을 되찾아주고 있다. 고기는 씹어야 맛이고 님은 품어야 맛이라고 하는데 흘러가는 시간은 콘서트해야 맛이다. 그리고 제대로 혼신의 힘을 다해야만 자신의 모든 것을 그 순간 다 바쳐야만 그 즐거움이란 과일은 껍질을 벗고 찬연히 황홀하게 모습을 드러내어 객석을 두루 골고루 먹인다.

그렇다. 하나의 노래가 한 줄의 가사가 그 파동과 흥분과 외침과 소망과 희망과 사랑의 고백이 그로 인한 기쁨과 하늘을 날아오르는 환상이 5천 객석, 5만 객석, 10만 객석, 50만 객석을 두루 골고루 감동 먹인다. 단 한 곡의 노래가 그렇게 사람들을 우쭐우쭐 흔들리게 하고 사람들을 덩실덩실 춤추게 하고 "싸이! 박재상!"을 연호하게 하는 것이다.

그렇게 배불리 영혼불리 즐겁게 먹고 마시고도 남은 싸이 콘서트의 여운을 열두 광주리에 담을 수 있듯이 싸이 콘서트의 기꺼이 간직하는 행복한 낙원성樂園性 후유증은 일 년 열두 달 또 다시 오병이어의 기적을 쏙 빼닮은 콘서트의 기적으로 우리들의 삶을 향긋하게 짜릿하게 아릿하게 여전히 늘 콘서트처럼 즐겁게 만들어주고 있는 것이다.

그렇다. 성경에 보면 어린아이 같아야만 천국 갈 수 있다는 말씀이 나온다. 어린아이는 온 세상이 꽃밭이고 놀이터고 늘 모든 것이 새롭고 신기할 뿐이다. 어린아이는 각진 모서리의 현실세계 대신 모든 것이 둥글둥글 동글동글 귀엽고 예쁘고 즐거운 만화 같은 꿈의 세상으로 바라볼 뿐이다. 살기 위해서 사는 것이 아니라 사랑하기 위해서 뛰어 놀기 위해서 즐길 뿐인 것이다. 나 역시 그런 어린 시절을 보냈었다. 어린 시절 버스 안에서 거리에서 만나는 어른들의 표정은 왜 그리도 무뚝뚝하고 무표정한지 알 수가 없었다. 모두들 한결같이 시무룩해 보였다. 그들 역시 어린 시절이 있었으나 그 어린 마음을 잃어버렸기 때문인 것이다.

흔히 말하는 목구멍이 포도청인 어른이 된 것이다. 이제는 돌봐주는 부모님 대신 스스로 땀 흘려 머리 써서 잠 안 자고 쉬지 않고 일하고 또 일하고 더 일해야만 되는 어른이 되고 만 것이다. 그러지 않으면 가난이란 포도청 포졸이 잡으러 오고 무능력한 백수라는 늪에 빠질 우려가 있는 것이다. 어린 자식을 돌볼 수 있는 힘이 없어지기 때문이다. 그래서 우울한 것이다. 일주일만 어디 한적한 바닷가에서 유유자적 파도보고 바람보고 햇살보며 그렇게 푹 쉬고 싶은데 그거 한 번 제대로 하는 인생이 드문 것이다. 그래서 목구멍, 즉 먹고살기가 그렇게 무서운 포도청이자 검찰청인 것이다.

그렇다. 안 먹으면 죽는다. 배고픔은 불치의 병이다. 아침에 치료해 주면 점심시간에 또 재발한다. 그러면 다시 치료한다. 그러나 저녁이면 또 재발한다. 또 저녁밥으로 치료해야 한다. 그렇게 살아있는 한 배고픔이란 병은 끝없이 특히 가난한 사람들을 당혹케 한다. 바로 이런 사람들을 위해 오병이어의 기적은 행해진 것이다. 예수께서 최후의 만찬에서 떡과 포도주를 제자들과 함께 나누시면서 이 떡은 내 살이요 이 포도주는 내 피라고 하셨다.

   그렇다. 일이 무진장 안 되고 잘 안 풀릴 때 오히려 자신이 가진 떡 다섯 개를 5천 군중의 배고픔을 위해서 내놓을 때 기적은 일어나는 것이다. 하늘이 그 마음을 도와 커다란 사랑으로 세상을 위안하고 배불리 먹이는 것이다.

   그렇다. 작은 씨앗 하나가 거대한 거목을 만들고 이윽고 숲을 이룩하는 것이다. 그러기 위해 어린아이 같은 맑고 순수한 눈으로 사랑을 노래하고 행해야 하는 것이다. 그것이 바로 콘서트인 것이다. 그것이 바로 싸이의 콘서트인 것이다.

   싸이는 잠실에서의 3만 관중을, 시청 앞에서의 8만 관중을 자신의 강남스타일로, 낙원으로, 예술이야 등의 노래로 그 영혼들을 배불리 먹였고 그 감동의 여운을 사람들은 저마다 충분히 가슴속에 마음속에 간직하고 돌아갈 수 있었다.

   그렇다. 싸이는 콘서트에 완전 미친 광인이자 그로 인한 위대한 21세기 최고 광대인 것이다. 그는 작은 예수인 것이다. 예수님이 자신의 살인 떡을 자신의 피인 포도주를 제자들에게 나눠주듯 그는 자신이 가장 사랑하는 관중들과 함께 팬들과 함께 자신의 뚱뚱함과 도전과 열정과 노래와 필링과 힐링과 희망과 소망과 사랑을 모조리 내주고도 모자라 더 줄 게 없어서 미칠 것 같은 일렉트로닉 가객인 것이다.

그리고 그는 관중들에게 팬들에게 콘서트를 통해 이야기한다. 에너지를 달라고, 소리를 질러달라고, 뛰어달라고 부탁한다. 그래서 자신이 먼저 에너지를 뿜어내어드리고 관중이 그 에너지에 달아올라 그 열기를 무대에 돌려보내면 그 열기를 다시 객석에 보내드리고 그렇게 선순환의 싸이 에너지 콘서트는 이뤄지고야 마는 것이다.

그렇다. 8만 관중이 텅 빈 서울 시청 앞 광장에 모여들었다. 그리고 싸이가 자신의 피와 땀과 눈물을 무대에서 객석을 향해 바치고 있었다. 그는 어린아이처럼 뛰어다녔고 어린아이처럼 노래했고 소리질렀다. 지상의 평화로운 축복의 삶을 방해하는 모든 잡귀들이 모조리 물러나고 사라지는 시간이었다.

GANG NAM
STYLE

구자형과 함께하는
월드뮤직여행

프롤로그 세계음악여행

A 아이튠즈 탑 송 차트(iTUNES Top Song chart)

애플이 만든 멀티미디어 플레이어 아이튠즈의 스토어에서 음악이 판매된 인기곡 순위

B 빌보드 싱글 차트(Billboard single chart)

1984년 미국에서 창간된 주간지 「빌보드」는 1950년대부터 대중음악 인기차트를 발표해 왔다. 싱글 차트는 '빌보드 HOT 100'이며 방송횟수와 판매량 등을 종합해서 100곡의 가장 인기 있는 곡을 선정한다.

C 영국 싱글 차트(UK Single chart)

오피셜 차트 컴퍼니가 집계하는 영국 음악 산업의 싱글 차트이며 영국의 레코드 숍의 판매량과 디지털 다운로드 판매량을 합산해 집계된다. 미국의 빌보드 HOT 100과는 달리 방송횟수는 합산되지 않는다.

STAGE 1 세계음악여행

• 싸이 1

A 에미넴(Eminem)

2003년 자신이 주연으로 출연한 영화 『8마일』의 사운드 트랙 'Lose your self'로 '아카데미 최우수 주제가상'을 수상했다. 'Lose your self'는 '빌보드 HOT 100' 1위에 올라 11주간 정상을 지켰다. 「롤링스톤」에서 선정한 '역사상 가장 훌륭한 아티스트 100'에 선정됐다.

• 싸이 우주선

A 마이클 잭슨(Micheal Jackson)

5살 때부터 노래했고 그래미 상 19회 수상을 비롯해 370개 가까운 상을 수상했으며 8억 9천만 장의 앨범이 판매됐다. 1982년 작 앨범 『스릴러Thriller』는 전 세계적으로 1억 4백만 장 이상이 판매됐다. 2009년 캘리포니아 L.A 자택에서 심장마비로 세상을 떠났다.

• 싸이 글로벌 석권 기념 콘서트

Ⓐ 레이 찰스(Ray Charles)

1930년 9월 23일 태어나 2004년 74세로 타계했다. 미국을 넘어선 세계의 싱어송 라이터, 피아니스트, 소울 음악의 아버지로 불리운다.

Ⓑ 하트랜드 록(Heartland Rock)

미국 블루 컬러 노동자들을 위한 하트랜드 록은 로큰롤과 포크 록 스타일이 뜨겁게 배합돼 있거나 함께 출렁인다. 미국 중서부 지역을 중심으로 발전해 온 하트랜드 록은 브루스 스프링스틴, 밥 씨거, 톰 페티, 존 멜런켐프 같은 아티스트들이 대표주자이다.

Ⓒ 브루스 스프링스틴(Bruce Springsteen)

미국의 꿈을 잃은 노동자들의 삶의 고통을 대변하는 노래들을 불렀다. 1949년 9월 23일 미국 뉴저지주 롱 브랜치 출생이며 고교시절 엘비스 프레슬리를 만나기 위해 용감하게도 멤피스의 엘비스 저택 그레이스 랜드의 담장을 뛰어 넘다가 경호원들의 제지를 받아 뜻을 이루지 못하기도 했었다.

Ⓓ 스틸리 댄(Steely Dan)

스틸리 댄은 뉴욕 재즈 록 밴드이며 소울의 향기가 가미된 음악을 들려준다. 1972년 데뷔곡 「두 잇 어게인Do it again」으로 빌보드 싱글 차트 6위, 1974년 「리키 던츠 로스 댓 넘버Rikki don't lose that number」로 빌보드 싱글 차트 4위를 차지했다. 스틸리 댄은 대중들보다는 오히려 음악전문가들에게 더 큰 찬사를 받아왔다.

ⓔ 아치스(The Archies)

1968년부터 1972년까지 앨범 활동을 한 미국의 로큰롤 밴드 '아치스'는 「슈가 슈가Suger Suger」로 알려졌다. 이들의 음악은 달콤한 '버블 사운드' 혹은 '슈가 팝 사운드'로 분류됐고 10대들에게 특히 더욱 인기높았던 아이돌 밴드였다.

ⓕ 닥터 드레(Dr. Dre)

래퍼이자 작곡가이며 배우로도 활동하는 닥터 드레는 힙합 역사의 매우 중요한 중심적 위치의 힙합 프로듀서이다. 2Pac 등의 앨범 프로듀싱을 도왔으며, 에미넴과 50센트를 데뷔시켰다. 1968년 미국 L.A에서 출생했으며 갱스터 펑크인 G-Funk의 창시자.

● 싸이 영국

ⓐ 지미 헨드릭스(Jimmy Hendrix)

1942년 시애틀에서 태어났다. 12살 때 통기타를 처음 쳤고, 리틀 리처드, 비비킹 등과 협연하며 이름을 떨치기 시작했다. '지미 헨드릭스 익스피리언스'와 '밴드 오브 집시스' 등의 밴드를 결성했었고, 1970년 9월 18일 영국 런던의 '스마르칸트' 호텔 지하에서 그의 죽음이 발견됐다. 1968년 『일렉트릭 레이디 랜드』 앨범이 미국에서 앨범 차트 1위를 했고, 부두 차일드가 영국 싱글 차트 1위를 한 것이 1970년이었다.

ⓑ 밥 딜런(Bob Dylan)

1965년 라이크 어 롤링 스톤Like a rolling stone을 통해 포크 록을 창시했고 그로 인해 모던 포크는 생존해 나갈 수 있었다. 1962년 데뷔했고 1963년 「브로윈 인 더 윈드Blowin' in the wind」는 그 어떤 싱글 차트에도 오르지 못했으나 이 곡이 수록된 앨범 『프리휠린 밥 딜런Freewheelin' Bob Dylan』은 영국 차트 1위에 올랐었다. 「브로윈 인 더 윈드」는 밥 딜런의 대표곡이 됐고 이 곡으로 인해 밥 딜런은 역사가 됐다.

노벨 문학상 후보로 오르고 있다.

ⓒ 비비 킹(B. B King)

기타리스트이자 싱어 송 라이터이며 록 블루스의 대가.「롤링 스톤Rolling Stone」선정 가장 위대한 기타리스트 100인 중에서 6위에 올랐다.

ⓓ 블루스(Blues)

희망 없이 소외감을 느끼며 살아가야만 했던 흑인들의 고통을 노래한 대중음악 장르.

ⓔ 포크 블루스(Folk Blues)

밥 딜런이나 에릭 앤더슨 같은 백인 등 다른 인종의 포크 싱어들이 흑인 취향의 블루스를 자신의 포크 음악에 접목 시켰거나 그 영향을 받은 퓨전 음악 장르.

ⓕ「송 버드(Songbird)」

1998년 5월 19일 영국 싱글 차트와 아일랜드 싱글 차트에서 1위를 한 에바 캐시디의 대표곡.

ⓖ 에바 캐시디(Eva Cassidy)

1963년 미국 워싱턴 D.C에서 태어나 1996년 33살의 나이로 일찍 세상을 떠났다. 그녀가 눈 감은지 6년 후 2002년 영국 앨범 차트에서「이메진Imagine」이 1위를 한다.

ⓗ 빌리 할리데이(Billie Holiday)

미국 여성 재즈 보컬의 상징. 1915년에 펜실바니아 필라델피아에서 태어나 1959년 뉴욕에서 타계했다. 생전에 12장의 스튜디오 앨범과 3장의 라이브 앨범을 발표했고 1942년「트래빌링 나이트Travelin' Night」으로 R&B싱글 차트 1위를 했다.

ⓘ 멜라니 사프카(Melanie Safka)

1947년 미국 뉴욕에서 출생한 포크 싱어 송 라이터이며 1971년「브랜드 뉴 키Brand new key」가 미국 싱글 차트, 캐나다 싱글 차트, 호주 싱글 차트에서 1위를 했다. 한국에서는 미국에서 히트 못한 「더 새디스트 씽The saddest thing」이 그녀의 가장 큰 히트곡이다.

J 재니스 조플린(Janis Joplin)

1970년 미국 캘리포니아 헐리우드에서 27살의 나이로 생을 마쳤으며 로큰롤의 여왕, 사이키델릭 소울의 여왕으로 불리운다. 2004년 「롤링 스톤」에서는 '가장 위대한 아티스트 100인' 중 46위로, 2008년 '가장 위대한 가수 100인' 중에 28위로 재니스 조플린을 선정했다.

K 티-페인(T-Pain)

미국의 싱어 송 라이터, 래퍼, 프로듀서, 배우이며 1985년생 플로리다 출신이다. 2007년 「바이 유 어 드랭크Buy U a Drank」로 빌보드 앨범 차트 1위를 했다.

L 리듬 앤 블루스(Rhythm & Blues)

흑인의 블루스가 스윙 재즈와 융합하며 탄생했다. 블루스의 원형에서 춤추기 좋은 리듬이 강화됐고 가사도 멜로디도 대중성 있는 달콤한 낭만을 수용했다.

M 일렉트로닉 로큰롤(Electronic Rock &Roll)

일렉트로닉 음악은 1948년 프랑스의 피에르 쉐페흐와 독일의 작곡가 슈톡하우젠 등에 의해서 순수음악 쪽에서 먼저 출발한다. 이후 전위음악가인 존 케이지가 이를 확산시켰고, 대중음악 쪽에서는 도나 서머의 「아이 필 러브I feel love」가 그 단초를 제공한다. 테크노, 뉴 에이지, 힙합, 정글, 유로 댄스, 애시드 재즈, 일렉트로 팝, 뉴 로맨틱 등 주로 유럽 쪽에서 강세를 이뤘다. 싸이의 강남스타일은 몽환적이고 초현실주의적인 일렉트로닉 댄스 음악에 로큰롤을 접목시켜 강력하고도 생생한 새로운 음악 장르 일렉트로닉 로큰롤을 창시했다.

STAGE 2 세계음악여행

• **싸이 엘비스 프레슬리**

Ⓐ 로큰롤(Rock & Roll)

빌 헤일리 코메츠 등이 시작했고 엘비스 프레슬리, 리틀 리처드, 척 베리가 꽃을 피워내기 시작했다. 미국의 대중음악 장르로 출발했으나 이제는 전 세계 대중음악에 영향을 끼치고 있고 그 뿌리는 흑인들의 블루스와 소울 그리고 백인들의 포크와 컨트리 뮤직이 융합하면서 발생했다.

Ⓑ 존 레논(John Lennon)

영국 리버풀에서 태어나 미국 뉴욕에서 자칭 팬을 주장하는 채프먼에 의해 권총 암살당해 1980년 12월 8일 마흔 살 나이로 삶을 마감했다. 비틀즈의 멤버이며 「이메진」을 작곡한 싱어 송 라이터, 평화 운동가로 날이 갈수록 존 레논의 빛은 더해만 간다. 유작 앨범 중에서 1980년 『저스트 라이크 스타팅 오버Just like starting over』와 1981년 『우먼Woman』이 빌보드 싱글 차트 1위를 한다.

● 싸이 섹스 피스톨즈

Ⓐ 스키터 데이비스(Skeeter Davis)

미국 켄터키 주 드라이 릿지의 농장에서 태어났다. 컨트리 싱어 송 라이터이며 「디 엔드 옵 더 월드The end of the world」가 전 세계적으로 사랑받았다. 2004년 테네시 내쉬빌에서 운명했다.

Ⓑ 컨트리 뮤직(Country Music)

미국 애팔래치아 포크는 유럽 이민자들의 음악이었고 미국내 다민족 음악과 뒤섞이면서 컨트리 뮤직이 탄생한다. 남부의 소란스런 바에서 발생한 홍키 통키 컨트리, 가축을 몰던 카우보이 컨트리, 가스펠과 함께하는 가스펠 컨트리, 기타리스트 쳇 애킨스가 도시적인 팝과의 결합을 통해 컨트리의 지평을 넓힌 팝 컨트리 뮤직 등 다양한 음악들이 혼재한다.

Ⓒ 쟈니 캐쉬(Johnny Cash)

쟈니 캐쉬(1932-2003)는 미국 알칸사스 킹스랜드 출신이고 테네시 내쉬빌에서 71세로 세상을 떠났다. 젊은 날에는 방문 판매원을 하며 가스펠 팀을 만들어 노래했고, 솔로로 나서면서 그의 진가가 발휘되기 시작했다. 「아이 워크 더 라인I walk the line」이 컨트리 뮤직 앨범 차트 1위를 했다. 컨트리 뮤직 명예의 전당, 로큰롤 명예의 전당, 가스펠 뮤직 명예의 전당에 헌액됐다.

ⓓ 섹스 피스톨즈(Sex Pistols)

섹스 피스톨즈는 영국의 펑크 록 밴드이며 그 창시자들이다. 이들은 2006년 로큰롤 명예의 전당에 올랐지만 비판의 편지를 보내고 헌액 기념행사에 참석하지 않았다. 스스로 영국 황실에 돌을 던진 최초의 음악인들이라고 스스로 말했었다. 2년 밖에 활동하지 않았고 한 장의 앨범과 넉 장의 싱글 앨범만을 발표했다. 1975년 훔친 악기들로(멤버 중의 폴 쿡의 말) 런던에서 결성됐다. 리더인 조니 로튼은 메시지있는 음악을 하지만 그 일상은 기득권이 된 핑크 플로이드 등도 무시해버렸고 폴 매카트니가 이 새로운 록 밴드를 알아보고 식사 초대를 하며 함께 음반 작업을 권유했으나 거절하고 말았다. 버진 그룹의 리처드 브랜슨 회장은 섹스 피스톨즈가 TV방송에서의 거친 욕설로 인해 EMI레코드사로부터 계약을 파기당하자 섹스 피스톨즈와 계약을 맺었고 이는 버진 레코드의 출발이었으며 버진 그룹의 씨앗이었다.

● 싸이 조용필

ⓐ 어셔(Usher)

1978년 텍사스 달라스에서 태어났으며 싱어 송 라이터로서 R&B, 소울, 팝, 댄스 등 다양한 음악에 능란능숙하다. 프로듀서와 배우도 겸하고 있다. 1997년 「마이 웨이My way」가 R&B 앨범 차트 1위 이후 4장의 앨범이 1위로 더 추가됐고 앨범 판매량으로 순위를 선정하는 앨범 차트 '빌보드 200'에서도 4장이 1위했다. '빌보드 HOT 100'에서는 9곡이 1위를 했고, R&B 싱글 차트에서는 11곡이 1위에 올랐다.

ⓑ 본 조비(Bon Jovi)

본 조비는 리드 싱어 존 본 조비가 1983년에 결성한 하드 록 밴드. 미국 뉴 져지 출신이며 2006년 영국 음악 명예의 전당에 올랐다. 50여 나라에서 2,600회 이상의 콘서트를 개최했고 3,400여만 명의 관객들과 함께했다. 앨범은 1억3천만장 이상이 판매됐고, 9개의 그래미상을 수상했다.

ⓒ 비지스(Bee Gees)

배리, 로빈, 마우리스 깁의 3형제로 이뤄진 소프트 록 밴드. 「트래지디Tragedy」가 수록된 『스피릿츠 해빙 플로운Spirits Having Flown』은 1979년에 발표되어 빌보드 1위를 했고 해외 10개국에서도 1위에 올랐으며 3,500만장 이상이 판매됐다. 1978년 영화음악 앨범 『세러데이 나잇 휘버Saturday Night Fever』로 디스코 사운드와 춤을 세계적으로 유행시켰고 삽입곡 「나잇 휘버Night Fever」가 싱글 차트 1위를 했다.

ⓓ 존 트래볼타(John Travolta)

존 바담 감독의 영화 『토요일 밤의 열기Saturday Night Fever』의 주인공. 1954년생이며 『펄프 픽션』, 『거친 녀석들』, 『그리스』, 『브로큰 애로우』 등에서도 열연했으며 40편 가까운 영화에 출연했다. 디스코 댄스 영화 『토요일 밤의 열기』로 인해한국에서도 나이트클럽에서의 밴드 활동이 위축되기 시작했고 디스코 DJ들의 전성기가 시작된다.

싸이 앨범 리뷰

● 싸이 육갑

ⓐ 제임스 갱(James Gang)

이글스의 「호텔 캘리포니아」를 노래한 조 월쉬를 추축으로 한 미국의 3인조 하드
록 밴드. 「펑크Funk #48」, 「펑크Funk #49」, 「워크 디스 웨이Walk this way」 등의 히
트곡을 냈다. 강렬하고 집요하게 들이대는 사운드가 일품이다.

B 블루지 비트(Bluesy Beat)

여기서의 비트는 북을 친다, 때린다, 두드린다 같은 음악용어이며 블루지는 블루
스 스타일을 뜻한다. 따라서 애조 띈 그리고 어둑한 음악적 색채로 생명력을 불러
일으키는 두드림, 그 리듬을 뜻한다.

C 카니예 웨스트(Kanye Omari West)

1977년 미국 조지아 애틀랜타 출신이며 래퍼 겸 프로듀서. 2009년 MTV 비디오
뮤직 어워드에서 수상자 테일러 스위프트가 아닌 비욘세가 상을 받아야 한다면서
무대 위로 뛰어오르기도 했다. 2005년, 2007년, 2008년, 2010년 『그래쥬에이션
Graduation』 등의 앨범으로 빌보드 앨범 차트 1위로 맹위를 떨쳤다. 빌보드 싱글
차트 1위는 2007년 「스트롱거Stronger」 등 2곡이 올랐다.

D 아무로 나미에(Amuro Namie)

일본의 J-Pop 여왕. 2008년 『베스트 픽션Best Fiction』 앨범이 여성 솔로가수로는
29년 만에 오리콘 주간 앨범 차트에서 6주간 1위를 했다. 2008~2009년 아무로
나미에의 콘서트 투워는 50만 명 관객 동원으로 일본 여성가수로는 최고의 기록
을 세웠다. 2012년 6월 27일 10집 앨범 『언컨트롤드Uncontrolled』를 발표했다.

E 밥 말리(Bob Marley)

레게 음악을 전 세계에 파급시킨 자메이카의 싱어 송 라이터. 1945년에 태어나
1981년 5월 11일 폐암으로 세상을 떠났으며 이후 해마다 5월11일은 자메이카에
서 밥 말리를 추모하는 국경일이 됐다. 흑인 인권해방을 위한 그의 저항의 노래들
은 세계 대중음악의 빛과 소금으로 살아있다.

F 인트로 사운드(Intro Sound)

음악의 도입부

ⓖ 피터 폴 앤 메리(Peter Paul & Mary)

1971년 모던 포크의 메카 뉴욕 그리니치 빌리지에서 결성된 포크 트리오이며 밥 딜런과 더 클랜시 브라더스의 영향을 받았다. 2009년 여성 멤버 메리 트레버스가 타계하면서 활동이 중단됐다.

ⓗ 「퍼프(Puff)」

피터 폴 앤 메리의 대표곡이며 1963년 빌보드 싱글 차트 2위, 빌보드 AC(어덜트 컨템퍼러리Adult Contemporary) 차트 1위에 올랐다.

ⓘ 우드스탁(The Woodstock Festival)

1969년 뉴욕 근교 우드스탁 농장에서 벌어진 사상 최대의 음악 페스티벌. 음악과 평화라는 슬로건을 내걸고 3일간 개최된 이 축제는 50만 명 이상이 참여했다. 뮤지션은 지미 헨드릭스, 존 바에즈, 멜라니 사프카, 산타나, 제퍼슨 에어플레인, 조카커, 크로스비 스틸즈 내쉬 앤 영 등이 참여했다. 히피 문화의 절정이었고 팝 음악의 전설이 됐다.

● 싸이 낙원

ⓐ 폴리스(Police)

1993년 영화 『레옹』의 주제곡 「쉐이퍼 업 마이 하트Shape of my heart」를 노래한 스팅이 리더였던 영국의 록 밴드.

ⓑ 「에브리 브레스 유 테이크(Every Breath You Take)」

폴리스의 대표작이자 1983년 히트곡. 영국, 캐나다, 아일랜드 싱글 차트에서 1위를 했고 미국 빌보드 앨범 차트 1위, 빌보드 록 차트 1위에 올랐다.

ⓒ 기타 리프(Guitar Riff)

리프는 음악에서 반복되는 짧은 프레이즈樂句이며 멜로디와 리듬 사이를 확고하게 연결시켜주는 고리 역할을 한다. 기타 리프는 기타로 연주하는 리프.

STAGE 3 세계음악여행

• 싸이 싸구려

Ⓐ 브리트니 스피어스(Britney Jean Spears)

1981년 생, 미국 미시시피 매쾀 출신의 댄스 팝 여가수. 18살이 되던 1999년 데뷔 앨범 『베이비 원 모어 타임Baby one more time』이 2,800만 장 이상이 판매되며 팝의 공주, 팝의 여왕으로 등극한다. 2011년까지 모두 7장 발매된 앨범 중 6장이 빌보드 앨범 차트 1위를 기록한다. 빌보드 싱글 차트 1위는 4곡이 올랐다.

• 싸이 길

Ⓐ 케이 팝(K-Pop)

한류 열풍으로 인한 해외에서의 한국 대중음악을 지칭하는 말. 화려한 감각의 댄스뮤직이 중심이고 서태지와 아이들 이후의 음악을 뜻하며 유투브, SNS 등이 그 확산에 기여했다.

Ⓑ 재킷(Jacket)

셔츠 위에 입는 윗옷을 뜻하지만 여기서는 음반의 커버 즉, 앨범 표지를 뜻한다.

Ⓒ 레게 음악(Reggae Music)

카리브 해 자메이카에서 발생한 댄스 리듬의 음악. 스카 리듬에서 비롯됐고 아메리카로 팔려 온 흑인노예들의 후손들이 고향 아프리카로 돌아가는 꿈 등을 노래한다. 밥 말리는 왕에게 바치는 음악이라고 했고, 에티오피아의 황제 하일레 셀라시에 1세를 예수의 재림으로 믿는 신흥종교 라스타파리의 신자였다.

Ⓓ 힙합(Hip Hop)

힙(Hip)은 응원의 소리이기도 하고, 빠른 변화와 엉덩이를 뜻한다. 합(Hop)은 한

발로 깡충깡충 뛴다는 뜻이다. 힙합은 미국의 빈민가에서 발생한 대중음악의 장르이며 문화운동을 뜻한다. 미국 주류사회에서 소외된 흑인, 히스패닉 등의 아픔과 고통을 딛고 자신의 정체성을 찾고 자신의 운명에 대한 외부적 억압에 대한 근원을 밝히고 이를 저지하기 위한 음악문화이다.

❺ 알앤비(R&B)

알앤비는 컨템포라리 알앤비를 뜻한다. 리듬 앤 블루스를 포함하지만 디스코 뮤직 이후의 마이클 잭슨, 머라이어 캐리, 휘트니 휴스턴, 보이즈 투맨 등의 노래들이 여기에 속한다.

❻ 존 바에즈(Joan Baez)

1941년 뉴욕 주 스테이튼 아일랜드 출생. 1959년 뉴 포트 포크 페스티벌에 출연하면서 포크의 여왕으로 불림. 격렬한 반전운동가, 평화운동가, 인권운동가이며 한때 밥 딜런의 연인으로도 알려져 있다. 「위 쉘 오버 컴We shall over come」 등의 대표적 히트곡들이 있다.

● 싸이 웃는 호랑이

❶ 잼 세션(Jam Session)

재즈 연주자 등이 형식의 구애를 받지 않고, 각자의 직장에서 일을 마친 후 누군가의 집에서 모이거나 작은 라이브 클럽 등에서 만나 즉흥 연주를 즐기는 자유로운 연주모임을 뜻한다.

❷ 애드립(Ad-rib)

공연 도중의 즉흥 대사와 즉흥 연기 그리고 즉흥 연주나 즉흥 연설.

❸ 비틀즈(Beatles)

영국 리버풀 출신의 4인조 록 밴드. 존 레논, 폴 매카트니, 조지 해리슨, 링고 스타는 해체 이후에도 각자의 세계적 히트곡을 만들어냈다. 1962년에 데뷔한 비틀즈는 빌보드 싱글 차트 1위에 20곡을 올렸고 빌보드 앨범 차트에 14장의 앨범을 1위에 올렸다.

● 싸이 공(空)

Ⓐ 사이먼 앤 가펑클(Simon & Garfunkel)

싱어 송 라이터 폴 사이먼과 예리한 가창력의 아트 가펑클로 이뤄진 미국의 포크 듀엣. 1970년 발표한 「브릿지 오버 트러블드 워터Bridge over troubled water」가 최대 히트곡이며 1970년대 중반 이후 해체됐다가 1981년 뉴욕 센트럴 파크에서의 재결합 콘서트는 전설이 됐다.

Ⓑ 롤링 스톤즈(Rolling Stones)

영국의 록 밴드이며 1963년 「컴 온Come On」으로 데뷔해서 2012년 「둠 앤 그룸 Doom & Gloom」에 이르기까지 정상의 인기를 누리며 50년을 줄기차게 달려왔다. 리드 싱어 믹 재거를 중심으로 기타에 키스 리차드, 드럼에 찰리 와츠가 처음부터 함께했고 기타에 로니 우드가 1975년부터 합류했다. 마틴 스콜세지가 감독한 롤링 스톤즈의 다큐 영화 『샤인 어 나이트Shine a Light』도 챙겨보면 아주 좋다. 1989년 로큰롤 명예의 전당에 헌액됐다.

STAGE 4 세계음악여행

● 싸이 B급 정서

Ⓐ 로큰롤 명예의 전당(Rock & Roll Hall Of Fame & Museum)

1983년 4월 20일 개장했고 미국 오하이오 주 클리블랜드 이리호 호숫가에 위치했다. 명예의 전당에 헌액된 스타들의 기타나 의상 같은 소장품, 비디오, 음악 등이 전시된다. 심사의 가장 큰 기준은 로큰롤 역사에 대한 뮤지션의 기여도를 본다.

Ⓑ 레오날드 코헨(Leonard Cohen)

캐나다 몬트리올 출신의 음유시인 싱어 송 라이터. 맥길 대학과 컬럼비아 대학에서 영문학을 전공했고 시인이자 소설가이기도 하다. 쥬디 콜린스가 1966년 코헨이 작곡한 「수잰Suzanne」를 노래하면서 세상에 주목을 받았고 「아임 유어 맨I'm your man」 등의 히트곡이 있다.

ⓒ 존 멜런캠프(John Mellencamp)

가수로서 존 쿠거란 이름도 사용한다. 1981년 5집 앨범을 발표했고 이 중에 「헛소 굿Hurts so good」이 빌보드 싱글 차트 1위를 7주간 지속했다.

ⓓ 데이브 클락 화이브(Dave Clak Five)

데비브 클락을 리더로 한 영국의 5인조 록 밴드. 1963년의 「그래드 올 오버Glad all over」가 대표곡이다.

ⓔ 마돈나(Madonna)

미국 미시간 베이시티 출신의 싱어 송 라이터, 배우 싱어이며 1958년생. 1984년 「라이크 어 버진Like a virgin」으로 세계적 성공을 거뒀다. 「타임Time」은 지난 수세기 동안 세계에서 가장 강력한 여가수라고 평했다.

ⓕ 버펄로 스프링필드(Buffalo Springfield)

닐 영, 스테픈 스틸, 리치 후레이, 드웨이 마틴, 브루스 팔머가 함께했던 5인조 포크 록 밴드. 대중적으로 혹은 상업적으로 성공을 거두진 못했으나 뮤지션들 사이에서 더 인정받았던 밴드이자 뮤지션들이었다. 66년부터 68년까지 3장의 앨범을 발표했고 해체됐다.

ⓖ 닐 영(Neil Young)

지칠 줄 모르는 영원한 뮤지션 캐나다 출신의 포크 록 싱어 송 라이터. 밴드 크레이지 홀스와 함께한 「다운 바이 더 리버Down by the river」와 「카우걸 인 더 샌드Cowgirl in the sand」 그리고 그의 최대 히트곡 「핫 옵 골드Heart of gold」 등 숱한 히트곡을 지니고 있다. 닐 영은 자신의 앨범 마다 다른 사람으로 변화해서 음악을 만들어간다고 말한 바 있다.

⒣ 스테픈 스틸즈(Stephen Stills)

텍사스 달라스에서 1945년 출생했다. 싱어 송 라이터이자 기타리스트로서 2003년 롤링 스톤에서 발표한 '가장 위대한 기타리스트 100인' 중에서 28위에 선정됐다. 솔로활동과 더불어 크로스비 스틸즈, 내쉬 앤 영, 버펄로 스프링필드, 매나사스에서 활동했다. 1970년 발표한 첫 솔로앨범이 빌보드 앨범 차트 3위를 했다.

⒤ 리치 후레이(Richie Furay)

1944년 미국 오하이오 엘로우 스프링에서 태어났다. 싱어 송 라이터이며 로큰롤 명예의 전당에 버펄로 스프링필드의 일원으로 헌액됐다. 짐 메시나와 함께 포코를 결성해서 활동했다. 현재는 리치 후레이 밴드로 활동 중이다.

⒥ 「포 왓 이츠 월스(For What It's Worth)」

버펄로 스프링필드가 1966년 발표해서 1967년에 히트했으며 스테픈 스틸이 곡을 썼다. 빌보드 싱글 차트 7위에 올랐고, 롤링 스톤이 선정한 '가장 위대한 노래 500곡' 중에서 63위에 올랐다.

STAGE 5 음악세계

● 싸이 B급 정서

⒜ 「카인드 우먼(Kind Woman)」

버펄로 스프링필드의 마지막 3집 앨범 『레스트 타임 어라운드Last time around』 중에 마지막 트랙 12번 트랙에 담겨있다. 리치 후레이가 노래했다.

● 싸이 열광

⒜ 리틀 리차드(Little Richard)

미국 조지아 출신의 격정과 광적인 무대로 관객을 흥분시키는 로큰롤 뮤지션. 엘비스 프레슬리, 척 베리와 함께 1950년대 중후반의 미국 로큰롤을 확립시켰다. 그의 샤우트 창법은 제임스 브라운, 마이클 잭슨으로 이어진다. 1956년 롱 톨 샐리와 루실이 빌보드 싱글 R&B 차트 1위에 올랐다.

ⓑ 「튜티 후루티(Tutti-Frutti)」

1955년 리틀 리차드의 로큰롤 히트곡. 빌보드 R&B 차트 2위에 올랐다.

ⓒ 척 베리(Chuck Berry)

싱어 송 라이터이며 기타리스트인 척 베리는 1926년 미국 미주리 센트루이스 출생이다. 성가대원이었고 1955년 시카고 여행 중 전설의 블루스 싱어 송 라이터 머디 워터스를 만났고 머디가 척에게 레코드사를 소개한 인연으로 데뷔한다. 「마이 딩 어 링」이 1972년 빌보드 싱글 차트 1위에 올랐고 R&B 차트는 「쟈니 비 굿 Johnny b goode」 등으로 4차례 1위에 올랐다.

ⓓ 「메이블린(Maybellene)」

1955년 빌보드 R&B 싱글 차트 1위곡이며 척 베리가 머디 워터스의 소개로 찾아간 레코드사에서 오디션을 볼 때 불렀던 노래, 「아이다 레드Ida Red」를 회사 측 권유로 제목을 바꿔 메이블린이 됐다.

ⓔ 우디 거스리(Woody Guthrie)

1912년 오클라호마에서 태어나 1967년 뉴욕 시립병원에서 쓸쓸히 눈을 감다. 밥 딜런에게 가장 강력한 영향을 끼친 포크 싱어 송 라이터. 대표곡은 한국의 통기타 싱어 송 라이터 양병집이 「이 땅은 나의 땅」으로 번안해서 불렀던 「디스 랜드 이스 유어 랜드This land is your land」. 모던 포크의 아버지.

ⓕ 『더스티 보울 발라즈(Dusty Bowl Ballads)』

1940년 4월 26일부터 5월 3일까지 뉴욕에서 녹음됐고 그해 7월에 발표된 우디 거스리의 첫 앨범. 더스티 보울 블루스 등 15곡이 담겨있다. 1030년대 미국의 경제대공황으로 인한 서민들의 배고픈 고통 등을 우디 거스리가 대변했다.

Ⓖ 「댓츠 올 롸잇(That's All Right)」

1954년 7월 19일 세상 속으로 뛰쳐나온 엘비스 프레슬리 데뷔곡이자 골드 레코드를 수상한 싱글 히트 곡. 엘비스 프레슬리는 모두 111장의 싱글 레코드를 발매했다.

Ⓗ 「블로윙 인 더 윈드(Blowin' in the wind)」

밥 딜런이 1963년에 발표한 세계의 평화로운 미래를 위한 반전 포크 송. '얼마나 더 많은 사람이 죽어야만 이 전쟁이 끝날까/ 그 대답은 나의 친구/ 불어가는 바람 속에 있다네.'

Ⓘ 「아이 워나 홀 유어 핸드(I want to hold your hand)」

1963년 비틀즈가 발표했고 영국, 미국, 캐나다, 호주, 스웨덴, 네덜란드, 독일, 노르웨이 싱글 차트 1위에 올랐고. 비틀즈의 22개 골드 레코드 중 하나가 됐다. 비틀즈는 모두 55장의 싱글 레코드를 발표했다.

Ⓙ 「이메진(Imagine)」

1971년 9월 8일 영국에서 먼저 앨범이 발매됐다. 존 레논이 작사, 작곡, 노래했고 존 레논과 오노 요코, 필 스펙터가 공동 프로듀싱했다. 존 레논의 대표곡이 됐다.

Ⓚ 프랭크 시내트라(Frank Sinatra)

미국의 국민가수이며 스탠다드 재즈 & 팝 발라드 싱어. 1915년에 태어나 1998년 타계했다. 60년간 가수, 영화배우 활동을 했고 11개의 그래미 상을 수상했다. 앨범 59장, 싱글 297장을 발표했다.

Ⓛ 「마이 웨이(My Way)」

오리지널은 샹송이었으나 폴 앵카가 영어 가사를 썼다. 프랭크 시나트라가 1969년 3월에 발표했다.

Ⓜ 펑크 록(Punk Rock)

1970년대 중반 영국에서 먼저 시작됐고 호주에 이어 미국으로 번져갔다. 한국의 홍대 앞 인디 클럽들도 그 영향권에 있다. 제도권이 된 록을 권력이라는 동상에서 끌어내려 생생하고도 진실한 삶의 무대에서의 생명력으로 부활시킨 록의 한 장르. 섹스 피스톨즈, 더 클래쉬 등이 그 선두에 서 있다.

Ⓝ 루이 암스트롱(Louie Armstrong)

1901년 8월4일 루이지애나 뉴 올리언즈에서 태어나 1971년 뉴욕 퀸즈 코로나에서 재즈 여정을 마쳤다. 소년원에 있을 때 기상나팔을 불면서 트럼펫을 터득하기 시작했다. 재즈를 대중화시킨 최고의 공로자. 뉴 올리언즈에 루이 암스트롱을 기념하는 공원이 있다. 재즈의 상징 트럼페터이며 재즈 싱어, 「왓 어 원더풀 월드 What a wonderful World」 등의 히트곡들이 있다.

Ⓞ 퀸시 존스(Quincy Jones)

싱어 송 라이터, 프로듀서, 지휘자, 편곡자, 피아니스트, 드러머 등 다양한 재능과 그 재능의 깊이를 동시에 갖춘 퀸시 존스는 1933년 3월 14일 일리노이 시카고에서 태어났다. 마이클 잭슨, 밥 딜런을 비롯한 수퍼 그룹 유.에스.에이 포 아프리카 U.S.A for Africa가 노래한 「위 아 더 월드We are the world」의 프로듀서.

싸이 강남스타일

1판 1쇄 | 2012년 11월 20일

지 은 이 | 구자형
펴 낸 이 | 김경배
펴 낸 곳 | 시간여행
기획·편집 | 맹한승
디 자 인 | 김재모

등   록 | 제313-210-125호(2010년 4월 28일)
주   소 | 서울시 마포구 서교동 394-66 동우빌딩 3층
전   화 | 070-4032-3664
이메일 | jisubala@hanmail.net

종   이 | 화인페이퍼
인   쇄 | 한영문화사

ISBN 978-89-967828-7-2 03810

값은 표지 뒷면에 표기되어 있습니다.
잘못된 책은 구입하신 서점에서 바꾸어 드립니다.

＊이 도서의 국립중앙도서관 출판시 도서목록(CIP)은 e-CIP홈페이지(http://www.nl.go.kr/ecip)와
   국가자료공동목록시스템(http://www.nl.go.kr/kolisnet)에서 이용하실 수 있습니다.
   (CIP제어번호 : CIP2012005118)